온달장군 살인사건

온달장군 살인사건

을지문덕탐정록

© 정명섭 2020

초판 1쇄	2020년 2월 10일			
지은이	정명섭			
출판책임	박성규	펴낸이	이정원	
편집주간	선우미정	펴낸곳	도서출판 들녘	
디자인진행	김정호	등록일자	1987년 12월 12일	
편집	박세중·이수연	등록번호	10-156	
디자인	한채린	주소	경기도 파주시 회동길 198	
마케팅	정용범	전화	031-955-7374 (대표)	
경영지원	김은주·장경선		031-955-7381 (편집)	
제작관리	구법모	팩스	031-955-7393	
물류관리	엄철용	이메일	dulnyouk@dulnyouk.co.kr	
		홈페이지	www.dulnyouk.co.kr	
ISBN	979-11-5925-505-2 (03810)	CIP	2020001930	

이 도서의 국립중앙도서관 출판예정도서목록(CIP)은 서지정보유통지원시스템 홈페이지(http://seoji.nl.go.kr)와
국가자료공동목록시스템(http://www.nl.go.kr/kolisnet)에서 이용하실 수 있습니다.

온달장군 살인사건

을지문덕 탐정록

정명섭 지음

주요 등장인물

온달

고구려 최고의 장수이자 백성들의 사랑을 받는 인물. 북한산성에서 신라 군과
교전 중 화살에 맞아 전사한다. 가난한 집안 출신이지만 평강공주와의 혼인을
통해 일약 권력의 중심인물이 된다. 소탈한 성격이라 아내의 권력욕을 이해하
지 못하고 괴로워한다.

을지문덕

중리부의 장수. 날카로운 판단력과 감각을 자랑한다. 온 고구려인이 사랑하는
영웅인 온달이 가지고 있는 괴로움을 잘 이해하는 편이었기에 갑작스러운 죽
음에 의문을 품고 조사에 나선다.

평강공주

고구려 평원왕의 딸. 어릴 때부터 잘 울어서 아버지에게 온달에게 시집보낸다
는 얘기를 듣고 살았다고 전해진다. 하지만 실제로는 권력욕에 불타는 여인으
로 남편을 이용해서 자신의 아들을 황제의 자리에 앉히려는 꿈을 꾸고 있다.

오씨 부인

온달의 어머니. 남편이 일찍 세상을 떠나자 홀로 남아서 아들을 키웠다. 원래
정해진 혼처가 있었지만 상대 집안이 몰락하자 미련 없이 평강공주와 혼인을
시켰다. 하지만 혼인 이후 며느리인 평강공주와 사이가 나빠졌다. 아들이 죽자
며느리를 배후로 의심한다.

고승

고구려의 전통적인 귀족 집안 출신으로 신라 정벌군을 지휘했다. 황실의 부마
로 벼락출세한 온달을 못마땅한 눈으로 바라본다.

차 례

고구려 영양왕 일 년(서기 오백구십 년) 팔월

북한산성

第一章

빼앗긴 땅

산 중턱을 따라 끝없이 이어진 북한산성에 신라 군의 깃발이 물결쳤다. 그리 높지는 않았지만 중간 중간 목책과 망루로 보강하여 고구려 군의 발길을 조금도 허용하지 않을 기세였다. 산성이 올려다 보이는 벌판에서는 이만이 넘는 고구려 군이 성을 공격하고 있었다. 무쇠도 녹일 것 같은 더위 아래 그늘 한 점 없는 벌판에서 움직여야 하는 병사들은 그야말로 죽을 맛이었다.

　더위에 지친 을지문덕이 팔목 가리개를 고정한 경첩을 풀어 땅바닥에 던져버렸다. 말 그림자 아래 숨어 있던 종자가 종종걸음으로 달려가 바닥에 굴러다니는 팔목 가리개를 집어 들었다.

　"이런 식으로 해서 될 일이 아니야."

　을지문덕이 입안 가득 고인 침을 뱉어내며 중얼거렸다. 지친 병사들은 투구 끈을 느슨하게 한 채 나뭇가지를 꺾어 들고 갑옷 틈을 긁어댔다. 당주들의 으름장 따위는 아랑곳하지 않는 눈치였다.

　한 달 전, 아리수 북쪽에 있는 신라 군의 거점을 공격하기 위해 도성인 장안성에서 소집된 군대가 출병했다. 한성에서 병력을 충원한 군대는 기세등등하게 아리수와 연결된 중랑천을 따라 남쪽으로 내려가 북한산성을 포위했지만 공방전은 벌써 보름째 이어지고 있었다. 성벽은 공성용 무기는커녕 사람조차 접근하기 힘들 만큼 견고해 보였다. 어렵사리 성벽 아래로 접근해서 사다리를 걸쳤다고 해도 성벽 위에서 떨어지는 화살과 돌 때문에 성벽을 넘어서기란 불가능했다.

"공격!"

당주의 호령 아래 방패를 든 일단의 병사들이 전진했다. 안간힘을 다해 쏟아지는 화살 세례를 막아내며 앞으로 나아갔다. 그러나 성벽에 거의 도달했을 무렵 성벽 위에서 불붙은 통나무가 떨어졌다. 그 바람에 굳건했던 대열은 순식간에 흩어졌다. 곧이어 성 위에서 불화살이 쏟아져 내려왔다. 병사들은 방패와 사다리를 집어 던지고 언덕 아래로 도망쳤다. 목덜미에 새빨간 불꽃을 매단 병사들이 미친 듯이 맴을 돌다가 하나둘 그 자리에서 쓰러졌다. 그때였다. 계곡 사이에 숨겨진 암문에서 수십 기의 신라 군 기병들이 튀어나와 도망치는 고구려 병사들을 추격했다. 순식간에 고구려 군을 따라잡은 신라의 기병들은 무기도 버린 채 도망치는 그들을 마구 짓밟았다. 안타까운 눈으로 산 중턱의 학살극을 바라보던 병사들 한쪽에서 우렁찬 함성이 터져 나왔다.

"장군님이다!"

을지문덕은 함성이 터진 곳을 쳐다보았다. 십여 기 정도의 고구려 기병이 산비탈을 치고 오르는가 싶더니 순식간에 신라의 기병들과 격돌했다. 숫자도 적었고 지형도 불리했지만 고구려 기병의 기세는 신라 군을 압도하고도 남았다. 특히 선두에 선 무사가 두꺼운 날이 달린 맥도를 휘두를 때마다 신라의 기병들이 한 명씩 피를 토하며 말 아래로 떨어졌다. 무사의 투구에 달린 기다란 꿩깃이 춤추듯 하늘거렸다. 갑작스럽게 나타난 고구려 기병들의 공격에 신라 군은 북한산성으로 퇴각했다. 성벽 아래까지 신라 군을 추격하던 고구려 기병들은 발길을 돌려 부상당한 동료들을 호위하며 산을 내려왔다. 기다리고 있던 병사들이 환호로 그들을 맞이했다. 선두에 서서 용감하게 싸운 무사 주위로 순식간에 병사들이 몰려들었다. 무사가 투구를 벗고 손을 흔들자 병사들이 외쳤다.

"온달장군 만세!"

기쁨에 찬 표정으로 병사들의 환대를 즐기던 온달은 약간 떨어진 곳에서 지켜보던 을지문덕을 발견하고 환하게 웃었다. 딱 벌어진 어깨에 굵고 강인해 보이는 얼굴은 단연 눈에 띄었다. 온달은 그가 다가오자 씩 웃으며 어깨를 쳤다.

"그동안 잘 지냈나? 중리부에서 일한다는 소식 들었네."

"덕분에 별 탈 없이 잘 지내고 있습니다."

"장안성에 있는 줄 알았더니 여긴 어쩐 일인가?"

"태왕폐하께서 영을 내리셨습니다. 병사들이 더위에 고생한다는 말씀을 들으시더니 친히 살펴보라 하셨지요."

두 사람의 대화를 듣고 병사들은 함성을 지르며 기뻐했다. 태왕폐하의 말을 전해 듣는 것만으로도 기뻐하며 돌아서는 병사들의 뒷모습을 바라보던 온달이 다시 을지문덕을 향해 고개를 돌렸다.

"무슨 일로 여기까지 온 건지 말해보게."

"참군이 할 일이 뭔지는 장군님도 잘 아시리라고 믿습니다만…."

"건무가 시키던가? 내 일거수일투족을 감시해서 고해바치라고?"

잠자코 그의 눈길을 받아넘긴 을지문덕이 되물었다.

"무엇이, 어떤 것이 장군님을 그렇게 힘들게 하는 겁니까?"

"전부 다! 모든 것이 나를 힘들게 하지."

온달이 고개를 떨어트리며 말했다. 너무나 지쳐 보였다.

"모두들 내가 힘들다고 하면 이해하지 못해. 태왕폐하의 부마에 높은 관직까지 가지고 있는 자가 왜 그러냐고 말이야. 내 얘기나 생각 따위엔 아무도 관심이 없어."

"장군님이 평강공주님 덕에 그 위치에 올라섰다고 생각하는 사람은 없습니다."

"내 앞에서는 다들 그렇게 이야기하지. 그러나 돌아서면 곧바로 미천한 놈이 아내 잘 만나서 벼락출세를 했다고 수군댄다네. 나도 알 건다 알아."

분노와 울분을 씹어 뱉은 온달은 냉정하게 돌아섰다. 감당하기 어려운 무게 때문일까? 멀어져 가는 그의 어깨 역시 힘없이 가라앉았다. 그 사이 어느덧 해가 저물기 시작했다. 사람들의 그림자도 점점 길어졌다.

장군들이 모인 천막 안의 분위기는 바깥만큼이나 어둡고 막막했다.

제일 윗자리에는 고구려 군의 총 지휘관이며 대모달이자 위두대형인 고승이 아무 말 없이 팔짱만 끼고 앉아 있었다. 오십 대 후반인 그는 잘 정돈된 콧수염에 귀족적인 풍모를 갖추고 있었다. 누군가 먼저 말을 꺼내주기를 기다리고 있는 눈치였지만 아무도 입을 열지 않았다. 고승처럼 팔짱을 낀 채 천막 안의 사람들을 유심히 살펴보던 을지문덕이 조용히 한숨을 쉬었다. 천막 안의 장군들 모두 화려한 갑옷에 귀족다운 풍모를 지니고 있었지만 결정적으로 전쟁을 승리로 이끌 만한 결단력과 의지를 가진 이는 없었다.

"제가 오늘 싸움터에 나가서 보니 적들이 많이 지쳐 있더군요. 이대로 조금만 더 밀어붙이면 북한산성을 손에 넣을 수 있을 것입니다."

이리저리 눈치를 살피던 말객 오랑이 가장 먼저 입을 열었다. 약간 작은 체구에 좁고 가느다란 얼굴이 무사라고 하기에는 왠지 어색해 보였다. 그러자 기다렸다는 듯 온달이 반박했다.

"자네 눈에는 성벽 위에 숨어 있는 적군들만 지쳐 보이고 우리 병사들은 멀쩡해 보이던가?"

온달의 말에 고승은 불편한 심기가 담긴 헛기침을 계속 내뱉었다. 그 모습을 흘끔 쳐다본 뒤 온달이 말을 이었다.

"소장이 거듭 말씀드리지만 시간을 끌면 불리해지는 것은 저쪽이 아니고 우리 쪽입니다. 전 병력을 모아 총공세를 펼쳐야 합니다."

온달은 다음 말을 위해 잠시 숨을 골랐다. 장군들의 눈길을 차례로 훑으며 차분히 말을 계속했다.

"아니면 포기하고 물러나야 합니다."

온달의 마지막 말은 조용하던 천막에 파문을 일으켰다. 은연중 온달과 대립하던 장군들은 한목소리로 퇴각을 입에 담는 그를 비난했다. 반면, 온달에게 기울어졌던 장군과 말객들은 고개를 끄덕이며 그와 같은 뜻임을 드러냈다. 장군들을 감시하기 위한 참군으로 따라온 을지문덕은 전쟁터의 적들만큼이나 날카로운 대립을 보이고 있는 양쪽 장군들을 보면서 장안성과 국내성으로 나누어진 귀족들의 다툼을 보는 것 같다고 생각했다. 천막 안의 소란함은 고승의 그림자 뒤에서 들려온 날카로운 목소리에 일시에 조용해졌다.

"온 장군께서는 이번에 출병하시면서 계립령과 죽령 이북의 옛 우리 땅을 되찾지 않으면 결코 살아서 돌아오지 않겠다고 맹세하셨던 것을 잊으셨습니까?"

온달은 마땅찮은 눈빛으로 고승의 측근인 범우를 노려보았다. 검은색 도포에 새의 깃털로 만든 부채를 든 그는 창백한 얼굴 때문인지 전형적인 책상물림처럼 보였다.

"난 그 맹세를 한시도 잊은 적 없다."

"그러시다면 이 난관을 헤쳐나갈 방안을 제시하시는 게 도리 아니겠습니까? 징징거리는 것은 계집아이의 몫이니까요."

"뭐라? 그건 네 주인이 해야 할 일이다!"

온달은 범우를 노려보던 눈빛을 고승에게 보냈다.

"이제는 그런 것까지 다른 사람에게서 도움을 받을 작정이십니까?"

고승의 얼굴이 붉게 달아오르는 것을 본 을지문덕은 온달에게 그만하라는 눈짓을 보냈지만 소용없었다. 온달은 범우를 쏘아보며 말했다.

"열흘 전 신라의 도성에 주둔 중인 대당과 귀당이 북쪽으로 올라갔다는 소식이 들려왔다. 월성에 머물고 있는 신라 왕의 행방도 묘연하고 말이다. 그들이 만약 이곳으로 온다면 북한산성은커녕 우리들의 안위마저 걱정해야 할 판이다."

"장군님께서 신라를 두려워하시다니 의외입니다."

꽝 하는 소리와 함께 나무를 짜서 만든 두꺼운 탁자가 울렸다.

"네놈 같은 책상물림 따위가 싸움을 얼마나 안다고 지껄이느냐! 내가 두려워하는 건 신라가 아니라…."

불끈 쥔 주먹으로 탁자를 내리친 온달이 핏발 선 눈으로 천막 안의 장군들과 말객들을 노려보았다. 속을 뒤섞어 놓을 수도 있을 것 같은 그의 강렬한 눈빛 앞에 모두 고개를 돌리거나 외면했다.

"전쟁을 망치든 말든, 백성들이야 죽든 말든, 오로지 제 욕심만 차리는 작자들 같으니!"

온달은 장군들을 밀치더니 천막 차양을 열고 밖으로 나갔다. 그 모습이 사라질 때까지 아무도 입을 열지 못했다. 잠시 후 말객 오랑이 분통을 터트렸다.

"장군님, 대체 언제까지 두고 보실 작정입니까? 태왕폐하의 부마면 부마답게 행동해야 하지 않겠습니까?"

오랑의 말에 몇몇 장군과 말객이 고개를 끄덕이며 동조했다. 장군 고승 역시 불쾌한 얼굴빛을 굳이 숨기지 않았다. 분위기가 어색해질 기미를 보이자 을지문덕이 얼른 나섰다.

"참군 을지문덕이 한 말씀 올리겠습니다. 온달장군의 말대로 신라의 도성에 주둔 중인 대당과 귀당이 북상한다면 지금 우리 병력으로는 감당하기 어렵습니다. 무슨 대책을 세워야 하지 않겠습니까?"

"소인이 대답해드리지요. 대당과 귀당은 보름 전 대야성 쪽으로 이동했습니다. 백제 쪽 움직임 때문에 그런 것 같습니다. 행방이 묘연한 신라의 왕은 황룡사에서 열리는 백고좌에 참석 중입니다."

을지문덕은 낭랑하면서도 자신감 넘치는 범우의 말을 들으며 그런 사실을 어떻게 알고 있는지 궁금해졌다. 그의 속마음을 읽어내기라도 한 듯 장군 고승이 뒤에 서 있는 범우를 바라보며 입을 열었다.

"이자는 젊은 시절 오두미교의 도법을 익혔소. 도교의 도사들은 승려들처럼 나라 사이의 국경을 별다른 의심 없이 통과할 수 있어서 적정을 염탐하기에는 적격이지요. 이자가 길러낸 제자들이 백제와 신라 땅 곳곳에 자리 잡고 있어서 소식들을 전한다오."

을지문덕은 쓸데없이 자신감 넘쳐 보이는 고승도, 번들거리는 얼굴에 먹처럼 검은 두루마리를 입은 범우도 영 마음에 들지 않았다.

"대당과 귀당의 이동을 보고한 자의 말을 그대로 믿느냐?"

을지문덕의 말에 얼굴이 굳어진 범우가 반박했다.

"소신의 제자들을 의심하시는 겁니까?"

"그건 아니지만, 대당과 귀당의 깃발만 보고 판단한 것이 아니냐는 말이다. 부대의 깃발을 바꿔치기하는 건 신라 놈들이 자주 쓰는 수법이지."

"그건···."

을지문덕은 하얗게 질린 범우의 말을 자른 채 숨 쉴 틈 없이 질문을 몰아쳤다.

"너에게 보고한 제자가 이동한 부대 지휘관들의 화(化)와 병사들의 휘직(徽織)을 확인했다고 하더냐? 대당과 귀당에는 각각 네 명씩의 장군과 다섯 명씩의 제감, 그리고 다섯 명씩의 대관대감이 속해 있으며 각각의 화를 가지고 있다. 또한 깃발을 바꾼다고 해도 군복을 바꿔 입지 않는 한 병사들의 휘직까지 바꿔치기하지는 못했을 것이다."

범우는 두 주먹을 불끈 쥐고 그를 노려보았다. 을지문덕은 범우의 앞에 앉아 있는 고승에게 말했다.

"간자를 심어서 적정을 염탐하는 것은 필요한 일이지요. 하지만 저들도 머리가 있는 한 우리가 염탐하고 있다는 사실을 모를 리가 없습니다. 척후를 남쪽으로 보내서 북진하는 신라 군이 있는지 확인하는 게 좋을 듯싶습니다."

말을 마친 을지문덕이 깊은 눈빛으로 범우를 쏘아보았다. 관등이나 관직으로는 턱도 없지만 그는 중리부에서 파견한 참군으로 태왕의 동생 건무의 측근이었다. 마땅찮은 표정을 지은 고승이 헛기침을 하며 자리에서 일어났다.

"밤이 늦었으니 내일 결정하도록 하겠소. 제장들도 물러가서 쉬도록 하시오."

천막을 빠져나온 을지문덕은 곧장 온달의 처소로 향했다. 바람이 잘 부는 야트막한 언덕 위에 자리 잡은 온달의 천막은 허리 높이로 만들어진 방책 안에 자리 잡고 있었다. 방책 안쪽에서 창을 든 채 경계를 서고 있던 초병이 그를 보고 아는 체했다.

"온달장군님을 찾아오셨습니까?"

대답할 기분이 아니었던 을지문덕은 그냥 고개만 끄덕거렸다.

"뭔가 안 좋은 일이 있으신지 오시자마자 곧장 나가셨습니다. 아마 북쪽 망루로 가신 것 같습니다."

쾌활한 표정으로 대답한 초병 덕분에 을지문덕은 기분이 약간 풀어졌다. 을지문덕이 초병에게 물었다.

"고맙다. 그런데 나를 아느냐?"

"소인이 다른 건 몰라도 눈썰미 하나는 누구한테도 뒤지지 않습니다. 몇 년 전 도성에서 주인님 댁에 오신 적이 있지 않으십니까?"

을지문덕은 웃고 있는 초병에게 등을 돌리고 북쪽 망루로 향했다. 그의 등 뒤에서 초병이 큰 소리로 외쳤다.

"소인은 보밀이라고 합니다. 다음에 또 뵙겠습니다."

을지문덕은 땅 위에서 얇은 구름에 가려 흐리게 보이는 별빛을 따라 발걸음을 옮겼다. 그리고 사다리를 타고 망루 위로 올라갔다. 난간 위로 보이는 하늘의 별들은 구름을 피해서 새까만 어둠 군데군데서 빛을 내고 있었다.

망루 한쪽 구석 난간에 몸을 기대고 있던 온달이 굳은 표정으로 그에게 말했다.

"여기까지 웬일인가?"

"아까는 왜 그러셨습니까? 아무리 마음에 안 든다고 해도 그런 식으로 무례하게 굴면 아무도 장군님을 도와주지 못합니다."

을지문덕의 말에 코웃음을 치면서 온달은 몸을 돌려 하늘을 바라보았다.

"자넨 내가 어떻게 평원태왕 폐하의 부마가 되었는지 알고 있지? 백성들 사이에 떠도는 그 얼토당토않은 이야기 말고."

"그거야…."

우물쭈물하는 을지문덕을 보고 온달은 싸늘하게 웃었다.

"그 결혼은… 나 같은 하급귀족들의 지지를 얻기 위한 수단이었네. 그래서 원래 정해진 혼처인 상부 고씨 집안 대신 한미한 우리 집안을 혼처로 정한 거야. 난 지금도 황궁에 들어가서 아내를 처음 만났을 때를 기억하네. 사람이 아니라 개돼지를 보는 눈길이었지. 아무것도 모르는 백성들은 나를 바보로 만들었고, 우리 어머니를 늙고 눈먼 할머니로 만들었네. 하지만 내가 정작 견디기 힘든 건, 사람들이 나와 아내가 서로 사랑했기 때문에 혼인했다고 믿는다는 점일세."

온달이 망루 밖으로 눈길을 돌리며 이야기를 끝맺자 을지문덕이 대답했다.

"장군님께서는 백성들의 희망입니다. 백성들이 장군님을 바보로 만든 것은 장군님을 깎아내리려는 게 아니라 자신들과 같은 처지라고 믿고 싶었기 때문입니다."

"난 지금 덫에 빠진 짐승 같은 기분이야. 사방을 둘러봐도 빠져나갈 길은 보이지 않아!"

온달이 불안한 눈길로 어둠을 훑었다. 정말로 상처 입은 짐승처럼 보였다.

"아무도 믿을 수가 없어. 모두 나를 감시하고 있는 것 같아."

"그들이 왜 장군님을 감시하는 겁니까?"

"그건…"

온달은 을지문덕의 물음을 그대로 삼켰다. 입고 있는 군복의 소매까지 땀에 젖어버린 온달이 막 입을 열려던 찰나 망루 아래에서 고함이 터져 나왔다. 서 있던 병사들이 지평선 너머를 바라보며 소리를 지르고 있었다. 두 사람은 무심코 고개를 들었다가 그대로 굳어버렸다. 엄청난 숫자의 횃불들이 지평선을 타고 천천히 다가오고 있었다. 온달은 마치 살아 있는 것처럼 꿈틀거리며 산자락을 넘어오는 횃불 무리를 바라보며 중얼거렸다.

"드디어 시작이군."

비상사태를 알리는 호각소리가 병영에 울려 퍼졌다. 저녁식사를 마치고 막 잠자리에 들려고 했던 병사들이 하나둘 천막을 걷고 나왔다. 방책에 기대서서 점점 가까워지는 불빛을 망연자실한 눈길로 보았다. 원군의 출현은 병사들에게 이번 싸움이 더 길고 어려워진다는 것을 의미했다. 망루에서 내려온 두 사람은 말없이 선 채 불빛만 바라보는 병사들 사이를 헤치고 지나갔다. 온달을 알아본 병사 하나가 소리쳤다.

"장군님, 신라 놈들입니까?"

"우리 쪽 원군이면 저렇게 한밤중에 불을 들고 오겠어?"

거친 말투였지만 얼굴 가득 미소를 지은 온달의 주위로 병사들이 몰려들었다.

"이제 어찌해야 합니까?"

"싸우기 싫으면 재주껏 도망쳐. 그러지 못하겠으면 옆 사람과 대오나 잘 맞춰. 나머진 신이 알아서 해줄 테지…."

온달의 말에 웅성거리던 병사들이 고개를 끄덕이며 흩어졌다. 온달이 처소로 가는 것을 본 을지문덕이 소리쳤다.

"대장군한테 안 가십니까?"

"한밤중에 횃불을 들고 움직인다는 건 두 가지를 뜻해. 하나는 밤새워 움직여야 할 정도로 시간이 촉박하다는 것, 또 하나는 누군가에게 자신의 존재를 드러내야만 한다는 거지. 신라 군 지휘관이 누구인지는 모르겠지만 밤새워 움직인 병사들을 데리고 곧장 공격해오진 않을 거야. 그러니 염려 말고 잠이나 푹 자두게. 앞으로 며칠 동안은 크게 힘들 테니 말이야."

온달은 을지문덕의 말을 자르고 천막 안으로 들어섰다. 그러고는 보밀이 천막의 문을 닫는 동안 말없이 그를 바라보았다.

보밀은 발걸음을 멈추고 뒤를 돌아보았다. 터덜터덜 걷던 보밀은 약속 장소인 동쪽 마구간에 도착했다. 투명한 달빛이 잠을 방해하는지 잠에서 깨어난 말들이 투레질을 하는 소리가 들렸다. 마구간 옆 깃발을 꽂아놓은 곳에서 서성거리던 보밀은 가지가 몽땅 잘려진 나무 그늘 사이에서 그가 걸어 나오는 것을 보았다.

"찾았느냐?"

그림자의 물음에 보밀은 침을 꿀꺽 삼켰다.

"틈이 없어서…."

그림자는 보밀의 대답이 끝나자마자 몸을 돌렸다. 다급해진 보밀은 펄럭거리는 그의 옷자락을 잡았다.

"제가 무슨 수를 써서라도 반드시 그걸 가져오겠습니다. 그러니 조금만 말미를 주십시오."

"난 이미 충분한 시간을 주었다."

저승에서 들려오는 것 같은 음산한 목소리였다. 보밀은 겁에 바짝 질렸지만 움켜잡고 있던 옷자락을 놓지 않았다.

"우리 주인님께서 항상 옆에 가지고 계시는 물건입니다. 그걸 어찌 쉽게 빼돌릴 수 있겠습니까? 제발 조금만 더 말미를 주십시오."

옷자락을 잡힌 그림자가 요동 없이 보밀을 내려다보았다. 보밀은 식은땀이 눈에 흘러 들어갔는지 아무것도 볼 수 없었다. 그저 필사적으로 매달리는 수밖에 없었다. 몸을 숙인 그림자가 눈물과 땀으로 범벅이 된 보밀의 얼굴을 똑바로 쳐다보았다.

"보름을 더 주겠다. 그 안에 내가 말한 물건을 가져오든지 아니면 몸값을 마련해라. 그러지 않으면 다시는 그년을 못 볼 줄 알거라."

보밀의 손에 잡힌 옷자락을 거칠게 잡아당긴 후 그림자가 뒤도 돌아보지 않고 사라졌다. 그림자가 사라지고도 한참 동안 땅바닥에 엎드려 있던 보밀은 그녀를 떠올리면서 간신히 참았던 눈물을 다시 터뜨리고야 말았다.

아침 일찍 열린 회의는 어제 저녁보다 더 무겁고 냉담한 분위기에서 시작되었다. 밤새 적진을 염탐하고 돌아온 말객 오랑이 한쪽 무릎을 꿇고 앉아 큰 소리로 보고했다.

"어젯밤 북상한 신라 군은 현재 북한산성에서 남쪽으로 이십 리 떨어진 벌미재라는 곳에 진을 치고 있습니다. 어두운 밤이라 자세히 보지는 못했지만 보기 모두 합해서 일만가량 되어 보였습니다."

일만이라는 숫자에 천막 안의 장군들과 말객들은 모두 안도의 한숨을 쉬었다. 그 정도 숫자라면 북한산성 안에 있는 신라 군까지 합세한다고 해도 최소한 머릿수 때문에 밀리는 일은 없을 것이다. 을지문덕은 온달의 빈자리를 흘끔거리며 이어지는 오랑의 말을 들었다.

"급하게 움직였는지 말과 사람들 모두 지쳐 보였습니다. 새벽에 벌판에 진을 치고 나서는 소장이 돌아올 때까지도 아무런 움직임도 없었습니다."

"먼 길을 급히 달려왔으니 구원군은 말객의 보고대로 틀림없이 많이 지쳐 있을 겁니다. 저들이 휴식을 취하고 기운을 차리기 전에 우리가 먼저 움직여야 합니다."

장씨 성을 가진 장군의 말에 천막 안에 있던 다른 장군들은 같은 생각이라는 듯 고개를 끄덕거렸다. 장군들의 넘치는 자신감을 지켜보던 고승이 막 입을 열려는 찰나 부스럭거리는 소리와 함께 온달이 들어섰다. 쏟아져 들어오는 마른 햇빛을 손으로 막은 고승이 버럭 호통을 쳤다.

"대체 어느 놈이 함부로 문을 여는 게냐!"

"급히 보고드릴 게 있어서 무례를 저질렀습니다."

입으로는 미안하다고 말했지만 온달은 조금도 미안한 표정이 아니었다. 을지문덕의 옆에 비어 있는 자기 자리에 털썩 앉은 온달이 입을 열었다.

"북한산성을 구원하기 위해 도착한 군대는 대당과 귀당입니다."

그의 말에 천막 안의 장군들은 어젯밤 불빛을 본 병사들처럼 술렁거렸다. 고승 대신 옆에 서 있던 범우가 입을 열었다.

"밤중이라 깃발도 보지 못하셨을 텐데 어찌 그걸 아셨습니까?"

범우의 말에 온달은 대답 대신 한 손에 쥐고 있던 것을 탁자 위에 던졌다. 장군들의 시선이 일제히 탁자 위로 모아졌다.

"세 갈래로 갈라진 범의 꼬리로 만든 화(化)다. 신라에서는 장군들의 깃발 위에 꽂는 것이지."

말을 끊은 온달은 천막 안에 모여 있는 장수들과 말객들을 천천히 바라보다가 마지막으로 고승에게서 시선을 멈췄다.

"제가 본 깃발 중에는 신라대왕이라고 쓴 깃발도 있었습니다. 염탐하고 돌아오는 길에 신라 군 초소를 습격해서 초병을 하나 잡아왔으니 필요하면 심문하시지요."

천막 안 여기저기에서 칼에 찔린 것 같은 신음소리가 흘러나왔다. 을지문덕은 평정심을 잃은 듯 아랫입술을 깨무는 고승에게 다가간 범우가 귓속말을 하는 것을 유심히 살펴보았다. 입과 귀를 가리기 위해 치켜든 범우의 손목에 시커먼 문신이 새겨져 있었다. 고개를 끄덕거린 고승이 온달에게 입을 열었다.

"수고했소, 장군. 하지만 내 명령도 없이 독단적으로 적진을 염탐한 것이오?"

"아까 밖에서 잠깐 말을 들으니 말객의 말만 듣고 안심하고 계셨던 모양인데, 제가 보고 오지 않았으면 신라의 왕은커녕 대당과 귀당인 줄도 모르셨겠지요."

팔짱을 낀 온달의 말에 고승은 다시 입을 다물었다. 이번에도 범우가 대신 입을 열었다.

"장군님의 공은 높이 사지만 그래도 말씀이 지나치십니다."

"어제 네놈이 구원군은 오지 않을 거라고 했지. 이제 어찌할 셈인지 그 잘난 입으로 한번 떠들어보거라."

"전쟁에서는 예상치 못한 일들이 무수히 많이 벌어집니다. 어제 일은 소인의 판단이 잘못된 것이 틀림없습니다. 하지만 지금 중요한 것은 저들과 어떻게 싸워야 하느냐 하는 점입니다."

"대장군. 온달장군의 말대로 저들이 신라 왕이 직접 이끄는 대당과 귀당이라면 지금 우리 전력으로는 역부족입니다. 시급히 한성에 전령을 보내 추가로 병력을 지원받아야 합니다."

장씨 성을 가진 장군이 떠들자 눈살을 찌푸리며 고개를 돌린 범우가 입을 열었다.

"장군께서는 어찌 싸워보지도 않고 도망칠 궁리부터 하시는 거요?"

천막 안의 소란스러운 분위기를 가라앉힌 것은 고승이었다.

"범우의 말이 맞소. 싸워보지도 않고 지원군을 요청하거나 물러날 수는 없는 노릇이오. 일단 적과 접촉해서 전력을 탐색해본 후 결정하겠소, 온 장군."

고승의 시선이 온달을 향하자 을지문덕은 이유를 알 수 없는 불안감을 느꼈다.

"기병 일 개 당을 줄 테니 가서 적의 전력을 탐색해보시오. 적당한 곳이 있겠소?"

몸을 일으킨 온달이 탁자에 놓인 지도 위로 몸을 숙였다. 지도 위에 그려진 선을 따라 움직이던 온달의 손가락이 한군데서 멈추었다.

"아리수에 접해 있는 벌미재에 진을 치고 있는 신라 군은 고개를 중심으로 아리수를 따라 길게 포진해 있습니다. 여기 학고재라면 신라 군의 진영을 손바닥 보듯 내려다볼 수 있을 겁니다."

고개를 끄덕인 고승이 범우를 쳐다보았다. 범우 역시 고개를 끄덕이는 것을 보고 고승이 온달을 향해 입을 열었다.

"서두르시오, 장군."

그것으로 회의는 끝이 났다. 장군들과 말객들이 슬금슬금 자리에서
일어났다. 뒤늦게 자리에서 일어나려던 을지문덕은 걸어가는 온달의 뒷
모습을 보면서 범우와 말객 오랑이 바짝 붙어서 은밀하게 얘기를 주고받
는 것을 보고 멈칫했다. 을지문덕이 자신들을 주시한다는 사실을 깨달
은 두 사람은 어색한 미소를 지으며 떨어졌다. 두 사람 사이를 지나 밖으
로 나온 을지문덕은 무장을 갖추기 위해 서둘러 천막으로 뛰어갔다.

숙영지의 남쪽 문밖은 집결한 기병들 때문에 북적거렸다. 대열의 선
두 쪽으로 나아간 을지문덕은 병사들 앞에 서 있는 말객 오랑을 보았
다. 그를 발견한 오랑이 한쪽 눈썹을 치켜뜨면서 입을 열었다.

"참군께서 여긴 웬일이십니까?"

"태왕폐하께서 맡기신 소임을 다하기 위해서라네. 참군이 오는 걸
꺼리다니 뭔가 켕기는 게 있는 모양이군."

을지문덕의 뼈 있는 농담에 말객 오랑은 겸연쩍은 얼굴로 그를 외면
했다. 을지문덕은 행렬의 선두에 굳은 표정으로 서 있는 온달을 발견하
고서 그쪽으로 말을 몰았다. 그를 발견한 온달이 뭔가 말을 하려는 듯
입을 열었다가 생각이 바뀌었는지 다시 입을 다물었다. 심상치 않은
분위기를 감지한 을지문덕은 잠자코 신호병 옆에 섰다. 온달은 을지문
덕에게는 눈길조차 주지 않고 새로 차출된 기병들을 지그시 바라보았

다. 을지문덕은 생각에 잠긴 온달의 옆모습을 말없이 지켜보았다.

"출발한다!"

온달의 명령이 떨어졌다. 십여 기의 기병들이 앞으로 나가는 것을 시작으로 백여 기의 기병들이 일제히 움직였다. 말의 쇠 편자에 눌린 대지가 억눌린 비명을 지르며 몸을 떨었다. 첨병들이 일정한 거리를 두고 선두로 나간 것을 확인한 온달이 말객 오랑을 손짓으로 불렀다.

"우리가 가야 할 곳은 저기 뾰족한 산 가운데 있는 고개일세. 어제 보니까 저기에 올라가면 아리수를 등지고 포진한 신라 군의 진영이 충분히 내려다보일 것 같더군. 혹시 신라 군이 매복하고 있을지 모르니 척후와 정탐을 충분히 보내게."

고개를 끄덕거리는 오랑에게 온달이 다시금 지시를 내렸다.

"첨병들이 학고재를 올라가면 주변을 계속 정탐하도록 해. 아무 이상 없으면 본대가 올라간다."

"만약 적이 공격해오면 어찌합니까?"

말객 오랑이 침울하고 어두운 목소리로 질문하자 온달은 잠시 뜸을 두었다가 대답했다.

"적의 전력을 탐색하는 것이 목적이니까 잠깐 교전해보고 바로 빠진다. 공격할 때는 내가 선두에, 퇴각할 때는 내가 제일 후미에 남겠다."

말객 오랑은 아무 말 없이 군례를 올리고는 자기 자리로 돌아갔다. 그 틈을 노린 을지문덕이 온달의 곁에 바짝 붙어서 물었다.

"무슨 일 있으십니까?"

"아무것도 아니야."

더 이상 말을 하고 싶지 않다는 듯 짧게 대답한 후 온달은 말을 몰아 선두로 내달렸다. 앞장선 신호병이 연신 나팔을 불어댔다. 숲속에 있던 새들도 말발굽 소리에 놀라 허공으로 부산스럽게 날아오르며 시끄럽게 울어댔다.

온달은 신중하게 척후를 내보냈고, 돌아온 척후병들은 학고재 정상 주변에 신라 군이 없음을 보고했다. 몇 번이고 같은 보고를 받은 온달은 언덕 양쪽의 풀숲에서 쉬고 있던 기병들에게 이동 명령을 내렸다. 기병들은 햇빛을 피할 곳이 없어 구슬땀을 흘리며 자갈투성이의 언덕길 위로 조심스럽게 말을 몰았다. 전쟁터라고는 믿기지 않을 만큼 고요했다. 그 고요함이 오히려 병사들을 긴장시켰다. 언덕길은 갈수록 좁아지면서 경사도 심해졌다. 말발굽에 차인 돌들이 긴 메아리를 남기며 아래로 떨어졌다. 엄지손가락으로 투구를 살짝 들어 올린 을지문덕은 숲이 품고 있는 음습함과 은밀함에 낯을 찡그렸다. 앞장선 온달은 아무 말 없이 병사들을 이끌고 학고재 정상에 도달했다.

산꼭대기는 아래에서 볼 때와 달리 의외로 넓어서 척후로 나간 병사들과 후미에 남은 병사들을 제외한 칠십여 명의 기병들이 모두 올라갈 수 있었다. 정상에 도달한 병사들은 거침없이 부는 바람에 땀을 식힐 틈도 없이 당주들의 재촉을 받으며 말에서 내려 산꼭대기를 따라 가며 말뚝을 꽂았다. 경계를 맡은 병사들은 활과 화살을 가지고 내려 말뚝 뒤에 자리 잡았다. 말을 책임질 신참 병사들이 양손에 고삐를 잡고 말들과 씨름하는 사이 산 정상의 툭 튀어나온 바위 위에 올라선 온달은 멀리 내려다보이는 신라 군 진영을 말없이 바라보았다. 신라 군 진영을 차분히 살피던 온달이 고개를 갸웃거렸다.

"이상하군. 강을 등지고 옆으로 길게 늘어선 걸 보면 공격할 포진은 아닌데 말이야."

하지만 아무도 그의 말에 맞장구를 치지 않았다. 당주들은 병사들을 돌아보느라 정신이 없었고, 말객 오랑은 바위 아래 서서 측근들과 이야기를 주고받는 중이었다. 바위 위에는 온달과 보밀을 비롯한 그의 가병들 몇 명, 그리고 을지문덕뿐이었다. 그의 곁에 선 을지문덕은 온달의 시선을 따라 산 아래 펼쳐진 신라 군 진영을 내려다보았다. 작은 개미처럼 보이는 신라 군들이 강을 따라 쳐놓은 목책을 따라 움직이고 있었다. 길게 늘어진 신라 군 진영은 벌미재 꼭대기를 지나 동쪽으로 이어졌다. 온달이 그에게 말을 건넸다.

"자네 생각은 어때?"

"장군님 말씀대로 이상합니다. 포위된 북한산성을 구하러 왔다면 하루빨리 우리와 결전을 벌이든지 아니면 우리 후방으로 우회해야 할 텐데 저건 그냥 방어만 하겠다는 포진인데요."

"철기로 밀어붙이면 아리수에 사는 물고기 밥으로 만들 수 있을 것 같습니다."

앞쪽의 낮은 바위 위에 자리 잡고 있던 보밀이 두 사람을 돌아보며 쾌활하게 입을 열었지만 온달은 무겁게 고개를 가로저었다.

"철기가 비록 보병들보다 월등히 우세하다고는 하나 그건 어디까지나 벌판에서의 싸움에서나 통하는 얘기야. 저렇게 단단한 방진으로 기병들을 몰아넣는 것은 섶을 지고 불에 뛰어드는 거나 마찬가지야."

온달의 말에 을지문덕도 동의한다는 듯 고개를 끄덕였고, 보밀은 찡그린 얼굴을 감추었다. 온달이 손짓하자 푸른색 두루마기에 햇빛을 피하기 위해 챙이 넓은 가죽모자를 쓴 젊은이가 황급히 바위 위로 올라섰다. 한 손으로 바람에 흩날리는 모자를 움켜잡은 젊은이에게 온달이 말했다.

"하나도 빼놓지 말고 그려놔. 특히 저쪽, 아마 신라 왕이 있는 곳일 텐데, 거긴 특별히 자세하게 그려놓게."

온달의 말을 한마디도 빼놓지 않고 듣기 위해 고개를 바짝 숙인 젊은이가 알아들었다는 듯 힘차게 고개를 끄덕이고는 바위 아래로 도로 내려갔다. 젊은이의 뒷모습을 보던 을지문덕이 물었다.

"누굽니까? 문객치고는 너무 젊은데요."

"외리부 대상을 지냈던 상부 고계상의 큰 아들이야. 신동으로 소문이 나서 열두 살 때 태학에 들어갔다네. 이름이 아마 고정의라고 했던가? 아버지가 아들이 책만 읽어서 유약해지는 것 같아 걱정이라고 하소연을 해서 데리고 온 걸세."

바람을 피해 바위 뒤쪽으로 돌아간 고정의라는 이름의 젊은이는 두 다리를 벌리고 서서 붓을 움직였다.

을지문덕은 너무 오랫동안 한곳을 바라보느라 시큰해진 눈을 쉬게
하기 위해 고개를 옆으로 돌렸다가 오른쪽 봉우리의 수풀 사이로 낯
선 빛이 반짝거리는 것을 보았다. 반대편인 왼쪽 봉우리에서도 비슷한
빛이 나타났다가 사라졌다. 을지문덕은 온달에게 그 사실을 물어보려
고 했지만 온달은 어느 틈에 앞쪽 바위에 홀로 서 있던 보밀의 옆에 있
었다. 두 사람은 산 아래에서 밀려 올라오는 바람 때문인지 인상을 찡
그리며 말을 주고받았다. 주위를 두리번거리던 을지문덕이 바위 아래
서 있는 말객 오랑에게 큰 소리로 외쳤다.

"이보게. 양쪽 봉우리에도 우리 첨병들이 가 있나?"

휘하 당주들과 얘기를 나누던 말객 오랑이 그를 올려다보며 고개를
가로저었다.

"아까 갔다가 지금은 철수했습니다."

그 순간, 화살이 쏟아졌다. 정상에 있던 병사들은 갑작스럽게 날아
든 화살을 피하기 위해 아우성을 치며 사방으로 흩어졌다. 등과 엉덩
이에 화살을 맞은 말들이 고통스러운 울음소리를 내며 허공을 향해
뒷발질을 했다. 더위를 피하기 위해 투구와 갑옷을 벗어버린 병사들
이 속수무책으로 당하고 있었다. 정신을 차린 당주들이 누워 있거나
나무 뒤에 숨어 있던 병사들에게 어서 반격하라고 소리쳤지만 아무도
움직이지 않았다. 화살을 뒤집어 쓴 말들이 내는 숨넘어가는 울음소
리가 병사들의 공포심을 부채질했기 때문이다. 바위 아래로 몸을 굴린
을지문덕은 두 손으로 머리를 감싸 안은 채 부들부들 떨고 있는 고정

의와 맞닥뜨렸다.

날아드는 화살이 약간 뜸해지자 목책 뒤에 있던 병사들이 양쪽 봉우리를 향해 화살을 날리기 시작했다. 날아드는 화살이 눈에 띄게 줄어들자 여유를 되찾은 을지문덕은 온달을 찾으려고 고개를 살짝 들었다. 하지만 그의 모습은 보이지 않았다. 잠시 숨을 고른 을지문덕은 허리를 숙인 채 오랑이 숨어 있는 곳으로 뛰어갔다. 옆으로 파고든 을지문덕을 본 오랑이 더듬거리며 변명했다.

"놈들이 다시 숨어들었으리라고는 생각지도 못했습니다."

"시끄러워! 온달장군 못 봤나?"

오랑은 고개를 크게 저었다.

"못 봤습니다."

"지금 퇴각할 것이니 부하들을 수습해."

두 눈을 치켜뜬 오랑이 대답했다.

"온달장군님의 명령 없이는 안 됩니다."

을지문덕이 그의 멱살을 잡고 흔들었다.

"이대로 있다가는 모두 죽고 말 거야. 온 장군은 내가 찾아볼 테니까 지체하지 말고 퇴각 준비해."

다그치는 그의 말에 말객 오랑은 더 이상 반박하지 못했다. 오랑이 신호병이 엎드려 있는 풀숲으로 기어가는 것을 곁눈질로 보며 을지문덕은 다시 바위 쪽으로 돌아갔다. 허리를 숙이고 뛰던 을지문덕은 등 뒤에서 들리는 바람소리에 본능적으로 바닥에 몸을 날렸다. 머리 위를 아슬아슬하게 스치고 지나간 화살이 앞쪽에 쓰러져 있는 병사의 허벅지에 깊이 박혔다. 화살을 맞은 병사는 이미 죽었는지 비명도 지르지 않았다. 화살이 박힌 시체를 단숨에 뛰어넘은 을지문덕은 여전히 엎드려 있는 고정의를 잡아 일으켰다. 눈물과 콧물로 범벅이 된 고정의가 심하게 떨면서 말했다.

"바우가… 바우가…."

을지문덕의 말에 대꾸도 하지 못한 채 고정의는 계속 같은 말만 반복했다. 화살을 맞고 쓰러진 시종 때문이었다. 을지문덕은 와들와들 떨고 있는 고정의에게 주먹을 날렸다.

"저 꼴로 죽고 싶지 않으면 뒤돌아보지 말고 뛰어! 알았어?"

울먹거리던 고정의는 알아들었다는 듯 고개를 끄덕거렸다.

퇴각을 알리는 긴 나팔 소리를 들은 을지문덕은 온달이 서 있던 바위 쪽으로 뛰어갔다. 고개 정상을 따라 반달처럼 길게 꽂아놓은 말뚝 중간 중간에 몸을 숨긴 병사들이 정신없이 화살을 쏘아대고 있는 중이었다. 병사들이 마구잡이로 쏘아댄 화살들 중 일부가 신라 군이 아니라 고구려 군을 향해서도 날아들었다. 바위틈을 지나던 을지문덕은 뺨 쪽에 거센 충격을 받고 그대로 주저앉았다. 꼼짝도 못 하고 있는데 보밀이 달려와 그의 뺨에 박힌 화살을 뽑아낸 뒤 허리춤에서 꺼낸 천으로 피를 막아주었다. 오른쪽 뺨에 박힌 화살은 다행스럽게도 소가죽으로 만든 뺨 가리개를 완전히 뚫지 못해서 이빨이나 혀를 상하게 하지는 않았다. 화살을 맞은 충격 때문일까? 실핏줄이 터진 오른쪽 눈에 보이는 세상은 온통 피를 뒤집어 쓴 죽음들뿐이었다.

"참군님, 이제 어찌해야 합니까?"

을지문덕은 온몸이 뒤틀릴 것만 같은 아픔을 참으면서 겨우 입을 열었다.

"신라 군이 오기 전에 퇴각한다. 온달장군은 어디 계시느냐?"

"화살이 갑자기 날아와서 숨는 바람에 못 찾았습니다."

보밀이 두려움에 떨며 대답하자 을지문덕은 이해할 수 없다는 표정으로 물었다.

"아까 둘이 함께 있는 걸 보았는데 어디 있는 줄 모르다니…."

"사실은 아까 화살이 처음 떨어졌을 때는 같이 숨어 있었는데 화살이 뜸해지니까 갑자기 몸을 일으키시더니 저쪽으로 가셨습니다."

을지문덕은 보밀이 떨리는 손끝으로 가리킨 바위 너머를 향해 뛰었다. 온달은 바위틈에 엎드려 있었다. 그의 등 한복판에는 화살이 꽂혀 있었다.

"장군!"

을지문덕은 눈으로 직접 보면서도 믿을 수가 없었다. 뒤따라오던 보밀도 온달의 시신을 발견했는지 아무 말도 하지 못하고 그대로 서 있었다. 간신히 정신을 차린 을지문덕은 온달의 곁에 무릎을 꿇고 앉아서 조심스럽게 시신을 뒤집었다. 온달은 잠을 자는 것처럼 평온해 보였다. 온달의 얼굴이 옆으로 툭 떨어졌다. 을지문덕은 입을 벌린 채 서 있는 보밀에게 소리쳤다.

"뭐든 덮을 걸 가져와! 빨리!"

고개를 끄덕인 보밀이 허겁지겁 사라졌다. 을지문덕은 온달의 등 뒤에 꽂힌 화살을 뽑으려고 했지만 화살은 꼼짝도 하지 않았다. 화살을 부러뜨리는 수밖에 달리 방법이 없었다. 을지문덕은 온달의 시신을 조심스럽게 바닥에 눕혔다. 뭉개진 풀 위로 제법 피가 튀어 있었지만 한꺼번에 많은 양의 피가 흘러나온 곳은 없었다. 을지문덕은 온달을 처음 발견했을 때의 모습과 주변 광경을 머릿속에 남기기 위해 눈을 감았다. 꼭 감은 눈 너머로 펼쳐진 검은 공백 위로 온달의 시신과 주변에 흩어진 핏자국들이 선명하게 드러났다. 발에 짓밟혀서 잘려진 풀잎들이 하나둘 자리를 잡아갈 무렵 등 뒤에서 뭔가가 그를 덮쳤다. 온달의 시신 위로 넘어진 을지문덕에게 보밀이 더듬거리며 입을 열었다.

"죄송합니다. 발이 꼬여서…."

을지문덕은 방해를 받았다는 사실에 화가 났지만 일단 서두르기로 했다. 보밀이 가져온 것은 병사들이 천막으로 쓰는 말가죽이었다. 시신의 얼굴과 몸을 감싸자 흙과 풀잎이 묻은 발이 그대로 밖으로 드러났다. 보밀이 온달의 발 쪽을 잡는 것을 본 을지문덕은 말가죽에 감싸여진 온달의 어깨를 잡았다. 죽은 병사들이 흘린 피가 묻은 풀잎을 밟고 몇 번이나 미끄러졌지만 결국 말이 있는 곳까지 온달의 시신을 운반할 수 있었다. 을지문덕과 보밀이 온달의 시신을 말안장에 올리고 끈으로 단단히 묶는 동안 눈치 빠른 시종은 주인을 잃고 서성거리는 다른 말을 끌고 왔다. 말 위에 먼저 올라 탄 을지문덕은 온달의 시신을 올린 말의 고삐를 움켜잡았다. 말안장 위에서 최대한 몸을 낮춘 보밀은 온달의 시신이 실린 말 뒤에 바짝 붙었다.

숙영지에 남아 있던 병사들은 아무 말도 하지 못한 채 당혹스러운 눈길로 돌아오는 동료들을 바라보았다. 통나무를 엮어서 만든 문이 열리자 말객 오랑과 을지문덕은 패장의 관습대로 말에서 내려 문으로 들어섰다. 좌우로 몰려든 병사들은 말안장에 실린 시신을 보고 숨을 죽였다. 시신을 조심스럽게 바닥에 눕혔다. 온달장군이라는 외침이 파도처럼 퍼지는 가운데 병사들은 충격에 빠졌다. 뒤따르던 보밀에게 말고삐를 넘긴 을지문덕은 오랑과 함께 삽시간에 모여드는 병사들을 헤치고 대장군 고승이 머무르고 있는 천막으로 향했다. 소식이 전해졌는지 대장군 고승과 범우가 나와 있었다. 두 사람 앞에 무릎을 꿇은 을지문덕은 뺨의 상처를 감싸고 있던 천을 벗기고 큰 소리로 외쳤다.

"온달장군이 화살에 맞아 전사하셨습니다."

온달이 전사했다는 말에 대장군 고승과 범우는 서로의 얼굴을 바라보았다. 을지문덕은 살짝 고개를 들고 두 사람을 쳐다보았다. 그들의 얼굴에 떠오른 표정을 도무지 읽어낼 수 없었다. 헛기침을 한 고승이 을지문덕에게 말했다.

"보는 눈이 많으니 일단 들어갑시다."

천막 안으로 들어선 을지문덕은 자리에 앉자마자 학고재에서 벌어진 일들을 숨김없이 전했다. 하지만 대장군 고승은 오직 온달의 죽음을 이야기할 때만 눈빛을 번득였을 뿐 다른 일에는 관심을 보이지 않았다. 을지문덕은 도무지 그 분위기를 이해할 수 없었다. 답답하고 갑갑했다. 당장이라도 자리를 박차고 나가고 싶을 만큼 가슴이 옥죄었다. 시간이 흐르고 마음이 조금이나마 진정되었는지 오른쪽 뺨의 상처가 다시 욱신거렸다. 바깥은 여전히 소란스러웠다. 한숨을 내쉰 고승이 을지문덕을 바라보았다.

"이야기 잘 들었소. 물러가서 이번 일에 대한 보고서를 어서 작성토록 하시오."

을지문덕은 난장판이 되어버린 병영을 지나 온달에게 마지막 작별인사를 하러 그의 처소로 향했다. 전사자가 있음을 알리는 검은 깃발이 축 늘어져 있는 온달의 처소에는 적막이 감돌고 있었다. 온달의 가병들은 주인의 죽음과 더불어 찾아올 변화를 걱정하며 천막 주변에 힘없이 주저앉아 있었다. 오직 한 명 보밀만이 창을 들고 천막 앞에 서 있었다. 퉁퉁 부은 눈을 깜박거리던 보밀은 을지문덕과 눈이 마주치자 본능대로 고개를 숙였다.

"시신은 안에 모셔져 있느냐?"

"예! 잘 모셔뒀습니다."

을지문덕은 보밀이 열어준 천막의 입구로 들어섰다. 금방 승려가 다녀갔는지 어두운 천막 안은 매캐한 향냄새로 가득했다. 을지문덕은 따끔거리는 눈을 비벼가며 침상에 누워 있는 온달의 시신 곁으로 다가갔다. 목까지 덮인 이불 속으로 온달의 얼굴이 보였다. 어느새 말끔해진 모습이었다. 겨드랑이에 묶인 끈을 풀고 갑옷을 벗은 을지문덕이 온달을 바라보았다. 딱 꼬집어서 말할 수는 없지만 그의 죽음에는 뭔가 미심쩍고 의심스러운 구석이 있었다.

을지문덕은 팔꿈치에 턱을 괴고 무심코 아래쪽을 바라보다가 순간 멈칫했다. 침상 모서리에 놓인 버들고리짝의 뚜껑이 제대로 닫혀 있지 않았기 때문이다. 을지문덕은 버들고리짝의 뚜껑을 열어보았다. 안에 들어 있는 옷과 장신구들은 하나도 정리되어 있지 않았다. 누군가 급하게 되는 대로 쑤셔 넣은 것 같은 모양새였다. 옆에 있던 다른 버들고리짝들도 마찬가지였다. 을지문덕은 천막 문을 열어젖혔다. 그러고는 놀란 눈빛으로 자신을 바라보는 보밀에게 낮은 목소리로 물었다.

"오늘 장군님의 처소에 드나든 자가 있었느냐?"

"평소에 드나들던 시종들과 가병들뿐입니다."

"옷과 장신구가 든 버들고리짝을 정리하는 시종이 누구냐?"

을지문덕의 물음에 보밀이 대답했다.

"길지 할아범입니다."

"잠깐 불러올 수 있겠나?"

보밀은 잔뜩 굳어버린 을지문덕의 표정을 흘낏거리며 고개를 끄덕였다. 그러고는 천막 앞에서 서성거리던 다른 가병에게 지시를 내렸다. 지시를 받은 가병이 시종들이 머무는 작은 천막으로 뒤뚱거리며 걸어가는 것을 보고 보밀이 물었다.

"그런데 무슨 일 때문에 그러십니까?"

"누군가 장군님 처소를 뒤진 흔적이 있다."

을지문덕의 대답을 들은 보밀의 얼굴이 하얗게 변했다.

"대체 누가 그런 짓을 했답니까?"

"아무한테도 발설하면 안 된다. 알겠느냐?"

침을 꿀꺽 삼킨 보밀이 고개를 끄덕거렸다.

가병과 함께 나타난 길지 할아범은 계속 울었는지 퉁퉁 부은 눈을 연신 비벼댔다. 을지문덕과 보밀은 길지 할아범을 데려온 가병이 돌아갈 때까지 아무 말도 하지 않았다. 가병이 멀어진 것을 확인한 후 을지문덕은 영문을 몰라 하는 길지 할아범의 팔을 잡고 천막 안으로 들어갔다.

"자네가 온 장군님의 처소를 청소하고 정리한다고 들었는데, 그게 사실인가?"

"그렇습니다. 우리 주인님은 어릴 때부터 정리를 잘 안 하셔서 제가 뒤따라 다니면서 일일이 챙겨드렸습죠."

"이쪽으로 와보게."

을지문덕은 손에 든 촛불이 꺼지지 않도록 조심스럽게 발걸음을 옮겨 침상 옆에 있는 버들고리짝들을 가리켰다. 잘 보이지 않는지 눈을 깜빡거리던 길지 할아범이 곧이어 대답했다.

"오늘 아침에 제가 정리했을 때와 다릅니다."

"너 말고 여기 손댈 사람이 있느냐?"

"없습니다. 주인님이 입으실 옷은 새벽에 제가 미리 빼놓거든요. 주인님이 다른 옷을 입고 싶다거나 하실 때는 꼭 저를 불러서 찾아놓으라고 하시지 직접 꺼내 입지는 않으십니다."

자부심으로 가득 찬 길지 할아범의 대답에 을지문덕이 고개를 끄덕이며 재차 말했다.

"그렇다면 오늘 새벽 이후에 누가 여길 들어와서 천막 안을 뒤졌다는 얘긴데…."

"아이고, 말도 안 됩니다요. 가병들이 저렇게 지키고 있는데 귀신이 아닌 이상 사람들 눈에 안 띄고 무슨 재간으로 여길 들어옵니까?"

을지문덕은 펄쩍 뛰는 길지 할아범에게 버들고리짝을 턱으로 가리키며 말했다.

"그럼 저 상자 안에 있는 물건들 중 없어진 게 있는지 확인해줄 수 있느냐?"

탁자 위에 조심스럽게 촛불을 놓은 길지 할아범은 쌓여진 버들고리짝을 바닥에 내려놓고서 하나씩 뚜껑을 열었다. 손을 넣어서 버들고리짝 안을 살펴보던 길지 할아범이 고개를 갸우뚱거리며 대답했다.

"없어진 건 없습니다. 금박을 입힌 방울이랑 옥으로 만든 가락지도 그대로 있는데요."

길지 할아범의 말을 들으며 을지문덕은 온달을 모시던 노비들 중 하나가 패물을 훔쳐 달아났을 가능성은 마음속에서 지워버렸다. 을지문덕은 골똘히 생각에 잠겼다. 그러던 중 전사하기 직전 보았던 온달의 혼란스러움이 떠올랐다. 아무래도 석연치 않았다. 고민에 빠진 을지문덕에게 길지 할아범이 머뭇거리며 말을 건넸다.

"버들고리짝 말고 다른 곳도 뒤진 것 같은데요."

"어디를 또 뒤졌다는 말이냐?"

"저기 탁자 위에 놓인 벼루와 먹의 위치도 달라져 있고, 저쪽 휘장의 주름도 풀려 있습니다."

"천막 안을 뒤졌단 말이냐?"

"그런 듯싶습니다."

을지문덕은 길지 할아범의 얘기를 들으면서 천천히 천막 안을 돌아봤다. 그러다가 침상 앞에 놓인 탁자 아래에서 눈길을 멈추었다. 문틈으로 새어 들어온 희미한 빛에 반사된 낯선 빛을 따라간 을지문덕은 허리를 굽혀 탁자 아래로 손을 뻗었다. 탁자 밑을 더듬거리던 그의 손에 작고 둥근 단추가 잡혔다.

"이 단추, 온 장군님 것이었나?"

을지문덕은 손에 쥔 단추를 길지 할아범에게 보여주었다. 넘겨받은 단추를 불빛에 비춰보면서 할아범은 고개를 저었다.

"주인님 게 아닙니다."

"그럼 누구 거지?"

"무사들 중에 이런 단추를 단 신을 신는 사람들이 많습니다. 이 집안 가병들도 절반 넘게 하고 있습지요."

을지문덕은 길지 할아범에게서 단추를 다시 넘겨받고는 손바닥에 꼭 움켜쥐었다.

"수고했네. 오늘 이 천막 안에서 나눈 이야기는 누구에게도 발설하지 말게. 알았나?"

을지문덕은 길지 할아범이 고개를 끄덕거리는 것을 보고 밖으로 나갔다. 여전히 문밖에서 경계를 서고 있던 보밀이 그에게 말을 붙였다.

"참군님, 누구 소행입니까?"

주저하는 목소리로 보밀이 물었다. 을지문덕은 걸음을 멈추고 고개를 돌려 그를 바라봤다.

"정말 아무것도 못 봤느냐?"

"예? 뭘 말씀이십니까?"

"학고재에서 말이야. 자네는 온달장군과 마지막까지 함께 있었네."

을지문덕의 질문에 차가운 날이 서 있음을 알아챈 보밀은 하얗게 질린 얼굴로 주변을 두리번거렸다. 을지문덕은 헛기침을 하며 뒷걸음질을 치는 보밀에게 다가가면서 계속 쏘아붙였다.

"싸움터에 난생 처음 선 신참이라면 모르겠지만 몇 년 동안 전쟁터를 누빈 산 가병이 화살을 피하느라 모시던 주군의 죽음을 보지 못했다고 하면 누가 믿을까?"

을지문덕은 흔들리는 보밀의 눈빛에서 뭔가를 읽어내기 위해 그의 눈을 뚫어지게 쳐다보았다. 을지문덕이 그의 눈을 단단히 쳐다보며 다시 물었다.

"전쟁터에서 가병들이 주인을 지키기 위해 목숨을 던지는 게 주인에 대한 충성심 때문만은 아니라는 것쯤, 나도 잘 안다. 주인이 죽으면 그 밑에 속한 노비나 가병들의 운명도 순탄해지지 못하는 법이지. 예전처럼 무덤에 함께 들어가지는 않는다 해도 새 주인이 멀리 팔아버리기라도 하면 가족과도 영영 이별해야 하지. 그런데 자네는 그런 것들이 하나도 두렵지 않았나 보군."

"정말입니다. 소신은 아무것도 못 봤습니다."

보밀이 굳게 입을 다물자 을지문덕은 뒤따라 나온 길지 할아범에게 엄하게 말했다.

"시간 나는 대로 천막 안을 뒤져서 없어진 게 있는지 확인하고 직접 고하여라."

그러고는 그의 귀에 입을 대고 속삭였다.

"시키는 대로만 하면 공주마마께 고해 너를 노비에서 풀어주고 크게 한몫을 떼어주라고 청하겠다."

을지문덕은 길지 할아범의 얼굴이 환해지는 것을 보았다. 그 사이 보밀이 어디론가 종적을 감춰버렸다. 을지문덕은 그를 찾기 위해 주변을 두리번거렸지만 웅성대는 가병들과 시종들 사이에 보밀의 모습은 보이지 않았다. 빠르게 내려앉은 하늘의 어둠은 그 아래 자리 잡은 사람들을 분간조차 할 수 없게 만들었다.

"그자가 눈치챈 거 아닐까?"

차갑게 식힌 차를 한 모금 머금은 대장군 고승이 불안한 표정으로 말했다. 범우는 고개를 저었다.

"그자는 아무것도 모르니 너무 심려하지 마시지요."

그의 말에 약간의 위안을 찾은 고승이 들고 있던 찻잔을 탁자 모서리에 내려놓고 의자 등받이에 몸을 기댔다.

"하긴, 뭔가를 의심할 만한 일도 없었지."

"아울러 그자가 설사 수상한 낌새를 느꼈다고 해도 어찌하지는 못할 겁니다."

"그자는 명석하고 지혜로워. 몇 년 전, 동명성왕 묘에서 벌어진 살인사건도 해결했지. 그걸로 중리부에 발탁되었고."

고승에게 고개를 숙인 범우가 대답했다.

"조심해서 나쁠 거야 없겠지요. 문제의 그 물건도 얼른 찾아보도록 하겠습니다."

第二章

떠나간 님

비통함에 가득 찬 표정으로 소식을 전한 전령은 당장이라도 울 것 같은 표정으로 그녀를 올려다보았다. 하지만 그녀는 소식을 들은 후 가벼운 손짓으로 전령을 물러나게 했다. 슬픔의 눈물을 보일 것이라고 짐작했던 전령은 어안이 벙벙해져 밖으로 나갔다. 문을 지키고 있던 시녀들은 바깥에서 안을 들여다 볼 수 없도록 휘장을 쳤다. 돌아가는 전령에게서 소식을 전해들은 늙은 시녀가 들어와 머리를 조아릴 때까지 그대로 앉아 있던 평강공주가 신경질적으로 소리쳤다.

"무슨 일이냐?"

"방금 흉조를 들었사옵니다. 어찌 이런 일이…"

자리에서 벌떡 일어난 평강공주는 허리를 굽히고 있는 늙은 시녀를 지나쳐 휘장이 쳐진 문 쪽으로 걸어갔다. 따뜻한 햇볕이 머금은 온기를 찾아가던 평강공주는 휘장에 여과되어 세기가 한결 약해진 빛 무더기 안에 서서 뒤를 돌아보았다.

"황궁으로 사람을 보내 아버님에게 이 소식을 전하라. 그리고 장례 준비를 서둘러라."

화살처럼 빠르게 말을 쏟아낸 평강공주는 녹색과 붉은색 옥으로 만든 목걸이를 벗으며 말을 이었다.

"마구간에 일러 말과 수레를 준비하라고 해라."

"어디로 가시려고요?"

"북한산성으로 갈 것이다. 내가 직접 부군의 시신을 모셔오겠다."

평강공주의 말에 당황한 늙은 시녀가 손사래를 쳤다.

"하오나 공주마마. 그곳은 전쟁터이옵니다."

"전쟁터가 아니라 연옥이라도 찾아가야지. 부군의 시신을 내 눈으로 직접 볼 때까지 먹지도 자지도 않을 것이다. 의원도 같이 갈 것이니 준비시켜라."

어린 시절부터 그녀를 모셔왔던 늙은 시녀는 아무 말도 하지 못하고 종종걸음으로 물러났다. 평강공주는 남편의 죽음을 전해들은 그 순간부터 주체할 수 없이 뛰던 가슴을 진정시키느라 한 손으로 가슴을 힘껏 눌렀다. 가슴에 맺힌 슬픔이 눈물과 한숨으로 쏟아져 나오기를 기대했지만 정작 그녀가 느낀 것은 심한 어지러움과 울렁거림뿐이었다. 탁자를 쥔 손에 힘을 주며 간신히 자세를 유지하던 평강공주가 기어이 머리를 아래로 떨어트렸다. 그러고는 힘없이 중얼거렸다.

"당신, 정녕 이런 식으로 나한테서 벗어나는 건가요?"

숙영지의 문이 활짝 열리고 목책이 치워졌다. 기다리던 을지문덕이 손을 들어 출발신호를 내렸다. 선두에 선 중리부 소속의 섬모와 그의 부하들은 기세 좋게 말을 몰았다. 신라 군의 매복이 있었던 학고재의 양쪽 봉우리에 먼저 도착한 섬모의 부하들이 안전하다는 신호를 보낼 때까지 기다리던 일행은 이틀 전 도망쳐 내려왔던 그 길을 따로 올라 갔다. 을지문덕이 현을 조사하겠다고 하자 고승은 펄쩍 뛰었다. 하지만 을지문덕이 중리부의 참군이라는 직책을 내세우자 어쩔 수 없이 승낙 했다.

을지문덕이 학고재에 도착한 시간은 사시(巳時:오전 아홉 시부터 열한 시 사이)가 끝날 무렵이었다. 신경을 곤두세운 섬모가 부하들을 시켜서 학고재 주변의 숲을 수색하는 사이 을지문덕은 이틀 전 온달과 함께 서 있었던 바위 쪽으로 향했다. 시신과 무기들은 모두 치워졌지만 풀잎 위에 뿌려진 피는 반쯤 말라붙은 채 남아 있었고, 화살들도 땅과 나무 여기저기에 그대로 박혀 있었다. 이틀 전의 기억이 떠올랐는지 함께 온 보밀과 고정의 모두 몸서리를 쳤다.

땀을 줄줄 흘리는 말에서 내린 을지문덕은 아직 위험하다는 섬모 의 말을 무시하고 바위 위에 올라섰다. 귀밑을 스치고 지나가는 차가 운 바람이 을지문덕에게 긴장감을 불러일으켰다. 손등으로 이마를 한 번 쓱 닦아낸 을지문덕은 불과 이틀 전인데도 아주 오래전 같은 느낌 을 주는 그날을 떠올렸다. 을지문덕과 얘기를 주고받은 온달은 적진을 좀 더 잘 살펴보기 위해 앞쪽 바위로 갔고, 그곳에서 보밀과 이야기를 주고받았다. 고정의는 바람을 피하기 위해 바위 뒤쪽에서 당시 화살에 맞고 죽은 시종의 도움을 받으며 신라 군 진영을 그리던 중이었다.

생각에 잠겨 있던 을지문덕이 먼발치에 있는 보밀을 손짓으로 불렀다. 주저하던 보밀을 보며 을지문덕은 가슴속 깊은 차가움을 느꼈다. 대다수의 가병들이 주인의 죽음을 슬퍼하며 자신의 앞날에 대해 불안해 하고 있었지만 보밀은 크게 슬퍼하거나 두려워하지 않는 눈치였다. 보밀을 끌고 바위 앞쪽으로 걸어간 을지문덕이 물었다.

"바로 여기서 자네 주인이 죽었네. 그날 벌어졌던 일을 소상히 설명해보게."

"왜 그걸 궁금해 하십니까?"

을지문덕은 보밀의 뜻밖의 태도에 분개했다. 그날 입은 뺨의 상처가 다시금 욱신거렸다.

"왜냐고? 너무 어이없이 돌아가셨잖아. 거기다 그분의 최후가 어떠했는지 아무도 보지 못했다는 게 말이 된다고 생각해? 바로 옆에 가병들과 측근들이 잔뜩 있었는데 말이야."

"전 정말로 아무것도 보지 못했습니다."

보밀의 표정은 이제 억울하다고 항변하고 있었다. 순식간에 표정이 바뀐 것을 보면서 을지문덕은 고개를 천천히 끄덕거렸다.

"물론 나도 그 상황이 어떠했는지 알아. 자네 말대로 못 볼 수도 있지. 그러니까 자네가 그날 여기 서서 본 것만 얘기해주면 돼."

마른침을 삼키던 보밀은 을지문덕의 시선을 피해 산 아래 웅크리고 있는 신라 군 진영을 노려보았다. 그러고는 느릿느릿 입을 열기 시작했다.

"여기 서서 신라 군의 진영을 내려다보고 있었습니다."

을지문덕은 그날 봤던 광경을 떠올렸다. 온달과 보밀은 처음에는 웃으면서 말을 주고받았다. 주군과 가병답지 않게 서로의 어깨를 툭툭 건드리며 농담을 주고받던 두 사람은 갑자기 어색함을 느낀 듯 서로를 경계하고 물러섰었다. 숨을 크게 들이마신 보밀이 말을 이어갔다.

"양쪽 봉우리에서 화살이 날아들기 시작했을 때 저는 주군이 계시던 바위에서 몸을 돌려 저쪽 신라 군 진영을 내려다보고 있었습니다. 병사들이 비명을 지르고 말들이 날뛰기 시작해서 저는 풀숲에 머리를 처박고 꼼짝 않고 있었는데, 주군께서 제 뒷덜미를 잡아 일으키더니 뒤쪽에 있는 참군 어르신을 찾아오라고 하셨습니다."

"나를? 왜?"

잠에서 깬 것처럼 탁하고 갈라진 목소리로 묻는 을지문덕에게 보밀은 고개를 가로저으며 대답했다.

"여쭤볼 틈이 없었습니다. 그래서 화살을 피해 바위를 돌아가다가 뺨에 화살을 맞고 쓰러지신 어르신을 본 게 전부입니다."

을지문덕이 아무런 반응을 보이지 않자 보밀은 슬금슬금 눈치를 살피며 물러났다. 바위에서 뛰어내린 을지문덕은 눈앞에 흩뿌려진 핏자국을 보았다. 한쪽 무릎을 굽히고 핏자국들을 유심히 살펴보았다. 변색되긴 했지만 그대로 남아 있었다. 을지문덕은 핏자국들 사이를 지나면서 하나하나를 유심히 살폈다. 화살 맞은 상처에서는 창이나 칼에 찔렸을 때처럼 피가 많이 쏟아지지 않는다. 하지만 그 어떤 경우보다

깊고 오래간다. 겉으로 난 상처는 작아 보여도 몸 깊숙이 파고든 화살촉이 아주 조금씩 뼈와 살을 썩어 들어가게 하기 때문이다. 화살촉이 헤집어놓아 살은 저 깊숙한 곳까지 짓무르고 고름까지 나오게 된다. 을지문덕은 젊은 시절 목격했던 광경을 여전히 생생하게 기억하고 있었다. 신라 군이 쏜 화살을 맞은 병사의 등에서 고름덩어리와 구더기가 쏟아져 나오던 그 처참한 모습을 잊지 못했다. 잠시 상념에 잠겨 있던 을지문덕은 두 번째 목격자를 만나기 위해 몸을 돌렸다.

고정의는 그날처럼 바위틈에 몸을 웅크리고 있었다. 그때처럼 발치에 쓰러져 있는 늙은 시종은 없었지만 고정의가 품은 두려움은 여전히 눈동자에 남아 있었다. 을지문덕은 한 손을 뻗어 떨고 있는 그의 어깨를 움켜잡았다.

"그날 무슨 일이 있었는지 말해주게."

"바우 할아범이 죽었습니다. 내가 어렸을 때 업어주고, 목욕도 시켜줬는데…."

"그 얘기 말고, 자네가 본 것만 말해주게."

"고개를 들고 주변을 두리번거리다가 목덜미에 화살을 맞았지요. 픽 하고 쓰러져서 처음에는 장난인 줄 알고 화낼 뻔했어요. 그런데, 부릅뜬 눈을 보니까 장난이 아닌 거예요. 온몸을 부들부들 떨면서 꿈틀대다가 축 늘어졌는데 눈에서 피가 쏟아졌어요."

고정의는 하얗게 질린 채 횡설수설하면서 그날 느꼈던 공포를 곱씹어냈다. 을지문덕은 주변을 한 번 쓱 살펴보고는 웅크리고 앉은 고정의를 일으켜 세웠다.

"내 말 잘 들어. 그날 있었던 일을 똑바로 얘기하지 않으면 더 무서운 일을 겪게 해주지. 알아듣겠어?"

겁에 질린 고정의가 고개를 끄덕거렸다. 고정의는 옆 바위에 앉아 땀을 닦아내며 숨을 골랐다. 그동안 을지문덕은 허리에 찬 물통을 들고 물을 한 모금 마시며 하늘을 올려다보았다. 고정의에게도 물을 권했지만 그는 힘없이 고개를 가로저었다.

"전 아무것도 못 봤습니다. 갑자기 이상한 소리가 들리면서 뭔가 날아다니는데 여기저기서 사람들이 피를 토하고 쓰러졌어요. 도망치려고 했는데 발이 꼼짝도 안 해서 그냥 숨어 있었어요. 그러다 뺨에서 피를 흘리는 참군님을 보았고, 참군님을 따라 도망친 게 전부입니다."

짤막하게 얘기를 끝낸 고정의가 제발 믿어달라는 표정으로 그를 올려다보았다. 더 이상 아무런 얘기도 들을 수 없을 것이다. 귀족 집안의 자제를 단지 의심스럽다는 이유만으로 계속 추궁할 수는 없는 노릇이기 때문이다. 고정의가 시종들의 부축을 받으며 눈앞에서 사라진 뒤 을지문덕은 망연자실한 채 서 있었다. 그때 등 뒤에서 그를 부르는 소리가 들렸다. 고개를 돌린 을지문덕에게 섬모는 흙이 잔뜩 묻은 화살촉들을 건네주었다.

"그날 우리 쪽 궁수들은 어디에 배치되어 있었습니까?"

"저쪽 말뚝이 박혀 있는 자리에서부터 바위를 돌아 저기 저 갈라진 소나무까지일세. 왜?"

"부하들을 시켜 거둬들인 겁니다."

섬모는 한 손에 들고 있던 화살대가 짧게 부러진 화살촉을 을지문덕에게 넘겨줬다. 그러고는 계속해서 말을 이었다.

"이것처럼 볼이 두껍고 양쪽 끝의 미늘이 거의 직각으로 굽어진 게 신라 군 화살입니다. 여기 삼각형에 양끝의 미늘이 비스듬하게 밖으로 나간 것이 우리 쪽 궁수들이 쓰는 화살이고요."

"뭐가 이상한 건가?"

을지문덕이 목덜미를 한 손으로 만지작거리며 물었다. 갑자기 뒷목이 당기는 것 같았다.

"많이 이상합니다. 우리 편 궁수들이 양쪽 봉우리에 매복해 있던 적군을 향해 화살을 쏘았다면 이 화살들이 이곳 학고재에 박혀 있을 수는 없습니다."

"다급한 상황이었네. 서두르다가 화살을 떨어트렸을 수도 있지."

"부하들이 찾아낸 화살들은 모두 땅속에 한 치 이상 파고들어 갔습니다. 물론 화살을 쏘기 편하게 화살통에서 꺼내 땅에 꽂아두기는 하지만 깊이 꽂지는 않습니다."

강한 어조로 을지문덕의 의견을 부정한 섬모가 다시 한 번 산자락과 정상을 훑어보며 입을 열었다.

"그리고 여기를 내려다볼 수 있는 양쪽 산봉우리를 먼저 확인해보지 않았다는 것도 이상합니다. 아주 기본에 속한 일인데 말입니다."

"그럼 자네 의견은 어떤가?"

"일단 혼란에 빠진 궁수들이 마구잡이로 화살을 쏘아댔다면 어느 정도 설명은 가능합니다. 다급하니까 활시위에 화살도 끼우지 않고 당기는 놈을 본 적도 있습니다. 그 와중에 하늘 높이 치솟아버린 화살 말고도 아래로 낮게 깔린 화살도 있었을 겁니다."

"우리 궁수가 쏜 화살에 우리 병사가 맞았을 수도 있다는 얘기군."

"제대로 겨누지 않고 쏘았다면 충분히 그럴 수 있습니다. 잽싸게 쏘았다가 몸을 낮춰야 했을 테니까 어디 맞았는지 확인도 못했을 거고요."

낮고 무거운 어조로 입을 연 섬모가 한쪽 눈썹을 찡그리며 주변을 조심스럽게 돌아보았다.

"혹시 온달장군께서도 그렇게 돌아가신 게 아닌지 모르겠습니다."

"우리 편이 쏜 화살에 말인가?"

섬모는 대답 대신 고개를 끄덕거렸다. 그 얘기를 들은 을지문덕은 등골이 서늘해지는 것을 느꼈다. 태왕폐하의 부마이며 백성들의 사랑을 한 몸에 받는 온달장군이 아군의 손에 죽었을 수도 있다는 사실 때문이었다. 그것이 어떤 파장을 일으킬지 상상조차 가지 않았다.

평강공주는 슬픈 표정을 짓고 선 대장군 고승의 곁을 지나쳐 하얀 깃발이 흔들리는 천막으로 걸어갔다. 그리고 천으로 입을 가린 시종들과 가병들의 곡소리를 들으며 천천히 천막 입구를 열었다. 한여름의 열기에 부패한 시체에서 말로 표현할 수 없는 냄새가 밀려나왔다. 그녀를 따라 천막 앞에 서 있던 시녀들 중 몇몇은 고개를 돌려 손으로 입을 막았다. 등 뒤에서 들리는 늙은 시녀의 헛기침 소리에 정신을 차린 평강공주는 나지막한 한숨과 함께 천막 안의 죽음 가까이 한 발 내디뎠다. 시신이 누워 있는 침상으로 걸어가던 중 그녀가 현기증이 일었는지 잠시 비틀거렸다. 뒤따르던 의원이 팔을 잡아주며 근심 어린 목소리로 물었다.

"마마. 많이 힘이 드시면 저 혼자 살피도록 하겠습니다."

"여기까지 왔는데 그냥 돌아갈 수는 없다. 의자를 가져오너라."

시녀가 가져온 의자에 앉은 평강공주는 옷소매로 이마에 흐르는 땀을 닦았다. 연한 붉은색 비단으로 만든 넓은 소매에 흔적이 남았다. 의원이 침상을 둘러싼 휘장을 걷고 준비해온 천으로 자신의 입과 코를 가렸다. 여분의 천을 준비해온 그가 평강공주를 돌아봤지만 그녀는 고집스럽게 고개를 저었다. 시체를 감싼 거친 베를 한 겹 한 겹 걷어내던 의원이 문득 생각난 듯 다시 평강공주를 바라보며 물었다.

"공주마마. 소인이 찾아야 될 게 정확히 무엇이옵니까?"

잠시 망설이던 공주가 천천히 입을 열었다.

"장군이 어찌 돌아가셨는지 정확히 알고 싶어서 그런 것이다."

"전령의 말로는 온 장군께서는 신라 군이 쏜 화살에 맞고 돌아가셨다고 했습니다만."

"그것 말고 다른 상처가 있는지 살펴봐주게."

평강공주의 말에 의원이 흐릿한 한숨을 내쉬었다. 그가 시신의 얼굴을 덮은 베를 걷어내는 순간 평강공주는 두 눈을 질끈 감았다.

목격자로 짐작되는 몇 사람을 다그쳐보았지만 별다른 성과가 없자 을지문덕도 기운이 빠졌다. 몇 번이나 말을 세우고, 물을 마시며, 숨을 돌렸지만 생각을 접을 수는 없었다.

숲속에서 날아오른 새 떼들을 보고 놀란 섬모가 부하들을 시켜 길 양쪽의 숲을 살펴보는 것까지 더해서 을지문덕 일행이 진영으로 돌아온 시각은 술시(戌時:오후 일곱 시에서 아홉 시 사이)를 알리는 북소리가 울릴 무렵이었다. 군대를 따라온 대장장이들이 휘어진 창날이나 찌그러진 투구를 고치기 위해 망치질하는 소리가 멀건 석양 곁으로 아스라이 울려 퍼졌다.

불을 밝힌 처소에 도착한 을지문덕이 말에서 내리자 시종이 쏜살같이 달려와서 말을 했다.

"아까부터 누가 기다리고 있었습니다."

"누가?"

"온달장군을 모시던 시종이라고 했습니다. 주인님께서 부탁하신 일 때문에 찾아왔다고 하던데요."

"지금 어디 있느냐?"

"일단 저희들이 묵고 있는 천막에서 쉬고 있으라고 일러두었습니다. 어찌할까요?"

"처소로 데려오너라. 지금 만나겠다."

천막의 입구로 들어선 을지문덕은 머리에 쓰고 있던 가죽모자를 입구 옆에 놓인 탁자에 던져놓고 침상에 걸터앉았다. 잠시 후 천막 입구가 열리고 길지 할아범이 쭈뼛거리며 들어섰다. 코가 땅에 닿을 정도로 인사를 하는 길지 할아범에게 자리를 권하고 나서 을지문덕은 하루 종일 말을 타느라고 굳어져 있던 허리와 목덜미를 만지작거렸다.

"무슨 일로 찾아온 것이냐?"

"어르신께서 부탁하신 일 때문에 찾아왔습니다. 돌아가신 저의 주인님 물건 중에 없어진 게 있습니다."

"없어졌다고 하는 게 무엇이냐?"

길지 할아범의 말을 듣던 을지문덕은 지친 몸속으로 짜릿한 긴장감이 흘러들어가는 것을 느꼈다.

"금함입니다. 그게 없어진 것 같습니다."

"금함?"

"작은 상자인데 향나무로 만든 함의 네 귀퉁이와 뚜껑에 금박을 입힌 겁니다. 주인님께서 특히나 애지중지하시는 물건이라서 항상 눈에 보이는 곳에 놓아두시곤 했습니다."

양손을 무릎 위에 공손히 올려놓은 길지 할아범은 뇌리에 깊이 박혀 있는 복종의 무의식 때문인지 계속 굽실거리며 말을 이었다.

"그 안에 대체 뭐가 들어 있었기에 온달장군이 그렇게 애지중지한 것이냐?"

"잘 모르겠습니다. 다른 사람이 금함에 손대는 걸 무척이나 싫어하셨거든요."

"언제 없어졌느냐? 장군님께서 전사한 그날인가?"

"그게 잘 기억이 나지 않습니다."

기억을 더듬기 위해 안간힘을 쓰던 길지 할아범은 을지문덕의 얼굴에 실망감이 떠오르자 서둘러 덧붙였다.

"아, 주인님께서 돌아가시기 전날 금함이 안 보인다며 저에게 물어본 적이 있습니다. 그때부터 없어진 것 같습니다."

"누가 가져갔는지 짐작 가는 사람이 있느냐?"

을지문덕의 물음에 길지 할아범은 고개를 저으며 대답했다.

"주인님의 처소에 허락 없이 드나들 수 있는 노비들은 저를 비롯해 모두 서너 명뿐입니다. 모두들 저처럼 아버지 대부터 온씨 가문의 노비로 있었거나 어린 시절부터 집안에 들어왔던 자들입니다. 하지만…."

약간의 여운을 두고 그의 눈치를 살피던 길지 할아범이 가래 끓는 소리를 내며 콜록거렸다.

"짐작 가는 자가 하나 있기는 합니다. 그자가 신고 있던 가죽신에도 같은 모양의 청동단추가 달려 있는 걸 제 눈으로 봤습니다.

"누구냐. 그게…."

"주인님을 모시던 자들 중 하나입니다. 제가 확실한 물증을 찾은 연후에 아뢰도록 하겠습니다. 대신 어르신께서도 저와 약조를 하나 해주십시오."

"공주마마께 너를 풀어달라는 것 말이냐?"

을지문덕의 반문에 길지 할아범은 고개를 저었다.

"공주마마께서는 그런 부탁을 들어주실 분이 아닙니다. 차라리 어르신께서 저를 사주십시오."

"너를 사달라고?"

"그렇습니다. 제게 만약 자식이라도 있으면 모르겠지만 지금 이 나이에 풀려나면 얼마나 더 살 수 있겠습니까? 차라리 지금처럼 마음 편하게 지내는 게 좋을 것 같습니다."

"두려우냐? 자유로워진다는 것이…."

을지문덕의 물음에 길지 할아범은 낮은 한숨과 함께 고개를 끄덕거렸다.

"소인도 소싯적에는 노비에서 풀려나는 것을 꿈꾼 적이 있습지요. 온달장군께서도 몇 번 그런 말씀을 하셨고 말입니다. 하지만 소인은 걸음마를 뗄 적부터 누군가의 지시를 받는 것을 당연한 것처럼 받아들였습니다. 막상 그것들이 없어진다고 생각하니까 잠이 안 올 정도로 두렵습니다."

을지문덕은 대답을 기다리고 있던 그를 향해 입을 열었다.

"사라진 금함을 찾아오면 공주마마께 말해 너를 사주겠다."

"감사합니다. 늦어도 내일까지는 금함을 찾아오도록 하겠습니다."

자리에서 일어난 길지 할아범이 꾸벅 인사를 하고 밖으로 나가려고 했다. 잠시 생각에 잠겨 있던 을지문덕이 길지 할아범을 불러 세웠다.

"네가 보기에 온달장군과 공주마마는 화목해 보였느냐?"

그의 물음에 길지 할아범은 고개를 갸웃거렸다.

"소인은 잘 모르겠습니다. 가끔 주인님께서 몹시 상심해하시고 계시는 걸 몇 번 본 적은 있습니다. 무슨 일이냐고 여쭈면 아무 말 없이 웃기만 하셨고요."

천막의 입구를 여는 부스럭거리는 소리와 함께 사라진 길지 할아범의 잔영을 물끄러미 바라보던 을지문덕은 갑자기 견딜 수 없는 피곤함을 느꼈다. 그때 섬모가 뛰어 들어왔다.

"병사들이 곧 철군한다고 소리치고 있습니다."

한숨을 쉰 을지문덕이 섬모에게 말했다.

"다행이군. 이제 더 이상 누군가 죽을 일은 없을 테니까."

다음 날 아침 열린 회의에서는 철군이 기정사실화되었다. 미리 알고 있던 을지문덕 외의 다른 장군들과 말객들 역시 짐작하고 있었다는 듯 별다른 반응을 보이지 않았다. 짧은 이야기가 오고 간 후 대장군 고승이 회의를 끝냈음을 알리자 을지문덕을 제외한 다른 장군들과 말객들은 홀가분한 표정으로 밖으로 사라졌다. 아무 말 없이 잠자코 앉아 있던 을지문덕은 천막을 빠져나가는 말객들 틈에서 오랑의 뒷모습을 발견하고 의자에서 몸을 일으켰다. 천막 입구 바로 밖에서 조용히 말을 주고받던 말객들 틈으로 들어간 을지문덕이 오랑의 앞에 섰다. 심상치 않은 분위기를 느낀 말객들이 짧은 작별인사를 주고받으며 뿔뿔이 흩어졌다.

"무슨 일이십니까?"

더없이 공손한 말투였지만 그 안에 가시 같은 날카로움이 숨겨져 있었다.

"사흘 전 일 때문에 몇 가지 물을 것이 있네."

"걸으면서 얘기하셔도 되겠습니까? 병사들에게 빨리 가봐야 해서 말입니다."

슬쩍 옆으로 비켜선 말객 오랑이 을지문덕의 대답을 듣기도 전에 발걸음을 옮겼다.

"그날 왜 학고재의 양쪽 봉우리에 병사들을 배치하지 않았나?"

"그때 출동했던 부대의 총 지휘관은 온달장군이었습니다."

을지문덕은 앞장서 걷던 오랑의 팔뚝을 낚아챘다. 비틀거리던 오랑에게 을지문덕이 차갑고 단호한 목소리로 말했다.

"온달장군은 사흘 전에 돌아가셨네. 자네가 학고재가 내려다보이는 양쪽 봉우리에 부하들을 보내기만 했어도 그렇게 돌아가시지는 않았을 거야. 다시 물을 테니 대답하게. 그러지 않으면 참군의 권한으로 자네를 문초하겠네."

입을 꼭 다문 말객 오랑과의 팽팽한 눈싸움은 결국 을지문덕의 승리로 끝났다. 체념한 듯 고개를 떨어트린 오랑이 어깨를 한 번 으쓱거리더니 입을 열었다.

"그곳에 신라 군이 미리 매복해 있으리라고는 아무도 생각하지 못했을 겁니다. 저도 마찬가지입니다. 그것뿐입니다."

"온달장군은 그렇다 치더라도 자네 같이 경험이 풍부한 말객이라면 한번쯤 의심해보는 게 정상이었을 텐데?"

"사실 미심쩍기는 했습니다만 온달장군이 별달리 신경을 쓰는 것 같지 않아서 그냥 두었습니다. 사실 그날 학고재로 가는 것은 전적으로 온달장군의 고집 때문이었습니다. 저도 알고, 병사들도 다 알고 있었지요. 전쟁터에서 어떤 장군이 병사들에게 가장 미움을 받는지 아십니까?"

"모르네."

다시 발걸음을 옮긴 말객 오랑이 바닥에 그은 줄을 따라 줄지어 선 천막들 앞에 멈춰 섰다. 오랑이 그를 보고 군례를 올리는 병사들에게 일일이 답례를 하다가 을지문덕을 돌아보았다.

"공을 세우기 위해 앞장서는 장군입니다. 전쟁터에 있으면 귀족이든 천민이든 목숨이 하나뿐이라는 걸 통감하지요. 그날 온달장군이 그렇게 나서지만 않았어도 이십 명이나 되는 병사들이 죽음을 당하는 일은 없었을 겁니다."

가시 돋친 말객 오랑의 대답에 을지문덕이 다른 질문을 던졌다.

"그날 출동했던 병사들은 어느 부대 소속이었나?"

"갑자기 출동이 결정되는 바람에 여기저기서 차출되었을 겁니다. 덕분에 기습 한 번에 그렇게 속수무책으로 무너져버렸고 말입니다."

붉은색 허리띠를 한 당주들이 말객 오랑 앞에 모이기 시작했다. 곁에 서 있던 을지문덕을 흘끔 바라본 오랑이 당주들에게 말했다.

"짐 싸서 돌아간다. 저녁을 먹고 유정 초각(酉正 初刻:저녁 여섯 시 십오 분경)에 검열을 하겠다. 제대로 짐을 꾸리지 못하는 놈들은 여기 놔두고 갈 테니 제대로 준비하라고 해."

환희에 가득 찬 표정을 지은 당주들이 천막 밖으로 고개를 내민 병사들에게 돌아갔다. 당주들의 말을 들은 병사들이 내지른 환호성이 마르고 텅 빈 하늘 위로 퍼져나갔다. 을지문덕을 향해 몸을 돌린 말객 오랑이 한쪽 입술 끝을 말아 올리며 물었다.

"참군께서는 뭘 조사하시는 겁니까? 온달장군은 전쟁터에서 전사했습니다. 눈 먼, 지나간 화살에 맞고 말입니다."

"눈 먼 화살은 사람을 맞추지 못하는 법이지."

"어쨌든 죽음 앞에서는 모두 공평합니다. 저 같이 흙바닥에서 뒹굴다가 겨우 말객의 자리에 오른 놈이나 온달장군 같이 고귀한 귀족이나 모두 예외가 없지요."

"온달장군은 자네가 생각하듯이 편안하게 태어나신 분이 아닐세."

"그럼 운이 좋은 분이라고 해두죠. 공주마마의 부마가 안 되었다면 장군이 되지 못했을 테니까요."

"온달장군에 대해 제법 잘 알고 있는 것처럼 얘기하는군."

을지문덕의 말에 말객 오랑은 신경질적인 미소를 지었다.

"고구려 사람들 중에 온달장군에 대해서 모르는 사람이 어디 있답니까? 모두들 자기 자식이고, 친구고, 형님이라고 믿고 있는데요."

말객 오랑은 더 이상 할 말이 없다는 듯 바람처럼 몸을 돌려 자기 천막으로 갔다. 철수 준비를 위해 부산스럽게 움직이는 병사들 틈을 지나 처소로 돌아가던 을지문덕은 먼발치에서 보이는 온달장군의 천막을 보고 걸음을 멈추었다. 온달장군이 머물던 천막 옆에 못 보던 천막이 세워져 있었기 때문이다. 다른 천막들과 달리 붉은색 줄무늬가 쳐진 천막 앞에 옻칠이 된 검은색 관이 놓여 있었고, 여인이 한 손을 뻗어 관을 쓰다듬고 있었다. 관 옆에 서 있는 여인은 너무 작고 가냘프게 보여서 마치 관이 드리운 그림자 같았다.

처소로 돌아온 을지문덕은 김이 모락모락 피어오르는 아침밥은 거들떠보지도 않고 탁자에 앉았다. 보고서를 쓰기 위해 두루마리를 펼쳐놓고 붓을 들어 벼루에 담긴 먹물을 듬뿍 찍었지만 막상 아무것도 하지 못했다. 결국 아무것도 쓰지 못한 을지문덕은 먹물이 튀지 않게 조심스럽게 붓을 내려놓고서 텅 빈 천정을 올려다보았다. 온달의 죽음에는 분명 미심쩍은 부분이 있었다. 하지만 타살의 흔적을 찾을 수가 없었다. 한참 생각에 잠겨 있던 을지문덕은 천막 안으로 들어온 섬모가 헛기침을 할 때까지도 그의 존재를 알아차리지 못했다. 고개를 든 을지문덕에게 섬모가 조심스럽게 입을 열었다.

"평강공주께서 보내신 시녀가 와 있습니다. 모시고 오라는 분부를 받았답니다."

"평강공주? 공주께서 여기에 오셨다고?"

깜짝 놀란 을지문덕의 반문에 섬모가 고개를 끄덕였다.

"어제 저녁 늦게 도착해서 온 장군님의 처소 옆에 따로 천막을 세운 모양입니다. 어찌하시겠습니까?"

"공주마마께서 부르시는데 아니 갈 수 없는 노릇이지. 시종들을 불러주게."

"알겠습니다."

우르르 몰려온 시종들이 머리를 다시 빗어주는 사이 을지문덕은 잠시 눈을 감고 생각에 잠겼다. 그러고는 조용히 일어나 밖으로 향했다. 을지문덕은 말을 타고 가라는 섬모의 권유를 물리치고 공주가 보낸 심부름꾼과 함께 걸어갔다. 잠시 후 그는 한참 울었는지 두 눈이 퉁퉁 부은 늙은 시녀의 영접을 받았다. 아무 말 없이 앞장선 늙은 시녀를 따라 천막 안으로 들어서자 진한 향냄새가 코를 찔렀다. 을지문덕은 잠시 멈칫했다. 하얀색 비단으로 만든 휘장 안쪽에 평강공주가 있었다. 을지문덕은 치렁치렁한 옷에 커다란 비녀를 꽂은 그녀 앞에 무릎을 꿇고 바닥에 머리를 조아렸다.

"참군 을지문덕 공주마마께 문후 드리옵니다."

"고개를 들라."

한 점의 감정도 담기지 않은 공주의 목소리에 머리카락이 곤두선 을지문덕이 살짝 고개를 들었다. 잠시 을지문덕을 쳐다보던 평강공주가 휘장 아래 서 있던 늙은 시녀에게 말했다.

"참군과 차를 마시겠다."

백두산에서 따왔다는 약초로 달인 차에서 김이 모락모락 올랐다. 연꽃모양으로 조각한 작은 찻잔을 들어 차를 한 모금 마신 평강공주가 입을 열 때까지 을지문덕은 아무 말도 하지 않았다. 찻잔을 내려놓은 평강공주는 입구를 지키고 있던 시녀를 손짓으로 물러나게 했다. 밖으로 나간 시녀가 문을 닫자 이상스러운 기운이 뿜어져 나오는 천막 안에 단 두 사람만 남게 되었다.

"장군이 학고재라는 곳에서 돌아가실 때 곁에 있었다고 들었다."

"그렇사옵니다. 지금도 그때 일을 생각하면 통분한 마음뿐입니다."

"어찌 돌아가셨는지 고하여라."

뜻밖의 물음에 귀를 쫑긋 세운 을지문덕이 평강공주를 흘끔 바라보았다.

"소신은 온달장군께서 돌아가신 곳에서 약간 떨어진 곳에 있었습니다. 장군님의 가병인 보밀과 함께 갔을 때 장군께서는 이미 절명하신 다음이었습니다."

"그럼 장군이 돌아가실 때 곁에 아무도 없었다는 말이냐?"

평강공주의 목소리가 점차 평정을 잃어가고 있었다. 고개를 조아린 을지문덕이 침착하게 입을 열었다.

"온 장군님께서 돌아가셨을 때 진영은 신라 군의 갑작스러운 기습으로 혼란에 빠진 상태였습니다."

"내 남편은 적의 손에 죽은 게 아니다. 살해당한 것이다."

평강공주의 말을 듣는 순간 을지문덕의 숨통도 쪼그라들었다. 간신히 정신을 가다듬은 그가 물었다.

"어찌 그렇게 단언하시는지요."

평강공주는 꽃이 수놓아진 저고리 소매 안으로 손을 집어넣어 뭔가를 꺼내 탁자 위에 올려놓았다. 딸깍거리는 쇳소리와 함께 검붉은 피가 남아 있는 화살촉이 놓였다. 탁자 위에 놓인 화살촉은 학고재에서 섬모가 보여준 화살촉 중 하나와 같은 모양이었다.

"장군의 시신에서 꺼낸 것이다. 이건 우리 군대가 쓰는 화살촉이라고 검시한 의원이 얘기해줬다. 누군가 혼란한 틈을 타 장군을 죽인 것이 틀림없다."

"누가 감히 그분을 죽인다는 말씀입니까? 온 장군님은 온 고구려인의 사랑을 한 몸에 받는 분이셨습니다."

"너도 내 남편의 가문이 어떠했는지 잘 알고 있지 않느냐. 벼락출세했다고 질시하는 자들이 적지 않았다."

"사실 소인도 미심쩍은 부분이 있어서 어제 온달장군이 돌아가신 곳을 살펴보면서 장군님의 가병과 문객을 심문했습니다만, 특별히 이상한 점을 발견하지는 못했습니다."

"하지만 장군은 분명 우리 군이 쓰는 화살을 맞고 돌아가셨다."

을지문덕은 찻잔 옆에 올린 평강공주의 손이 떨리는 것을 묵묵히 바라보았다.

"다들 얘기하기를 꺼려하지만 방진이 부닥치는 와중에 같은 편의 등을 찌르는 일은 다반사입니다. 하물며 어디로 날아가는지 제대로 보지 못하는 화살이야 더 말할 나위가 없습니다."

"그럼 네 말은 누군가 실수로 장군을 죽였다는 말이냐?"

평강공주의 한쪽 눈썹이 들썩거렸다. 을지문덕은 대답 대신 고개를 끄덕거렸다.

"실수든 아니든 장군을 쏜 자를 찾아야겠다. 네가 그자를 찾도록 도와줬으면 한다."

"죄송하옵니다만 소신은 도와드릴 수가 없습니다."

"돌아가신 장군께서 네가 어떻게 살인사건을 해결하고 범인을 잡아내는지 얘기해주셨다. 살인자를 찾아만 준다면 크나큰 보상이 있을 것이다."

가늘게 찡그린 평강공주의 눈을 들여다보던 을지문덕이 한숨을 내쉬며 입을 열었다.

"여러 가지 의문점도 있지만 온달장군께서 살해당했다는 결정적인 증거가 없습니다. 물론 돌아가신 장군께서 우리 쪽 궁수가 쏜 화살에 맞고 돌아가신 것은 맞습니다만, 그 궁수가 살의를 가지고 있었는지를 증명할 방법이 없습니다."

"일단 그자를 찾아내서 문초하면 알 수 있지 않겠느냐?"

"화살을 쏜 장본인은 자신이 온달장군을 죽였을 것이라고 생각하지 못하고 있을 겁니다. 설사 알고 있다 해도 자기 입으로 발설하지는 않을 테지요. 옆에서 누가 보았다고 하더라도 입을 열지 않을 겁니다. 다들 그렇게 쉬쉬하고 넘어가는 게 좋다는 사실을 잘 알고 있으니까 말입니다."

"오늘 장군의 유품을 정리하다 보니 생전에 아끼시던 물건이 하나 없어졌더구나. 혹시 그 물건을 노리고 부군을 살해했을지도 모르는 일 아니냐?"

"그게 어떤 물건입니까? 온달장군을 죽일 만큼의 값어치가 있는 건 지요?"

을지문덕이 전날 길지 할아범에게서 들었던 금함에 관한 얘기를 떠올리며 조심스레 물었다. 뭔가 대답을 하려던 평강공주는 곧 생각을 바꾸었는지 입을 다물었다.

"장군께서 자리를 비우신 상태였으니 물건을 훔친 자와 장군님을 살해한 자가 동일인이라고 볼 수는 없습니다. 물론 양쪽이 서로 공모했는지도 확신할 수 없고 말입니다."

을지문덕은 조심스럽게 말을 마쳤다. 목이 말라 타들어가는 것 같았다. 탁자 위의 찻잔을 들어 입안을 적시며 을지문덕은 평강공주를 바라보았다. 자기 뜻대로 일이 풀리지 않는 데 화가 났는지 양쪽 뺨이 딱딱하게 굳어 있었다. 찻잔을 내려놓은 을지문덕이 천천히 자리에서 일어났다. 허리를 숙여 공손하게 인사했지만 평강공주는 고개를 돌린 채 외면했다.

천막 밖은 선선했다. 긴장한 탓에 옷이 땀으로 젖어버렸기 때문일 터다. 하늘을 올려다보며 참았던 숨을 내쉬던 을지문덕은 관 옆에 보밀이 서 있는 것을 보았다. 다른 생각을 하고 있었는지 접근을 눈치채지 못한 보밀이 눈앞에 나타난 을지문덕을 보고는 어색하게 웃었다.

"혹시 길지 할아범 못 보았느냐?"

"오, 오늘 못 보았습니다만…."

"이상하군. 오늘 나를 찾아오기로 했는데 말이야."

을지문덕의 시선을 피하기 위해서인지 애꿎은 바닥을 발끝으로 툭 툭거리던 보밀이 대답했다.

"시종들이 머무는 막사에서 찾아보겠습니다."

하지만 을지문덕은 보밀이 길지 할아범을 찾을 생각이 없다는 느낌을 받았다. 뭔가 말을 더 하려던 을지문덕은 땅을 차던 보밀이 신고 있던 가죽신에도 청동단추가 빙 둘러져 있는 것을 보았다. 아무 말도 하지 않고 천막으로 돌아온 을지문덕이 섬모를 불렀다. 한걸음에 달려온 섬모에게 을지문덕은 은밀한 목소리로 지시를 내렸다.

"돌아가신 온달장군의 시종 중에 길지 할아범이라는 자가 있다."

"어제 찾아온 늙은이 말입니까?"

"맞아. 그자가 오늘 내게 오기로 했는데 아직 소식이 없다. 그자의 행방을 은밀히 탐문해보거라."

"찾으면 끌고 올까요?"

"남의 눈에 띄지 않도록 끌고 와. 그리고 온달장군의 시신을 검시한 의원이 쓴 검시보고서가 필요하다. 그것도 손에 넣을 수 있겠느냐?"

"아예 검시한 의원을 데려다 심문하시는 게 어떻겠습니까?"

섬모의 말에 을지문덕은 고개를 가로저었다.

"공주마마를 따라온 의원이다. 잘못했다가는 일이 커질 수 있어."

"알겠습니다. 더 하명하실 일은 없으신지요."

"없다. 될 수 있으면 빨리 손에 넣어야 한다."

염려 말라는 듯 자신 있게 고개를 끄덕인 섬모가 종종걸음으로 멀어져가는 것을 보고 나서 을지문덕은 천막 안으로 들어갔다. 탁자와 의자는 이미 수레에 실렸는지 보이지 않았다. 침상에 걸터앉은 을지문덕은 엄습해오는 피곤함을 씻어내기 위해 두 손바닥으로 얼굴을 문질렀다. 화살 맞은 오른쪽 뺨이 쓰렸다.

다음 날 아침, 을지문덕은 아무 말 없이 철군 행렬을 바라보았다. 병사들이 높이 들고 있는 긴 창들이 멀리서 보니 흡사 숲이 움직이는 것만 같았다. 야트막한 언덕에 올라 그 광경을 지켜보던 을지문덕에게 곁에 있던 섬모가 조심스럽게 다가와 옆구리에 끼고 있던 두루마리를 건네주었다.

"온달장군의 검시보고서를 필사한 겁니다. 길지라는 시종의 행방은 아직 찾지 못했습니다."

"병영이 아무리 넓다고 하지만 늙은이 하나 찾아내지 못한다는 게 말이 되나?"

"이미 죽어서 묻혀버렸다면 행방을 못 찾을 수도 있습니다."

관을 실은 수레가 진흙수렁에 빠져서 멈춰 서자 깃발을 들고 따라

가던 보밀도 걸음을 멈췄다. 옻칠이 된 관은 그냥 나무로 짠 관보다 무거웠고, 평강공주가 올린 온갖 장식들도 있어서 두 마리의 소가 끌면서도 제대로 움직이지 못했다. 수레가 멈춘 줄 모르고 뒤따라오던 행렬들이 뒤엉켰다. 사람들의 웅성대는 소리와 말이 우는 소리들이 점점 크게 들렸다. 몇몇 가병들이 옆에 있던 동료에게 깃발을 넘기고 수레를 밀었지만 아무 소용이 없었다. 평강공주가 시녀들과 함께 나타난 것은 바로 그 무렵이었다. 수레가 꼼짝도 못 하는 걸 본 평강공주는 곁에 있던 시위대 당주에게 뭔가를 지시했다. 지시를 받은 당주가 가져온 것은 긴 나무막대기와 주먹만 한 돌이었다. 공주가 손가락질한 수레바퀴 뒤쪽의 진흙수렁에 돌을 놓은 당주가 나무막대기를 돌과 수레바퀴 사이에 끼워 넣자 주변에 몰려선 병사들 사이에서 탄성이 흘러나왔다. 당주를 비롯한 서너 명의 병사들이 나무막대기를 힘주어 누르니 시위가 당겨진 활처럼 팽팽하게 휘어진 나무막대기가 꼼짝도 하지 않던 수레바퀴를 천천히 밀어냈다. 다른 몇몇이 합세해 힘을 더하자 마침내 수레바퀴가 진흙수렁에서 빠져나왔다. 그때까지 제자리에서 꼼짝도 하지 않던 보밀이 어깨에 걸쳐두었던 깃발을 들고 수레를 따라 움직였다.

평양으로 돌아가는 행렬을 맞이한 것은 침묵하는 백성들이었다. 온달장군이 전사했다는 소식은 바람처럼 퍼져나갔고, 백성들은 자신의 눈으로 직접 보아야만 믿을 수 있겠다는 듯 길가에 서서 온달장군을 기다렸다. 온달장군의 죽음을 확인한 백성들의 반응은 충격 그 자체였다. 너무나 놀라서 슬퍼할 겨를도 없던 백성들은 온달장군의 시신이 멀리 사라질 때까지 아무 말도 하지 못했다. 도성에 가까워지자 상복을 차려입고 나온 백성들의 숫자가 점점 늘어났다. 통곡하는 소리도 점차 커졌다. 평강공주는 도성으로 돌아오는 내내 온달장군의 곁을 지켰다. 지칠 대로 지친 평강공주의 모습을 본 백성들은 하나같이 평강공주를 칭송했지만 그 광경을 멀리서 바라보는 을지문덕의 마음은 왠지 모르게 불편했다.

보름 가까운 이동 끝에 일행은 가까스로 도성에 도착했다. 그곳 역시 깊은 슬픔에 잠겨 있었다. 패수 남쪽의 한시산에서부터 운집한 백성들은 온달장군의 관을 보고 통곡을 멈추지 않았다. 슬퍼하는 백성들 사이를 뚫고 도착한 온달장군의 시신은 남쪽의 거피문 앞에서 대기 중이던 상여에 옮겨졌다. 색색의 꽃으로 화려하게 장식된 상여가 성문 안으로 들어갔고, 상복을 입은 백성들의 행렬이 그 뒤를 따랐다. 비로소 온달의 전쟁이 끝난 것이다. 간단한 절차를 마치고 해산된 병사들은 가족들을 얼싸안고 살아서 돌아온 것을 기뻐했지만, 돌아오지 못한 자식과 아들을 둔 가족들은 눈물을 흘려야만 했다.

을지문덕은 중리부 대상인 고추가 건무에게 간단히 보고를 하고 집으로 돌아왔다. 관리들이 모여 사는 중성의 홍련방에 있는 집에 도착하자 노비들이 나와서 기다리고 있었다. 말에서 내려 고개를 숙여 인사하는 노비들을 천천히 지나치던 을지문덕은 다리 앞에서 발걸음을 멈추었다. 한성의 하급관리 집안의 여식이었던 다리는 아버지가 신라

군에 투항하면서 노비의 신세가 되고 말았다. 우연찮게 그녀의 사정을 알게 된 을지문덕이 그녀를 사들였다. 큰 고난을 겪었지만 맑고 쾌활한 성격의 그녀는 몇 년 전 전염병으로 아내와 아들을 잃은 을지문덕의 상처를 씻어주는 존재였다.

을지문덕이 발걸음을 멈추자 다리는 붉게 달아오른 얼굴을 이내 떨구었다.

"무사히 돌아오셔서 기쁩니다, 나리."

"목욕물을 받아놓아라."

"이미 데워놓았습니다. 나리께서 좋아하시는 솔잎도 듬뿍 넣어두었습니다."

기분이 좋아진 을지문덕은 안채로 들어섰다. 출정하기 전과 달라진 것은 아무것도 없었다. 붉은색 비단이 깔린 침상이나 황금색 천이 깔린 둥근 탁자는 먼지 하나 없이 자기 자리를 지키고 있었다. 저택은 을지문덕의 관직에 비해 협소한 편이었다. 그러나 딸린 가족이 없었기에 불평할 정도는 아니었다. 그가 저택을 사들이면서 유일하게 손을 본 곳이 바로 목욕탕이다.

나무로 만든 목욕통 안에는 활짝 핀 말린 꽃잎과 솔잎들이 떠 있었다. 을지문덕은 천천히 숨을 고른 뒤 물속에 몸을 담근 채 눈을 감았다. 하지만 오른쪽 뺨의 욱신거리는 통증 때문에 이내 눈을 떴다. 목욕탕 안을 가득 채운 수증기 사이로 누군가 들어왔다. 다리였다. 갈아입을 옷을 가지고 들어온 그녀가 손을 뻗어 오른쪽 뺨에 난 상처를 어루

만졌다.

"상처가 깊지 않아서 다행이에요."

능숙한 솜씨로 뭉친 근육을 풀어주는 손놀림에 몸을 맡긴 채 을지문덕은 목욕통에 머리를 기댔다.

"나리. 무슨 일 때문에 그렇게 고민하십니까?"

눈치 빠른 다리의 물음에 을지문덕은 반쯤 감았던 눈을 떴다.

"너도 온달장군이 전사했다는 소문을 들었겠지?"

"시장에 나갔다가 백성들이 하는 얘기를 들었어요. 죽령 북쪽의 땅을 되찾지 않으면 살아서 돌아오지 않겠다는 맹세대로 용감하게 전사하셨고, 애통함 때문인지 시신이 담긴 관이 움직이지 않았다고요. 결국 평강공주께서 눈물로 애원한 다음에야 관이 움직였다고 하던데요."

다리의 말에 귀를 기울이던 을지문덕은 한숨을 쉬며 대답했다.

"소문대로 돌아가신 것은 아니다. 관이 움직이지 않았다는 것도 사실이 아니고."

"사람들이 그렇게 믿고 싶어 합니다. 그냥 놔두시면 안 될까요?"

다리의 말에 을지문덕은 고개를 끄덕거렸다.

"그것도 나쁘지는 않겠지."

"나리의 고민이 혹시 온달장군님의 전사와 관련이 있나요?"

다리의 물음에 을지문덕은 고개를 절레절레 내저었다.

"사실 온달장군의 죽음엔 몇 가지 이상한 점이 있어."

을지문덕은 다리에게 온달장군의 죽음에 관해 이야기했다. 한쪽 눈을 찡그린 채 그의 말에 귀를 기울이던 다리가 을지문덕의 말이 끝나자 작은 한숨을 내쉬었다.

"나리께서는 온달장군의 죽음이 타살이라고 보시나요?"

"그렇게 생각하기에는 가장 중요한 부분을 설명할 수 없어. 바로 그게 문제야."

"온달장군을 죽여야만 하는 이유말인가요?"

"살인이 벌어지는 가장 중요한 이유인 살해 동기가 보이지 않아. 물론 장군의 죽음과 관련된 사람들의 말은 하나같이 신뢰하기 어렵지만 말이다."

"어떤 면에서 그런가요?"

"우선 온달장군의 죽음을 가장 가까이서 보았던 보밀이라는 가병은 진술이 틀렸다. 처음에는 온달장군이 나를 찾아오라고 했다가 나중에는 공격을 받고 몸을 피하다가 헤어졌다는 식으로 얼버무렸어. 거기다 온달장군이 애지중지하던 금함도 사라졌고 말이야."

생각에 잠긴 을지문덕에게 다리가 물었다.

"사라진 금함이 마음에 걸리시나요?"

"그걸 찾아오겠다고 약속한 온달장군의 몸종인 길지 할아범이 종적을 감췄어."

"주인이 죽은 틈을 타 멀리 도망친 거 아닐까요? 노비들이 패물을 빼돌려서 야반도주 한 적이 종종 있었습니다."

다리의 말에 을지문덕은 고개를 가로저었다.

"길지 할아범은 나한테 금함을 찾아다줄 테니 자기를 사달라고 했었단다. 나이가 들고 몸이 불편한데 도망을 선택한 것도 이상하고."

"그럼 어쩌하실 겁니까? 전사가 아닌 것 같은 심증은 있지만 살인이어야만 할 이유나 물증이 없는 거네요."

"조사를 하긴 해야겠는데 어디서부터 해야 할지 도통 감이 안 잡히는구나."

한숨을 쉰 을지문덕은 잠시 눈을 감았다가 떴다. 물에서 피어오르는 수증기가 눈앞을 가렸다.

다음 날 황궁으로 등청했다가 돌아온 을지문덕이 수레에서 내리자 다리가 다가왔다.

"손님이 찾아오셨습니다."

"누가 말이냐?"

"돌아가신 온달장군의 어머니 오씨 부인이라고 하셨습니다."

말없이 문을 열고 방 안으로 들어선 을지문덕은 탁자 너머에 앉아 있는 오씨 부인을 바라보았다. 하얀 귀밑머리와 턱밑의 잔주름이 세월의 흔적을 말해주었지만 나이에 비해 여전히 젊어 보였다.

자리에서 일어선 오씨 부인에게 인사한 뒤 을지문덕이 낮은 목소리로 입을 열었다.

"온달장군의 죽음은 비단 온씨 집안의 슬픔만이 아니라 나라의 슬픔일 것입니다. 저 역시 비통함을 금할 길이 없습니다. 장례 준비는 잘

되어가는지요?"

"지금 묘 자리를 알아보고 있는 중입니다. 평원태왕께서 묻히신 강서군의 대묘 근처가 될 것 같습니다."

겉으로는 차분했지만 오씨 부인의 목소리에는 부글거리는 분노가 담겨 있었다. 거북해진 을지문덕은 다리가 차를 가지고 들어올 때까지 입을 다물었다. 차를 탁자에 내려놓은 다리가 인사를 하고 밖으로 나가려 하자 손짓으로 의자를 가리켰다. 난감해 하는 다리를 대신해 을지문덕이 오씨 부인에게 얘기했다.

"제가 부리는 아이입니다. 입이 무거운 아이니 염려하지 않으셔도 됩니다."

그때까지 아무 말도 하지 않던 오씨 부인이 못마땅한 얼굴을 지었지만 을지문덕이 다시 선수를 쳤다.

"상중인데 어려운 걸음을 하셨습니다. 저를 찾아오신 이유가 무언지요?"

"내 아들에 관한 일 때문입니다."

오씨 부인이 입을 열자 방 안에 무거운 기운이 내려앉았다. 잠시 말을 멈춘 오씨 부인이 긴장감 때문인지 옷자락을 꼭 움켜잡았다.

"온달장군에 관한 보고서는 제가 작성 중입니다. 원래 안 되는 일이지만 원하신다면 필사본을 보여드리겠습니다."

"내가 참군을 찾아온 것은 아들이 어떻게 죽었는지 알고 싶어서가 아닙니다."

옷자락을 손아귀로 움켜쥔 그녀의 말이 비수처럼 을지문덕의 가슴을 파헤쳤다.

"물론 온달장군의 죽음에 미심쩍은 점이 있다는 것도 잘 압니다. 그래서 그때 학고재에서 함께 있던 가병과 문객을 심문했지만 별다른 성과가 없었습니다."

"내 아들은 전사한 게 아니라 누군가에게 죽음을 당한 겁니다."

그녀의 말에 충격을 받은 을지문덕이 애써 태연한 표정을 지었다.

"거듭 말씀드리지만 온달장군께서는 전쟁터에서 명예롭게 돌아가셨습니다. 몇 가지 의심스러운 점이 있다고 해서 장군의 죽음에 대해 타살 여부를 논하는 것은 결코 도움이 되지 않습니다."

"어떤 도움 말인가요? 자식을 잃은 부모가 대체 뭘 두려워해야 한다는 말입니까?"

"저도 어린 아들을 역병으로 잃었던 사람입니다. 자식 잃은 부모의 심경이라면 그 누구보다 잘 이해합니다."

점차 격해지는 오씨 부인의 말을 자르고 을지문덕은 한숨을 내쉬며 떠올리기 싫은 과거를 입에 올렸다.

"온달장군의 죽음이 백성들에게 어떻게 받아들여지고 있는지 한번만 생각해보십시오. 잔인한 얘기겠지만 지금은 의연한 모습을 보여야 할 때입니다."

"난 아들의 죽음을 이용할 생각은 조금도 없어요. 그 덕을 볼 생각도 없고요."

"그럼 저를 찾아와서 아들의 죽음에 관해 말씀하시는 이유가 대체 무엇입니까?"

아랫입술을 파르르 떨며 을지문덕의 추궁을 들은 오씨 부인이 대답했다.

"아들이 당신 얘기를 많이 해줬어요. 마치 죽은 자와 얘기를 나누는 것처럼 사건의 진상을 잘 파헤친다고 말이죠."

"돌아가신 아드님은 우리 고구려의 영웅이자 백성들의 희망이었습니다. 누가 감히 온달장군님을 해치려는 마음을 먹겠습니까?"

고집스럽게 다문 입을 오물거리며 을지문덕의 말을 듣던 오씨 부인이 증오에 가득 찬 목소리로 말했다.

"내 아들을 죽인 것은 평강공주입니다."

"지금 뭐라고 하셨습니까?"

놀란 을지문덕이 오씨를 쳐다보았다. 다리 역시 놀란 모양이었다. 무릎 위에 가지런히 놓인 손이 떨리고 있었다.

"물론 직접 죽이지는 않았을 테지요. 누군가를 사주해서 내 아들을 죽이고 신라 군과 싸우다 죽은 것으로 꾸민 게 틀림없어요."

"그렇게 믿으시는 이유가 있나요?"

갑자기 끼어든 다리를 쏘아본 오씨 부인이 을지문덕을 흘끔 바라보고서 마지못해 입을 열었다.

"내 아들이 죽었을 때 며느리는 한성에 가 있었어요."

"그것만으로는 이유가 될 수 없습니다. 전장에 나간 남편을 기다린 것일 수도 있지요."

을지문덕의 말에 오씨 부인은 코웃음을 쳤다.

"지금까지 내 아들은 열 번도 넘게 출정했어요. 하지만 며느리가 도성에서 한 발짝이라도 벗어난 건 이번이 처음이었죠. 가까운 곳에서 아들의 죽음을 기다리고 있던 게 틀림없어요."

도저히 믿을 수 없다는 두 사람의 눈빛을 담담하게 받아넘긴 오씨 부인은 그럴 줄 알았다는 듯 씁쓸하게 웃었다.

"시간이 지나면 전쟁터에서 아들을 잃었던 다른 어머니들처럼 가슴속에 묻어버리겠지요. 하지만 며느리를 볼 때마다 억울하게 죽은 아들이 생각날 거예요. 그 가증스러운 며느리는 내 아들이 죽자마자 전선으로 달려가서 울고불고 난리를 쳤다고 하더군요. 아무것도 모르는 사람들은 그런 며느리를 칭찬하겠지만, 역겨울 따름이에요."

"그런 말씀을 하시는 결정적인 물증이나 동기가 있어야 합니다. 저에게 그 얘기를 해주시지 않으면 오늘 얘기는 못 들은 걸로 하겠습니다."

말을 마친 을지문덕은 날카로운 눈으로 오씨 부인을 바라보았다. 그녀가 아무 말도 하지 않자 을지문덕은 자리에서 일어났다. 그러자 오씨 부인이 입을 열었다.

"근래 내 아들과 며느리가 자주 다퉜어요. 물론 그 이전에도 사이가 좋은 건 아니었지만 적어도 대놓고 싸우지는 않았거든요."

을지문덕은 일어선 채로 여전히 고집스러운 오씨 부인을 바라보았다. 둘 사이를 번갈아 바라보던 다리가 물었다.

"두 사람이 무슨 이유로 싸웠습니까?"

오씨 부인은 다리를 무시한 채 다시 자리에 앉은 을지문덕을 쳐다보며 대답했다.

"아들한테 물었지만 제대로 대답해주지 않았어요."

오씨 부인이 잠시 주저하자 을지문덕은 자기도 모르게 침을 꿀꺽 삼켰다.

"금함 때문인 것 같았어요."

금함이라는 말에 을지문덕과 다리는 약속이나 한 듯 서로를 바라보았다. 복잡하게 엉킨 실타래가 조금씩 풀리는 느낌이었다. 하지만 둘다 내색할 수는 없었다. 돌아가는 오씨 부인을 문밖까지 배웅하고 돌아온 을지문덕은 찻잔을 치우고 있던 다리에게 물었다.

"어떻게 생각하느냐?"

"자세히는 모르겠지만 다들 뭔가 숨기고 있는 것 같습니다."

"오씨 부인은 뭘 숨기고 있는 것처럼 보였느냐?"

"아들 부부가 다퉜다는 이야기 말입니다. 오씨 부인은 아들 내외와 함께 살고 있지 않은데 어떻게 두 사람이 싸웠다는 사실을 알 수 있을까요?"

"그거야 몸종이나 노비 중에서 누군가가 귀띔을 해줬겠지."

다리는 고개를 저었다.

"주인의 일을 바깥에 고해바치는 노비들이 어떤 처벌을 받는지 아신다면 그렇게 말씀하시지 못할 거예요. 가병들을 제외한 대부분의 노비들은 평강공주가 혼인하면서 데리고 들어왔거나 사왔을 텐데 누가 주인과 사이가 나쁜 시어머니에게 시시콜콜 일러바치겠어요."

"그렇다면 네 말은 오씨 부인이 아들 집에 첩자라도 숨겨두었다는 뜻이냐?"

"그런 것 같습니다. 그것도 구체적인 내용까지 알고 있는 걸 보면 상당히 가까운 사람인 것 같은 느낌입니다."

쟁반을 든 다리가 미닫이문을 열자 서늘한 밤바람이 방 안으로 밀려들어왔다. 문밖으로 나가려던 다리가 고개를 살짝 돌려 을지문덕에게 물었다.

"나리께서는 이제 어찌하실 건가요?"

"일단 내일 고추가 어르신께 고해서 며칠 휴가를 얻을 작정이다."

"이번 일이 살인이라고 확신하시는 건가요?"

그녀의 물음에 을지문덕은 한쪽 눈썹을 찡그렸다.

"내가 궁금한 건 왜 온달장군의 주변 사람들이 하나같이 거짓말을 하거나 뭔가를 숨기고 있는가 하는 점이다."

"괜찮으시다면 온달장군의 검시보고서를 읽어보고 싶습니다."

"뜻대로 하여라."

종종걸음으로 사라진 다리를 지나 섬모가 들어왔다. 심상치 않은 표정을 지은 그가 말했다.

"이 집을 감시하는 자가 있습니다."

짧게 입을 연 섬모는 주변에 아무도 없음을 확인하고는 목소리를 한층 높였다.

"큰길가에 있는 술집 이 층 창가에 자리 잡고 있습니다. 그리고 참군 께서 돌아오신 날부터 잡상인들이 부쩍 늘었습니다. 아무래도 경계를 좀 더 신경 써야 할 것 같습니다."

"나를 감시하라고 지시한 자가 누구인 것 같으냐?"

"잘 모르겠습니다. 여하튼 조심하시는 게 좋겠습니다. 이 집을 염탐 하는 자들의 배후는 알아내는 대로 보고드리겠습니다."

섬모가 날카로운 눈빛을 드러내며 대답했다.

을지문덕은 다음 날 아침 일찍 중리부 대상인 고추가 건무를 찾았 다. 황실의 일원이자 잔혹하긴 하지만 유능한 무장이라는 평을 듣는 인물이었다. 거기다 새로 즉위한 태왕이 후계자가 없는 상황이라 동생 인 그에게 은근히 힘이 모이는 중이었다. 죽간이 산처럼 쌓인 탁자 앞 에 앉아 있던 그는 을지문덕을 보고서 하던 일을 멈추었다. 심상치 않 은 그의 표정을 본 고추가 건무가 옆에 서 있던 관리들에게 잠시 나가 있으라고 명령했다. 관리들이 모두 나가고 문을 닫는 소리가 들리자 건 무가 의자 등받이에 기대고 있던 등을 떼고 을지문덕을 올려다봤다.

"무슨 일인가?"

"상의드릴 일이 있어서 찾아왔습니다."

건무가 권하는 자리에 앉으며 을지문덕이 입을 열려고 하자 건무가 먼저 운을 떼었다.

"온달장군에 관련된 일인가?"

"그걸 어찌 아셨습니까?"

"사실은 어제 평강공주가 날 찾아왔네. 자네가 화살이 길을 잃었다느니 하는 엉뚱한 얘기를 하면서 자기를 농락했다고 화를 내더군."

"저는 결코 공주마마를 농락한 적이 없사옵니다."

을지문덕의 얘기를 들은 고추가 건무가 씩 웃었다.

"자네가 그러지 않았다는 건 나도 잘 알아. 평강은 어릴 때부터 고집이 세서 자기 뜻을 이룰 때까지 모시던 내관들과 궁녀들을 힘들게 했지. 아무튼 온달장군이 우리 편 화살에 맞아서 전사했다면 그대로 묻어두는 게 나을 거야."

잠깐 뜸을 들이던 건무가 계속 말을 이어갔다.

"하나 그의 죽음에 조금이라도 의혹이 있다면 그냥 넘어갈 수는 없는 노릇일세. 어찌되었던 온달장군은 신성한 황실의 가족이니까 말이야. 자네 생각은 어떤가?"

"잘 모르겠습니다. 다만 돌아가신 온달장군의 주변에 있는 사람들이 하나같이 뭔가를 숨기고 있는 것 같습니다."

짧막한 을지문덕의 대답 이후 방 안에는 침묵이 내려앉았다. 잠시 고민하던 건무가 입을 열었다.

"자네도 알다시피 태왕폐하에겐 후사를 이을 아드님이 없다네."

건무의 말에 을지문덕은 마른침을 삼켰다. 오십여 년 전, 안원태왕이 승하한 직후 외척인 추군과 세군은 자신의 외손자를 왕위에 올리기 위해 무력 충돌을 불사했다. 우여곡절 끝에 추군이 밀었던 평성이 양원태왕으로 즉위했지만 세군 측 세력이 패배하면서 이천 명이 죽었고, 승리한 녹군 측의 피해도 만만치 않았다. 그렇게 고구려가 휘청거린 틈에 백제와 신라가 손을 잡고 공격하면서 아리수와 비열홀 일대를 빼앗겼다. 옛 수도인 환도성에서는 간주리가 반란을 일으키기도 했다. 물론 태왕의 동생인 고추가 건무가 유력한 후계자였지만 적자가 아닌 이상 명분이 약했다. 몇 년 전 간주리의 난과 연루된 사건에 휩쓸렸던 을지문덕이 저도 모르게 얼굴을 찡그리자 건무가 말했다.

"자네가 의심 가는 사항들을 조사해보게. 닷새 후쯤 나에게 직접 보고하면 그때 가서 다음에 어떻게 해야 할지 결정하겠네."

"알겠습니다."

몇 년 동안 함께 있었지만 여전히 을지문덕에게 건무는 거북한 존재였다. 어색한 자세로 일어난 그를 본 건무가 말했다.

"내일 온달장군의 빈장이 치러지네. 내 대신 자네가 가서 망자와 만나고 오게."

第三章

사건의 내막

부하들에게 간단히 업무를 나누어준 을지문덕이 황궁 밖으로 나온 시각은 미시(未時:오후 한 시부터 세 시 사이)에서 신시(申時:오후 세 시에서 다섯 시 사이)로 막 넘어갈 무렵이었다. 황궁의 문 바로 옆에 설치된 거대한 물시계를 지키는 관리들의 손짓에 황궁 문루 위에 설치된 큰북이 울렸다. 넓은 황궁의 계단 아래에는 주인을 기다리는 수레와 수레꾼들이 줄지어 늘어서 있었는데, 그들은 서로를 구별하기 위해 수레 지붕에 각기 다른 색의 작은 깃발을 꽂아놓고 있었다. 을지문덕은 그를 알아보고 달려온 시종에게 말했다.

"걸어서 집에 갈 것이니 먼저 돌아가게."

"어디 들르시렵니까? 주인님."

"생각할 게 있어서 혼자 걷겠네."

알겠다고 대답한 시종이 물러나자 을지문덕은 황궁 앞 반룡사 쪽으로 걸어갔다. 사찰의 담장을 따라 천막을 친 장사꾼들이 물건을 팔고 있었다. 을지문덕은 지나가는 사람들과 어깨를 부딪쳐도 모를 만큼 생각에 깊이 잠겨 있었다. 온달의 죽음에 뭔가 있다고 믿었지만 그게 무엇인지 통 감이 잡히지 않았다. 시끄러운 반룡사 앞을 지나자 중성으로 통하는 곧게 뻗은 큰 길이 나왔다. 내성과 중성을 연결시키는 정해문의 수문장은 관복을 입고 홀로 걷고 있는 그를 의아한 눈빛으로 바라보았다. 생각에 잠긴 채 걷던 을지문덕은 상여 행렬을 보고 눈살을 찌푸렸다. 하지만 돌아갈 수 있는 길이 없었기에 그냥 지나쳐 가기로 했다. 길 한가운데 나 있는 수로에 주인 없는 빈 배들이 뱃전을 부딪치고 있었다.

숯을 올려놓고 옷을 다리는 납작한 다리미를 양쪽 어깨에 잔뜩 짊어진 늙은 장사치가 비틀거리며 맞은편에서 걸어왔다. 쇠로 만든 다리미가 서로 부닥치면서 규칙적인 소음을 냈다. 을지문덕은 지나온 삶의 고난과 역경을 온몸으로 보여주는 늙은 장사꾼을 측은한 눈길로 바라보았다. 그러다가 불현듯 이상한 점을 발견했다. 중성에는 귀족들이 주로 살았을 뿐더러 반룡사 앞에 큰 시장이 있었기에 돌아다니면서 물건을 파는 장사치들이 올 만한 곳이 아니었다. 거기다 큰길로만 다니는 상여 행렬이 돌연 을지문덕이 있는 곳으로 방향을 튼 것이다. 상여를 노려보던 을지문덕은 맞은편에서 걸어오던 늙은 장사꾼의 발걸음이 느려진 것을 알아차렸다. 을지문덕은 늙은 장사꾼의 앙상하게 마른 손이 짚에 묶여 있는 다리미 자루 사이로 자연스레 들어가는 것을 보았다. 조금도 의심을 살 만한 동작은 아니었다. 그러나 어느새 그의 손에는 한 손으로 쓸 수 있는 작은 쇠뇌가 들려 있었다. 쇠뇌에 걸린 화살촉은 당장이라도 날아갈 것처럼 번뜩였다. 을지문덕은 줄지어 서 있는 건물의 모퉁이로 황급히 몸을 숨겼다. 그 직후 날카로운 파공음과 함께 날아든 작은 화살이 건물의 흙벽에 박혔다.

화살이 빗나가자 뒤따라오던 상여꾼들이 짧은 창과 칼을 뽑아들고 다가왔다. 늙은 장사꾼은 다른 쇠뇌를 꺼내들었다. 급히 피할 곳을 찾던 을지문덕은 어깨가 닿은 창고 사이로 한 사람이 겨우 드나들 만한 틈이 있는 것을 발견하고 그곳으로 무작정 몸을 날렸다. 좁은 골목 안은 바람에 날려 들어온 쓰레기와 창고 지붕에서 떨어진 썩은 지푸라기에서 나는 고약한 냄새 때문에 숨을 쉴 수 없을 지경이었다. 발끝에 걸리는 쓰레기들을 헤치고 간신히 빠져나온 을지문덕은 자신이 다닥다닥 붙어 있는 길가 창고 사이 좁은 골목길에 있음을 알아차렸다. 등 뒤에서 칼을 든 정체불명의 사내들이 쫓아오는 소리가 들려왔다. 수십만 명의 사람들이 모여 사는 도성 안에 이렇게 인적 드문 공간이 있다니, 하고 감탄할 사이도 없이 을지문덕은 힘껏 달렸다. 구불구불한 수로를 따라 만들어진 골목길이 마치 미로 같았다. 몰이꾼에게 쫓기는 짐승처럼 창고 사이로 난 길을 미친 듯이 질주하던 을지문덕은 앞을 가로막는 추격자들을 보고 급히 몸을 돌렸다. 햇빛도 들지 않는 좁은 골목으로 몸을 숨긴 을지문덕은 한쪽에 버려진 깨진 항아리를 밟고 창고의 지붕으로 올라갔다. 오랫동안 교체하지 않은 짚에서 쥐똥냄새가 물씬 풍겼다. 을지문덕은 비스듬한 지붕에 몸을 숨겼다. 뒤이어 밀어닥친 추격자들은 그가 보이지 않자 주변을 두리번거리다가 자리를 떴다.

을지문덕이 안도의 한숨을 쉬는 찰나 맨 마지막 추격자가 갑자기 발걸음을 멈추었다. 그러고는 지푸라기가 조금씩 떨어지는 지붕을 올려다보았다. 순간 을지문덕과 눈이 마주쳤다.

"저기다!"

추격자의 입에서 고함이 터져 나오는 순간 을지문덕은 몸을 일으켜 반대편으로 넘어갔다. 추격자들이 던진 표창과 단검이 지붕에 박히는 소리가 들렸다. 지붕에 올라선 추격자들을 본 을지문덕은 숨 돌릴 틈도 없이 다시 건너편 창고의 지붕으로 몸을 날렸다. 지붕 위의 추격자들과 아래에 있던 추격자들이 서로 이름을 부르며 을지문덕이 도망치는 방향을 알려주었다.

을지문덕은 거리가 조금 떨어진 옆 창고 지붕으로 몸을 날렸다. 지붕이 무너지면서 을지문덕도 창고 안으로 떨어졌다. 잔뜩 쌓인 가마니 위에서 다시 아래로 굴러 떨어진 을지문덕은 먼지처럼 날리는 지푸라기들 틈에서 겨우 정신을 차렸다. 순간 지붕 구멍으로 쏟아져 들어오던 햇살이 누군가에 의해 가로막히는 것 같았다. 을지문덕은 서둘러 몸을 일으켰다. 널빤지로 만든 문 쪽에서도 인기척이 났다. 을지문덕이 바닥에서 주운 큼지막한 돌을 쥐고 문 옆에 바짝 붙자마자 험상궂게 생긴 추격자가 문을 박차고 들어왔다. 한 손에 칼을 움켜쥔 채 창고 안을 두리번거리는 추격자의 얼굴을 을지문덕이 돌로 내리쳤다.

"으악!"

얼굴을 감싸 쥔 채 추격자가 쓰러지자 을지문덕은 문을 박차고 밖으로 나갔다. 하지만 그가 골목길로 내닫기 무섭게 추격자들이 앞을 가로막았다. 추격자들의 검은 입안에 달린 누런 이빨이 번뜩였다. 당장이라도 그를 잡아먹을 것 같았다. 주춤거리며 뒤로 물러나던 을지문덕이 창고 벽에 기대놓은 장대뭉치를 쓰러트렸다. 다가오던 추격자들을 앞에 있던 장대들이 넘어지면서 가로막았다. 추격자들의 아우성을 뒤로 하고 등을 돌린 을지문덕은 그 자리에 얼어붙고 말았다. 맨 처음 마주쳤던 늙은 장사꾼이 작은 쇠뇌를 그에게 겨눈 채 서 있었기 때문이다. 몸을 피할 공간이라곤 보이지 않는 좁은 골목, 넘어진 장대더미를 걷고 일어선 또 다른 추격자들, 가슴에 정확히 쇠뇌를 겨누고 서 있는 늙은이.

낙담한 채 고개를 숙이던 을지문덕의 눈에 바닥에 길게 놓인 낡은 새끼줄이 들어왔다. 새끼줄의 끝이 어디로 이어졌는지 확인한 을지문덕은 재빨리 새끼줄을 쥐고 크게 흔들었다. 바닥에 놓인 새끼줄이 차르륵 일어나면서 늙은 장사꾼의 사타구니를 쳤다. 뜻하지 않은 일격에 늙은 장사꾼이 손에 들고 있던 쇠뇌가 요동쳤다. 본능적으로 위험을 느낀 을지문덕은 바닥에 납작 엎드렸다. 거의 동시에 발사된 쇠뇌의 화살이 엎드린 을지문덕의 머리 위를 스쳐 지나갔다. 빗나간 화살은 뒤에서 달려들던 추격자의 턱에 박혔다. 그 순간 을지문덕은 재빨리 일어나서 늙은 장사꾼 쪽으로 달려갔다. 하지만 쓰러져 있던 늙은 장사꾼도 가만있지 않았다. 얼른 손을 뻗어 을지문덕의 발목을 움켜잡았다. 그 바람에 을지문덕은 넘어지고 말았다.

단검을 든 늙은 장사꾼의 공격을 피하느라 몸을 한 바퀴 굴린 을지문덕은 바닥에 굴러다니는 쇠뇌의 화살을 움켜쥐고 늙은 장사꾼의 뒷목을 찔렀다. 늙은 장사꾼은 커진 동공과 함께 저절로 을지문덕의 발목을 놓았다. 겨우 몸을 일으킨 다음 을지문덕은 골목길을 빠져나왔다. 하지만 오른쪽 돌다리 위는 이미 추격자들이 점령하고 있었다. 을지문덕은 지체 없이 눈앞의 수로에 뛰어들었다. 수로의 깊이가 어느 정도 될지 생각할 틈은 없었다.

두꺼운 돌벽에 몸을 부닥친 것일까? 을지문덕이 숨을 쉴 수 없을 만큼 충격이 왔다고 느낀 순간 그의 몸은 진흙이 깔린 부드러운 바닥에 닿았다. 몸을 틀면서 손으로 균형을 잡던 을지문덕의 눈에 물속으로 떨어진 표창이 만들어낸 물거품이 보였다. 물이 흘러가는 방향으로 몸을 실은 을지문덕은 젊은 시절 배운 대로 양발을 교차해서 걸어찼다. 잠깐 숨을 쉬기 위해 물 밖으로 고개를 내민 을지문덕은 부글거리는 물거품 너머로 그를 따라 달리는 추격자들을 보았다. 그들이 던진 표창들이 포물선을 그리며 날아들었다. 숨을 몰아쉰 을지문덕은 다시 물속으로 몸을 숨겼다. 수로가 좁아졌는지 물살도 한층 거세졌다. 물 밖에서 그를 손짓하던 추격자들의 모습이 거품 너머에서 흔들거렸다.

흘러가는 물에 몸을 맡긴 을지문덕은 한층 더 짙은 녹색을 띤 수로의 바닥을 바라보았다. 물이끼가 풀잎처럼 팔랑거렸다. 점점 검은색을 띠며 깊어져가는 수로 바닥을 하염없이 내려다보던 을지문덕은 차츰 의식을 잃었다.

눈을 뜬 을지문덕은 자신을 뚫어지게 내려다보고 있는 섬모와 다리를 보고 피식 웃었다. 섬모가 어이없다는 듯 입을 열었다.

"아니, 지금 웃음이 나오십니까? 사공이 배에 부닥친 참군님을 끌어 올리지 않았다면 지금쯤 패수까지 흘러가셨을 겁니다."

"날 습격한 자들의 정체는?"

을지문덕의 물음에 섬모의 얼굴이 금방 어두워졌다.

"부하들이 부근을 샅샅이 뒤지고 있는 중인데 빈 상여와 시체 두 구 빼고는 단서가 될 만한 걸 아직 발견하지 못했습니다. 대낮에 도성 한복판에서 조정의 관리가 공격을 받아서 지금 중리부는 물론 황궁도 발칵 뒤집혔습니다."

"습격한 자들은 훈련이 아주 잘된 자들이었어."

"운이 정말 좋으셨습니다. 거기서 발견된 화살과 표창에 모두 독이 묻어 있었어요. 아주 작은 상처만으로도 즉사할 수 있을 정도로 말입니다."

다리의 부축을 받으며 몸을 일으킨 을지문덕이 말했다.

"내일 온달장군의 빈소에 가봐야겠네. 일정에 차질이 없도록 준비해 주게."

"취소하면 안 되겠습니까?"

섬모의 말에 을지문덕은 웃으며 고개를 저었다.

"안 된다는 건 나보다 더 잘 알고 있겠지. 대신 경계를 좀 더 늘리는 건 상관하지 않겠네."

"알겠습니다. 문밖에도 초병을 세워두었으니 안심하고 주무십시오."

"시신에서는 별다른 단서가 나오지 않았는가?"

"시신은 중리부에서 확보했습니다. 우선 의원에게 살펴보라고 했으니 단서가 나오는 대로 보고를 드리겠습니다."

밖으로 나간 섬모가 문을 닫자 방 안에는 다시 둘만 남게 되었다. 을지문덕은 그제야 다리의 충혈된 눈을 보았다.

"나리. 큰일이 난 줄 알고 너무 놀랐습니다."

"아직 할 일이 남은 모양이로구나."

"온달장군의 시신을 검안한 의원이 쓴 글을 읽어보았습니다."

그녀가 입을 열자 을지문덕이 물었다.

"이상한 점이 있었느냐?"

을지문덕의 물음에 다리는 가만히 고개를 저었다.

"꼼꼼하게 살펴보았습니다만 타살을 증명할 만한 것은 없었습니다. 혹시 나리께서 시신을 보았을 때 근방에 다른 발자국이나 이상한 흔적이 있었습니까?"

"핏자국은 유심히 살펴보았지만 장군께서 쓰러진 곳은 풀밭이었다. 발자국을 확인할 수는 없었다."

"독살이 아닌 이상 대상에게 가까이 다가가지 않고 죽일 수 있는 방법이라면 화살을 쏘거나 표창을 던지는 것뿐입니다. 하지만 온달장군님의 사인은 화살에 맞은 상처 이외에는 없습니다. 혹시 저에게 얘기하시지 않은 것이 있습니까?"

"왜 그렇게 생각하느냐?"

을지문덕은 소뿔로 만든 빗을 들고 조우관을 쓰느라 흐트러진 머리를 빗어주던 다리에게 반문했다.

"나리께서는 항상 어떤 일을 바라보실 때 눈에 보이는 것만 믿으셨습니다. 지금까지 온달장군님의 죽음을 둘러싼 의혹이란 것들은 따지고 보면 정황상의 증거들뿐인데 그런 것만 가지고 온달장군의 죽음에 그렇게 의혹을 품지는 않았을 거라는 생각이 들었습니다."

다리의 예리한 물음에 을지문덕은 아무에게도 말하지 않았던 일을 털어놨다.

"사실은 핏자국 때문이다. 저기 있는 연적을 좀 가져다줄 수 있겠느냐?"

을지문덕은 다리가 연적을 가져다주자 탁자 위에 놓인 종이 위에 먹물 한 방울을 떨어트렸다. 그러고는 손을 높이 들어서 그 옆에 다시 한 방울을 떨어트렸다. 떨어진 먹물이 종이에 스며드는 것을 말없이 지켜보던 을지문덕이 다리에게 물었다.

"처음 떨어트린 먹물은 바로 위에서 떨어트린 것이고, 그다음은 높은 곳에서 떨어트렸다. 두 개의 차이점이 보이느냐?"

"낮은 곳에서 떨어트린 먹물은 그냥 동그란 자국만 남겼지만 높은 곳에서 떨어트린 먹물은 떨어진 곳 주변으로 파편처럼 먹물 자국을 남겼습니다."

"맞아. 높은 곳에서 떨어진 피는 파편처럼 튀지만 낮은 곳에서는 그냥 떨어진 자국 그대로 남는단다. 온달장군의 시신 부근에 떨어져 있던 핏자국에는 두 가지 모양이 전부 다 있었다."

"그 말씀은 서 있을 때도 상처를 입었지만 쓰러진 상태에서 또 상처를 입고 피를 흘렸다는 뜻입니까? 하지만 처음 화살에 맞은 것 때문에 쓰러진 후에도 계속 피를 흘릴 수 있지 않습니까?"

다리의 반박에 을지문덕은 먹물이 묻은 종이를 바라보면서 대답했다.

"화살에 맞으면 처음 피가 튄 이후에는 피가 거의 흐르지 않는단다. 그러니까 온달장군은 화살에 맞아서 쓰러진 이후 누군가에게 재차 공격을 받아 피를 흘린 거야."

"하지만 외상은 등에 맞은 화살뿐이었습니다."

다리의 말에 을지문덕은 소매에 고정되어 있던 눈길을 거두며 말했다.

"다시 막힌 셈이구나. 하지만 곧 찾을 수 있을 거다. 그리고 또 하나, 손이 부자연스러웠다."

"손이요?"

"사람은 상처를 입고 쓰러지면 보통 고통 때문에 풀이나 다른 걸 움켜쥐게 되어 있다. 그런데 양쪽 손 모두 펼쳐져 있었지."

"범상치 않은 죽음이네요."

"여러 가지로 의심스러운 죽음이야. 그걸 풀어내는 게 아마 내가 할 일이겠지."

온달의 빈장을 치루기 위해 산 위에 세워진 전각 주변에는 창을 든 시위대 병사들이 지키고 서 있었다. 귀족들은 산 아래 벌판에 수레를 멈추고 노비들이 닦아놓은 길을 따라 걸어 올라갔다. 시위대 병사들을 지나 목책 안으로 들어선 을지문덕은 평탄하게 만든 산꼭대기에 지어진 빈전을 올려다보았다. 장방형인 빈전은 붉은색을 띤 흙이 주춧돌 위에 세운 기둥을 완전히 감싼 벽주 형태였다. 무게를 줄이기 위해서인지 용마루에만 기와를 덮은 지붕에 황족의 죽음을 애도하는 검은색 깃발이 펄럭거렸다. 빈전 안에는 휘장이 둘려진 또 다른 작은 공간이 있었다. 안으로 들어선 을지문덕은 문가에서 조문객을 맞이하고 있던 평강공주와 온달장군의 유일한 혈육인 아들에게 고개를 숙였다.

"비통한 마음을 금할 길이 없습니다. 온달장군께서 추모성왕의 곁에서 영원한 휴식을 취하시길 기원합니다."

"먼 길을 와주셔서 감사합니다. 돌아가신 부군께서도 기뻐하실 겁니다."

평강공주와 인사를 나누고 아이의 머리를 쓰다듬어준 을지문덕은 관이 놓인 평상 앞에 무릎을 꿇었다. 평상 아래에는 시신의 부패를 막기 위해 가져다놓은 얼음들이 커다란 접시에 담겨 있었다. 절을 하고 일어선 을지문덕이 뒷걸음질로 물러났다. 신경질적으로 헛기침을 하던 평강공주는 무슨 말을 하고 싶다는 표정을 지었지만 끝내 입을 열지는 않았다. 목책 입구로 걸어가다가 문득 발걸음을 멈추고 등 뒤의 빈궁을 쳐다보았다. 언제 나왔는지 빈궁의 문 앞에 평강공주가 나와 있었다. 그녀와 가볍게 눈을 마주친 을지문덕은 발걸음을 재촉했다.

목책 밖에서 기다리던 섬모가 을지문덕에게 다가와 슬며시 귓속말을 던졌다.

"저쪽 좀 보시죠."

섬모의 눈짓이 닿은 곳에는 병사들과 어느 여인의 실랑이가 벌어지고 있었다. 뭔가를 애원하던 여인은 결국 병사들에게 끌려서 밀려나고 말았다.

"언제부터 저랬느냐?"

"아까 참군께서 들어가시기 전부터입니다."

"온달장군의 죽음을 슬퍼한 백성일 수도 있지. 굳이 이상하게 생각할 이유라도 있는가?"

을지문덕의 물음에 섬모가 피식 웃으며 대답했다.

"다른 놈들도 아니고 시위대 놈들이 저렇게 정중하게 대접하는 걸 보면 뭔가 있는 것 같습니다."

"정중하다니?"

"시위대 놈들을 모르셔서 그러는데 일단 접근하는 자가 있으면 제압하고 보는 놈들입니다. 그런데 한 주먹거리도 안 되는 여자 하나 때문에 전전긍긍하는 걸 보면 뭔가 있는 게 확실합니다."

을지문덕과 섬모가 말을 주고받는 사이 시위대 병사에게 둘러싸인 여인이 땅바닥에 주저앉아 통곡했다. 주변을 둘러보던 시위대 병사들이 쓰러진 여인네를 붙잡아 일으켜 어디론가 끌고 갔다. 그 광경을 본 을지문덕이 섬모에게 말했다.

"저 여인을 따라가볼 수 있겠나?"

"죄송하지만 전 참군님 곁을 떠날 수 없습니다."

말끝을 흐리는 섬모 대신 다리가 끼어들었다.

"나리께서 허락만 해주신다면 제가 따라가겠습니다."

을지문덕이 갑작스러운 다리의 말에 우물쭈물하자 섬모가 입을 열었다.

"참군님을 습격했던 자의 시신을 검시한 의원이 직접 보고를 드리고 싶다 합니다. 빨리 가보시는 게 좋을 듯싶습니다."

잠시 고민하던 을지문덕이 다리에게 말했다.

"그럼 너에게 맡기겠다."

황궁 안에 위치한 중리부에 도착한 을지문덕은 지하 감옥의 깊숙한 곳으로 향했다. 시신을 놓아둔 곳은 지하 감옥에서도 제일 깊은 안쪽에 있었다. 빛 한 점 들어오지 않은 감옥은 대낮임에도 횃불에 의지하지 않고는 움직일 수 없었다. 앞장서서 걷던 간수가 두꺼운 나무문 앞에 멈춰서 문을 열라고 소리치자 쇠사슬이 드르륵거리는 소리와 함께 문이 열렸다.

시신들은 커다란 탁자 위에 놓여 있었다.

"먼 길 오시느라 고생이 많으셨습니다."

언제 들어왔는지 문 앞에 선 키 작은 사내의 말에 상념에 빠져 있던 을지문덕은 퍼뜩 정신을 차렸다. 둥근 얼굴에 가느다란 수염을 단 사내가 입고 있는 저고리와 바지는 온통 피와 오물 범벅이었다. 을지문덕의 시선을 느낀 사내가 한 손에 들고 있던 나무물통을 내려놓으며 입을 열었다.

"지난달부터 감옥 안에 전염병이 돌고 있습니다. 아침까지 멀쩡하던 자들이 점심 때 설사를 하고 배가 부어오르다가 저녁 무렵에는 얼굴이 까매지면서 구토를 하지요. 다음 날 가보면 온몸이 퉁퉁 부은 채 죽어 있습니다. 벌써 스물다섯이나 죽었고, 셋은 오늘을 넘기지 못할 겁니다."

을지문덕을 지나쳐 시신 곁으로 걸어간 의원이 시신의 옆머리를 손가락으로 툭 치며 계속 말했다.

"나리를 습격한 자들의 시신입니까?"

"맞다. 이들의 신원을 알 수 있는 흔적을 찾았느냐?"

"호적패야 당연히 기대도 안 했고 입고 있던 옷을 뒤집고 샅샅이 살펴보았지만 별다른 단서는 없었습니다.

"그럼 왜 나를 부른 것이냐?"

실망감을 감추지 못한 을지문덕이 묻자 의원이 시신의 왼쪽 손목이 을지문덕에게 보이도록 치켜들면서 말했다.

"이것 때문입니다."

의원의 말에 을지문덕은 고개를 갸우뚱했다.

"손목에 난 상처 말고는 아무것도 보이지 않는데…."

"저도 처음에는 그렇게 생각했습니다만 같이 있는 시신의 왼손 손목을 보시겠습니까?"

의원의 말대로 또 다른 시신의 왼손을 살펴보던 을지문덕은 무거운 신음소리와 함께 입을 열었다.

"똑같은 상처가 있군."

"날카로운 칼로 두 시신의 같은 부위를 손바닥만큼 벗겨냈습니다."

"문신을 지운 거야. 그렇지?"

을지문덕은 날카로운 시선으로 시신 너머에 서 있는 의원을 노려보았다. 의원은 눈에 보일 듯 말 듯 작게 고개를 끄덕거렸다.

"시신을 거두어 갈 틈이 없자 손목에 있는 문신을 없애버린 것 같습니다. 어떤 문신인지는 모르겠지만 특정 집단을 표시하는 징표일 겁니다."

"짐작이라도 가는 곳이 있나?"

을지문덕의 물음에 뒤에 서 있던 섬모가 대답했다.

"패거리들끼리 문신을 하는 경우가 있지만 관리를 습격할 만큼 대담한 자들은 아닙니다."

"왼쪽 손목에 작은 문신을 하고 다니는 놈들이 누구인지 탐문해 보게."

섬모는 을지문덕을 보면서 잠자코 고개를 끄덕거렸다. 문밖으로 나간 섬모를 뒤따라 나가려다 말고 을지문덕이 발걸음을 멈추고 여전히 그 자리를 지키고 선 키 작은 의원에게 말을 건넸다.

"중요한 단서를 찾아줘서 고맙구나. 상을 주고 싶은데 원하는 걸 말해보거라."

"죄수들을 제대로 치료하고 싶습니다."

의외의 대답에 을지문덕이 가볍게 웃었다.

"죄수들을 치료해줄 약을 구해주겠다."

"심부름꾼을 보내주시면 제가 필요한 것들을 적어드리겠습니다. 깨끗한 담요와 천도 있었으면 합니다."

"알겠다. 누굴 찾아가라고 하면 되겠느냐?"

"소덕무를 찾으라고 하시면 됩니다. 이 은혜 잊지 않겠습니다."

빈궁을 지키던 병사들과 실랑이를 하다 지친 여인이 발걸음을 돌렸다. 그러자 먼발치에서 지켜보고 있던 다리가 여인을 따라갔다. 붉은 석양에 적셔진 솜털 구름을 따라 길을 걷던 여인이 몇 번이고 뒤를 돌아보았고, 그때마다 다리는 나무 뒤로 몸을 숨겼다. 도성 남쪽을 흐르는 패수를 따라 난 길을 걷던 여인은 중간에 돌에 걸터앉아 잠시 쉰 것을 제외하고는 누구와도 만나지 않고 길을 걸었다. 다리는 여인이 중간에 쉴 때 두건을 벗은 틈을 타 얼굴을 훔쳐보았다. 허름한 옷차림과 달리 얼굴에 기품이 서려 있었다.

여인은 도성 남쪽의 거피문으로 연결된 나무다리로 통하는 길을 지나 마읍산 쪽으로 향했다. 해가 떨어지는 중이었지만 마읍산 중턱에 자리 잡은 마을에서는 저녁밥을 짓는 연기가 드문드문 올라왔다. 지저분한 얼굴을 한 아이들은 해가 지는 줄도 모르고 구정물 흐르는 개울가에서 물장구를 치며 놀고 있었다. 그 곁을 지난 여인은 마읍산 중턱에 자리 잡은 가난한 백성들의 마을 깊숙한 곳으로 들어갔다. 다리도 여인이 들어간 움막으로 다가갔다. 나무로 얼기설기 엮은 벽에 짚과 나무껍질을 올린 작은 움막에서 불빛이 켜졌다. 다리는 안에서 도란도란 들려오는 말소리에 귀를 기울였다.

"…그러게 거긴 왜 간 거야. 죽은 사람이 반가워서 벌떡 일어날 줄 알았어?"

칼날 같은 사내의 목소리에 피곤함이 묻어나왔다.

"나도 알고 있었어. 그런데 꼭 가보고 싶었어. 먼발치에서라도 보면 마음이 편해질 것 같아서…."

흐려지는 여인의 말끝에 사내의 목소리가 이어졌다.

"이제 그만 미련을 버리란 말이야."

"알고 있어. 내가 너무 미련한 건가?"

쓸쓸함이 묻어나오는 여인의 아련한 말투에 사내는 잠시 침묵하다가 대답했다.

"누나 잘못이 아니잖아. 다 그 새끼 짓이지."

"그 사람은 잘못한 거 없어. 나한테 몇 번이나 미안하다고 했단 말이야."

"아직도 모르겠어? 우릴 정말로 도와줄 생각이었다면 한 재산 챙겨

줘서 멀리 떠나보냈을 거야."

"그 사람이 지난번에 그런 얘기를 했었어. 네가 원한다면 멀리 부여성이나 책성 쪽에서 살 만한 근거를 마련해주겠다고 말이야."

"그런데 왜 나한테 얘기 안 한 거야?"

"너한테 얘기하면 넌 당장 떠나자고 했을 거잖아. 난 그 사람이랑 떨어져 살고 싶지 않아."

"그래서 누나는 그 사람의 그림자로 평생 살아갈 작정이었어?"

"넌 그 사람이 얼마나 힘들었는지 몰라."

"어쨌든 그 자식은 죽었어. 이제 잊어버리란 말이야."

다리는 움막에 좀 더 다가갔다. 나뭇가지로 엮어서 만든 벽은 군데군데 틈이 있어서 잘만 하면 두 사람의 모습을 가까이서 확인할 수 있을 것 같았다.

발소리를 내지 않기 위해 조심스럽게 움직인 다리는 마침내 움막 가까이 다가가는 데 성공했다. 완전한 어둠이 그물처럼 깔린 세상은 방금 전까지의 소란마저 집어삼킨 듯했다. 나뭇가지로 만든 벽 틈으로 좁은 움막 안이 보였다. 사내는 등잔불 옆에 누워 있었고, 여인은 허름한 문 쪽에 기대앉아 있었다. 이가 빠진 등잔불에서 뿜어져 나오는 희미한 불빛이 별다른 살림살이가 없는 방 안을 희미하게 밝혀주었다. 누워 있던 사내가 말했다.

"누나. 우리 멀리 떠나자."

다리는 사내의 표정을 읽어내느라 등 뒤에서 누군가 다가오는 것을 알아차리지 못했다. 눅눅한 바람에 섞인 불길함에 다리가 고개를 뒤로 돌리는 순간 그녀의 어깨에 차가운 손이 얹어졌다. 그 섬뜩함에 다리는 저도 모르게 비명을 지르고 말았다.

중리부에서 나와 수레를 타고 가던 을지문덕은 지끈거리는 머리 때문에 또다시 얼굴을 찌푸렸다. 지하 감옥에서 정체를 알 수 없는 자들의 시신을 보고 난 이후 을지문덕은 뭔가 중요한 것을 놓쳤다는 생각을 지울 수가 없었다. 그러면서 동시에 온달의 죽음에 관여되었던 사람들의 모습이 떠올랐다.

그의 몸에서 파낸 화살촉을 보이며 살인임을 주장했던 평강공주, 아들의 살인범으로 며느리를 지목한 오씨 부인, 이유는 알 수 없지만 그를 증오했고 싸움터로 내보냈던 고승, 그리고 빈객이었지만 마치 고승을 조종하는 것 같던 범우, 주인의 죽음을 가장 가까이서 보았으면서도 아무것도 보지 못했다고 우기던 보밀….

생각에 잠겨 있던 을지문덕에게 섬모의 목소리가 들렸다.

"앞에 장례 행렬이 지나가서 잠시 멈추겠습니다."

호기심이 일어난 을지문덕이 휘장을 걷고 바깥을 살펴봤다. 상여는 초라했고, 뒤따르는 조문객의 수도 적었다. 을지문덕은 느릿느릿 지나가는 상여를 보다가 갑자기 얼굴이 굳어졌다. 무엇을 놓치고 있었는지 깨달은 것이다.

"상여! 상여는 어디 있지?"

흥분한 을지문덕의 말에 섬모가 영문을 모르겠다는 듯 되물었다.

"무슨 상여 말씀이십니까?"

"날 습격한 자들이 가지고 있던 상여 말일세."

"그 상여라면, 중리부로 가져오긴 했습니다."

섬모의 말이 채 끝나기도 전에 을지문덕이 수레를 돌리라고 외쳤다.

다리는 자신의 어깨에 손을 올린 사람의 정체를 눈치채고서 비명을 삼켰다. 쭈글쭈글한 황토빛 얼굴에 자리 잡은 할머니의 눈이 초점 없이 흔들리고 있었다. 그때, 움막의 문이 열리며 헝클어진 머리를 한 사내가 불쑥 나왔다. 사내 뒤로 여인의 모습도 보였다.

"당신 누구요?"

위아래로 흩어보는 사내의 눈초리 앞에서 다리는 더듬거리며 입을 열었다.

"도성에 마실 나갔다고 돌아오는데 이 할머니께서 집을 잃어버리셨다고 해서 찾는 중입니다."

순간적으로 생각난 변명을 둘러대자 사내를 뒤따라 나온 여인이 말했다.

"그분은 골목길 끝에 사시는 달래 할머니예요. 남편이랑 아들이 전쟁터에서 한꺼번에 죽고 몇 년 전에 손자마저 병으로 죽어서 정신이 온전하지 못하신 것 같아요."

"난 안 미쳤어… 미친 건 너희들이이야… 너희들이 내 남편이랑 아들을 잡아먹은 줄 내가 모를 줄 알고… 난 다 안다고…."

달래 할머니의 중얼거림과 뒤따라 나온 여인의 말에 의심을 거둔 사내가 못마땅한 표정으로 움막 안으로 들어갔다. 여인이 다리에게 미안하다는 표정을 지으며 말을 건넸다.

"미안해요. 동생이 몸이 아파 신경이 날카로워진 모양이에요. 대접이라도 해드리고 싶은데 집이라고 부를 수도 없는 지경이라서…."

비틀거리는 할머니를 한 손으로 붙잡은 다리는 미안해 하는 여인에게 대답했다.

"아니에요. 너무 늦어서 빨리 가야 해요. 할머니는 제가 집에 모셔다 드릴 테니 쉬세요."

달래 할머니를 데리고 길가로 나온 다리는 싸리문 앞에서 서성거리는 아낙네를 보았다. 방금 밭일을 마치고 왔는지 흙투성이 치마를 움켜잡고 두리번거리고 있었다. 아낙네는 다리와 함께 오는 할머니를 보고 반색했다.

"아이고, 어디 갔다 오시는 거예요? 방금 전까지 잘 계셨다가 안 보여서 얼마나 놀랐다고요. 아이고, 내가 못 살아!"

늙은 할머니는 바닥에 주저앉은 아낙네의 푸념에도 아랑곳하지 않고 싸리문 앞에 쪼그리고 앉았다. 어느 틈엔가 푸념을 멈춘 아낙네가 지저분한 치마에 코를 풀면서 문가에 서 있는 다리를 흘끔거렸다.

"그런데 처자는 뉘시오? 이 동네 사람은 아닌 듯한데."

"아, 저요? 저는 저기 도성 안 중문리에 살아요. 친구랑 같이 꽃구경

나왔다가 길을 잃고 돌아다니는데 할머니가 자꾸 집을 찾아달라고 하셔서요."

"고생 많았는데 저녁이나 간단히 들고 갈래요?"

방금 코를 푼 치마에 두 손을 쓱쓱 문지른 아낙네의 말에 다리는 손사래를 쳤다.

"아니에요. 늦게 들어가면 아버지한테 혼나요. 시원한 물이나 한 잔 마실 수 있을까요?"

"그럽시다. 여기 평상에 잠깐만 앉아계시구려."

부리나케 부엌으로 달려가는 아낙네에게서 눈길을 거둔 다리는 달래 할머니의 뒷모습을 보았다. 앙상한 할머니의 어깨 위로 어둠이 내려앉았다. 이가 빠진 바가지에 한가득 물을 담아온 아낙네가 다리에게 물을 건네주면서 신세 한탄을 시작했다.

"조카까지 죽고 나서는 매일 저래요. 하루 종일 그러고 있냐고 물어보면 그냥 기다린다고만 해요. 따지고 보면 우리 어머니만큼 박복하신 분도 없다니까."

물을 한 모금 마신 다리가 아낙네에게 물었다.

"아까 할머니를 모시고 저기 저 바위 뒤에 있는 움막까지 갔었는데요. 거기 살고 있는 사람들은 누구예요? 보아 하니 남매 같던데."

"여기 흘러들어온 사람치고 사연 하나 없는 사람 없다오. 몇 달 전에 여자가 혼자 왔고, 남자는 얼마 전부터 눌러 붙었다오. 처음에는 도망 나온 노비들인 줄 알고 촌주 어르신이 몇 번이고 왔다 갔다 했는데 그건 아니라고 해서 그냥 지내는 것 같아요. 여자랑은 몇 번 말을 주고받았는데, 뭐라고 했더라."

기억을 더듬기 위해 고개를 갸우뚱거리던 아낙네가 말했다.

"아! 노비로 일하다가 주인이 풀어줘서 나왔다고 했었지."

"이름은 혹시 모르시고요?"

"이름? 그 정도로 가깝지는 않아."

다리는 아낙네에게 들은 말들을 곱씹으면서 인사했다. 여전히 싸리문 밖에 쪼그리고 앉아 있는 달래 할머니가 노래를 불렀다.

"우리 손자, 예쁜 손자, 오늘 온다, 내일 온다, 말만 하고 언제 오나, 우리 손자 보고 싶어, 애간장이 끊어진다, 천신만신 빌어봐도, 우리 손자 안 보인다."

다리는 달래 할머니의 손을 잠깐 잡았다가 놨다. 그때 바가지를 가지고 돌아서던 아낙네가 뭔가 생각났다는 표정으로 돌아섰다.

"지난번에 둘이 그릇 빌리러 왔을 때 그 여자가 같이 온 남자를 불렀는데 보밀이라고 했어요."

상여는 중리부의 뒷마당 한구석에 놓여 있었다. 한 손에 횃불을 들고 상여를 살펴보던 섬모가 물었다.

"뭘 찾아야 합니까? 이 상여는 처음 들어왔을 때 이미 샅샅이 뒤졌습니다."

"내가 한성에서 처음 관리를 시작했을 때 말일세. 사형수들이 죽고 나서 가족들이 거두어가지 않는 시신은 관에 넣어서 성 밖에 있는 구덩이에 던져버렸지. 보통 관청에 줄을 댄 몇몇 장의사가 돌아가면서 관을 빌려주었다네. 시신을 구덩이에 넣고 빈 관을 관청 앞에 놓아두면 장의사에서 찾아갔는데 말이야. 어느 때인가 여섯 명을 한꺼번에 처형한 적이 있었지. 당연히 관도 여섯 개가 필요했고, 세 곳에서 두 개씩 관을 가져왔는데 나중에 보니까 관청 앞에 쌓인 빈 관 중에서 자기 걸 찾아갔더군."

을지문덕의 얘기를 듣던 섬모가 물었다.

"어떻게 말입니까?"

"궁금해서 물어봤더니 장의사들은 자기가 쓰는 관 어딘가에 표시를 해놓는다고 하더군. 보통은 관 바닥 구석이나 뚜껑 모서리에 해놓는다면서 말이야."

"그러면 저기 상여에 실려 있는 관에 목수가 그려놓은 표시가 있다는 말씀이시군요."

"관을 판 목수나 장의사를 찾으면 그걸 산 사람이 누구인지 알아낼 수 있을 거야."

고개를 끄덕인 섬모가 지시하자 중리부 관리들이 상여 위에 놓인 관을 끌어냈다. 잠시 후 누군가가 외쳤다.

"여기 있는 것 같습니다."

관리가 가리킨 관 아래쪽 모서리에 검은 먹으로 그린 흔적이 보였다. 한참 들여다보던 섬모가 먼저 입을 열었다.

"나비 같은데요."

"내일 날이 밝는 대로 도성 안팎의 장의사들을 뒤져서 이런 표식을 한 관을 쓰는 곳을 찾아내게."

을지문덕의 지시를 받은 섬모가 부하들을 불러 이것저것 지시를 내렸다. 그 모습을 지켜보던 을지문덕이 무엇인가 떠올랐는지 급히 섬모를 불렀다.

"고승 장군 주변을 좀 조사해봐야 할 거 같네."

"뭔가 짚이는 것이라도 있으십니까?"

"없어. 하지만 우리 집을 감시할 만한 관련자라면 고승 장군밖에 없지 않은가?"

"대로 회의에 들어가는 고위관리는 중리부가 감찰할 수 없습니다."

을지문덕은 멀어져가는 부하들을 흘끔 바라보며 섬모가 하는 말에 고개를 끄덕거렸다.

"알고 있네."

"저는 참군 어르신의 신변을 책임지기도 하지만 중리부에 속한 무사이기도 합니다."

"그래서 안 된다는 얘긴가?"

"원칙적으로는 그렇다는 말씀입니다. 저택을 감시하던 자들이 중성의 마은방에 있는 채소를 파는 상점에 들른 것을 보았답니다.

"마은방이라면 고승 장군의 저택이 있는 곳 아닌가?"

"맞습니다. 거기에 검은 옷을 입은 고승 장군의 측근이 자주 드나들고 있습니다."

"범우 말인가?"

"맞습니다. 아니라고 해도 일단 조사는 해볼 수 있습니다."

"고맙네."

다음 날 날이 밝자마자 사방으로 흩어진 중리부 관리들의 탐문에 걸린 것은 사씨 성을 가진 뚱뚱한 장의사였다. 중리부 관리에게 끌려온 장의사 주인은 애써 태연한 척했지만 겁에 질린 속마음까지 감추지는 못했다.

섬모에게서 나비모양의 그림이 그려진 종이를 넘겨받은 을지문덕은 구겨진 종잇조각을 탁자 위에 던졌다.

"자네가 왜 잡혀 왔는지 알아?"

장의사가 눈이 두려움에 뒤범벅이 된 채 그를 올려다보았다. 영문을 모르겠다는 눈빛을 본 을지문덕이 손가락으로 탁자 위의 종이를 툭 치면서 입을 열었다.

"자네가 파는 관에 이런 모양이 그려져 있기 때문이야."

"그 표시는 저희 아버지 때부터 써왔던 겁니다요."

"요 근래에 관을 사간 자들을 기억하느냐?"

장의사의 말을 자른 을지문덕이 손가락으로 탁자 끝을 두드렸다. 얼굴을 찡그렸던 장의사가 기억을 더듬는 듯 눈을 살짝 감았다.

"열흘 전에 홍경방에서 죽은 무당 가족에게 하나 팔았고, 그리고 사흘 전에 하나 판 것 외에는 없었습니다."

"사흘 전에 누구한테 관을 팔았느냐?"

탁자에서 엉덩이를 뗀 을지문덕이 묻자 장의사가 난감한 표정을 지었다.

"저, 그게 사실은 누구인지 모르겠습니다."

"지금 장난하자는 거야?"

등 뒤에 서 있던 섬모가 버럭 호통을 치자 울상이 된 장의사가 두 손을 흔들며 변명했다.

"정말입니다요. 해가 떨어지고 문을 닫는데 갑자기 밀어닥쳐서는 부르는 값에 흥정도 안 하고 관이랑 상여를 가져가버리는 바람에 얼굴을 제대로 보지 못했습니다."

겁에 질린 장의사의 말에 을지문덕이 물었다.

"관을 사간 자의 얼굴은 기억하겠느냐?"

"말씀드렸잖습니까. 등불을 다 꺼놓은 다음에 온 터라 전 도둑인 줄 알고 겁에 질려서 숨도 크게 못 쉬었습니다."

사방으로 침을 튀기며 떠드는 장의사의 말을 들은 섬모가 거짓말이 아닌 것 같다는 눈빛을 보냈다. 또 다시 막혔다는 생각에 짜증이 난 을지문덕이 물었다.

"그럼 얼굴 말고 다른 특징 같은 것은 없었나? 말투라든지, 옷차림 같은 것 말이야."

두 사람의 눈치를 살피던 장의사 주인이 조심스럽게 입을 열었다.

"저, 그러니까 그 사람들 얼굴은 자세히 못 봤지만 다른 건 하나 눈여겨본 게 있습니다."

"그게 뭔가?"

"은전으로 값을 치를 때 제가 용기를 내서 그랬습죠. 이렇게 어두운 곳에서는 은전을 받을 수 없다고 말입니다. 아시다시피 요즘 가짜 은전 때문에 아주 골치거든요. 그랬더니 그 자들 중 하나가 등잔불이 켜진 탁자 위로 은전을 놓고 확인해보라고 했습니다."

"그래서 얼굴을 본 건가?"

"아니요. 얼굴은 못 보고 대신 왼쪽 손목에 있는 문신을 봤습니다. 손목 여기쯤에 문신이 있었습니다."

장의사가 자신의 왼쪽 손목을 가리켰다. 죽은 시신에서 도려내진 상처가 있는 곳과 같은 위치였다. 숨을 죽인 두 사람의 시선에 주눅이 든 장의사가 비 오듯 땀을 흘렸다. 을지문덕이 장의사에게 말했다.

"종이와 붓을 가져올 테니 문신을 그려주게."

"네, 알겠습니다."

안도의 한숨을 쉰 장의사를 바라보던 을지문덕이 손짓으로 섬모를 불러서 속삭였다.

"장의사가 그려준 문신을 한 패거리들을 찾아보게."

"도성 안팎을 샅샅이 뒤져보겠습니다."

"서두르게. 놈들이 자취를 감춰버릴 수도 있어."

섬모와 말을 주고받던 을지문덕은 다리가 들어서자 그쪽을 바라봤다. 다리가 어젯밤 늦게 들어왔다는 사실을 떠올린 그가 말했다.

"좀 더 쉬지 그러느냐?"

"어제 본 것을 고하기 위해서 왔습니다."

을지문덕은 부하들을 모두 내보낸 다음 섬모와 함께 다리의 이야기를 들었다. 그러다 다리의 입에서 낯익은 이름이 튀어나오자 경악했다.

"보밀? 방금 보밀이라고 했느냐?"

"네, 그곳에 사는 아낙네에게 들었습니다."

을지문덕이 섬모에게 말했다.

"직접 가봐야겠다."

다리가 안내한 곳에 도착한 을지문덕은 낡은 움막을 지그시 바라봤다. 안팎을 살펴본 가병이 돌아왔다.

"안팎과 주변을 살펴보았는데 인기척은 없습니다."

"혹시 낌새를 채고 도망간 건 아니겠지?"

"살림살이는 그대로 있습니다. 외출한 것일지도 모르겠습니다."

부하의 보고를 받은 섬모가 을지문덕에게 말했다.

"주변에 숨어 있다가 돌아오는 걸 기다려보는 게 좋겠습니다."

"알겠네."

"그리고 집 안에서 이걸 찾았습니다."

가병이 들고 온 금함을 내밀자 을지문덕은 입을 다물지 못했다. 그러자 섬모가 물었다.

"이게 혹시 참군 어르신이 찾던 그 금함입니까?"

섬모의 물음에 을지문덕은 금함을 건네받으며 대답했다.

"나도 모르겠어. 하지만 물어볼 만한 사람은 떠오르는군."

오씨 부인의 저택으로 향한 을지문덕은 정중한 대접을 받으며 후원에 있는 정자로 안내되었다. 돌로 주위를 두른 작은 연못에 접해 있는 정자에 붉은색 천으로 덧댄 하얀 저고리와 치마를 입은 오씨 부인이 앉아 있었다. 그가 다가오자 오씨 부인이 말했다.

"차 한잔하시지요."

"그냥 서서 말씀드리겠습니다. 주변을 좀 물리쳐주시겠습니까?"

을지문덕이 정자 한쪽 구석에 앉아 작은 맷돌로 차를 갈던 계집아이를 쳐다보자 오씨 부인이 대답했다.

"저 아이는 다섯 살 때 열병을 크게 앓고 나서는 말을 하지 못합니다. 그나저나 이렇게 급하게 찾아오신 걸 보면 분명 뭔가를 찾아내셨다는 뜻이겠지요."

"그 전에 온달장군의 죽음에 관해서 저에게 숨겨둔 게 있다면 사실대로 털어놔주십시오."

"난 숨긴 게 아무것도 없어요."

을지문덕은 그녀의 얘기를 듣고는 바로 고개를 저었다.

"얼마 전 온달장군의 빈전에 어느 여인이 찾아왔었습니다. 그리고 그 여인의 처소에서 이걸 찾아냈습니다."

을지문덕이 옷소매에서 작은 금함을 꺼내들자 오씨 부인의 안색이 어두워졌다.

"이게 무엇입니까?"

"온달장군이 애지중지하던 것으로 죽기 직전에 사라졌던 그 물건입니다."

"그게 어떻게 그 여인의 집에 있었나요?"

"더 중요한 건 이 안에 뭐가 있는가 하는 점입니다."

을지문덕이 금함의 뚜껑을 열었다. 안에는 아무것도 없었다. 오씨 부인의 얼굴이 순간 붉게 달아올랐다.

"참군이 지금 나를 희롱하는 겁니까?"

"부인께서 어떤 대답을 하느냐에 따라 이 안에 뭐가 들어 있는지 결정될 것입니다. 그러니 지금부터는 말 한 마디 한 마디 신중을 기하시는 게 좋을 듯싶습니다."

을지문덕의 금함의 뚜껑을 닫으며 말했다.

"무례하오."

"제 말씀을 잘 못 알아들으시는 것 같으니 다시 말씀드리지요. 이 금함을 발견한 건 제가 부리는 가병이었지만 안을 열어본 것은 저 혼자뿐입니다. 그러니 금함 안에 뭐가 들었는지 얘기할 수 있는 것도 오직 저밖에 없습니다. 만약 제게 계속 숨기는 게 있으시다면 이 안에는 돌아가신 온달장군은 물론 온씨 가문의 평판을 무너트릴 물건이 들어 있게 될 겁니다."

"당신은 그렇게 못해."

"그렇게밖에 할 수 없다면 그렇게 하겠습니다."

한동안 을지문덕을 노려보던 오씨 부인이 체념한 목소리로 입을 열었다.

"실은 아들이 평강공주와 혼인하기 전 혼례를 맺기로 약조한 집안이 있었답니다."

"어떤 집안입니까?"

"집안끼리 잘 알던 사이였죠. 잠깐이긴 했지만 온달의 아버지와 소희의 아버지가 같은 관청에서 일하기도 했답니다."

"소희? 온달장군의 빈전에 온 여인의 이름이 소희였습니까?"

을지문덕의 물음에 오씨 부인은 가만히 고개를 끄덕거렸다.

"아들을 가진 부모라면 반드시 며느리로 맞이하고 싶어 할 아이였습니다."

"그런데 온달장군께서 부마가 되어버리는 바람에 그 집안과 소원해진 겁니까?"

"소원해진 정도가 아니랍니다. 그 일 때문은 아니겠지만 소희의 아버지가 뇌물을 받은 것이 밝혀지는 바람에 집안이 아주 몰락해버렸지요. 소희의 아버지가 감옥에서 죽고 난 뒤에 남은 가족들은 뿔뿔이 흩어지거나 멀리 떠나버렸지요. 그 바람에 소식조차 끊겼고 말입니다."

"하지만 소희라는 여인이 금함을 가지고 있는 걸로 봐서 온달장군과 그녀와는 연락이 아주 끊긴 게 아니었군요."

을지문덕의 말에 오씨 부인이 한숨을 내쉬었다.

"나도 최근에 알았습니다. 올 초인가 작년 겨울에 아들 집에 갔는데 대문을 지키고 있던 가병을 어디선가 본 듯한 느낌이 자꾸 들었답니다. 그래서 아들에게 물으니까 그때서야 털어놓더군요. 소희와 만나고 있었다고 말입니다."

"그 가병이 보밀이었습니까?"

"맞아요. 소희의 남동생이지요. 아마 중간에서 소식을 전달해주는 역할을 맡았을 겁니다."

"그 사실을 평강공주도 알고 있었습니까?"

을지문덕의 입에서 평강공주의 이름이 나오자 오씨 부인이 얼굴을 찡그렸다.

"며느리가 아는지 모르는지는 저도 잘 모르겠어요. 아니면 알고도 모른 척했는지도 모르죠. 자존심이 워낙 강한 아이니까요. 그 자존심을 지키기 위해서라면 남편을 죽이고도 남습니다."

"며느리인 평강공주를 의심하십니까?"

"며느리? 그 아이는 나나 우리 집안을 아주 무시했어요. 자신의 선택과 결정이 옳았다는 것에 집착했고, 그래서 내 아들을 끝없이 괴롭혔어요. 이제 나가서 내 아들을 죽은 자를 잡아오세요."

"어쩐지 돌아가신 온달장군이 불쌍해지는군요."

돌아서려던 을지문덕에게 오씨 부인이 물었다.

"어째서죠?"

"온달장군님은 살아생전에 저에게 자기 처지가 너무 부담스럽다고 몇 번이고 말씀하셨습니다. 전 그때마다 속으로 복에 겨운 사람의 푸념이라고 생각했는데 제 생각이 틀렸으니까요. 온달장군의 살인범을 반드시 잡아내겠습니다."

집으로 돌아온 을지문덕은 곧장 방으로 들어갔다. 씻을 물이 담긴 대야를 들고 방으로 들어선 다리에게 말했다.

"잠깐 나를 도와주겠느냐."

을지문덕의 말에 다리는 잠자코 탁자로 갔다. 종이를 반듯하게 펼쳐 놓은 뒤 붓을 들었다.

"누구부터 시작하시겠어요?"

"오씨 부인부터 시작하자. 우선 그녀가 온달을 죽여야만 하는 이유는?"

"여자 문제 때문에 가문의 명예를 더럽혔기 때문입니다. 겉으로는 내색하지 않았지만 평강공주가 그 사실을 태왕께 고하기라도 하면 일파만파로 일이 커질 수도 있겠지요."

"하지만 그런 이유로 아들을 죽일 어머니는 없어. 차라리 둘 사이를 은밀히 갈라놓으라고 했겠지."

다리는 먹물을 듬뿍 찍은 붓으로 글씨를 써나가기 시작했다. 그 모습을 본 을지문덕이 말했다.

"다음은 평강공주! 남편이 자기 몰래 다른 여인을 만나고 있었다는 것만으로 과연 살인을 결심할 수 있을까?"

"충분히요."

다리의 대답에 을지문덕이 쓴 웃음을 지었다.

"오씨 부인의 말을 그대로 믿는다면 두 사람 사이가 좋지 않았던 건 사실 같아. 하지만 단순한 질투심만으로 남편을 살해하기로 결심했다는 건 억지야."

가벼운 한숨과 함께 고개를 저은 을지문덕이 입을 열었다.

"다음은 대장군 고승과 말객 오랑."

"그 두 사람도 의심하고 계십니까?"

"무슨 이유인지는 모르겠지만 대장군 고승과 말객 오랑은 온달장군을 미워했던 것 같아. 두 사람, 특히 대장군 고승은 온달장군을 죽음으로 몰아넣을 만한 가장 좋은 위치에 있던 사람이야."

"하지만 온달장군님은 황실의 부마입니다. 그분에게 해를 끼치는 것은 황실과 대적한다는 것과 다를 바 없는데요."

"그렇기 때문에 전쟁터에서 죽은 걸로 꾸몄을 수도 있지."

붓을 움직여서 을지문덕의 얘기를 정리하던 그녀가 고개를 들었다.

"한 사람 더 있어요."

"누구냐?"

"소희라는 여인의 남동생 보밀이요."

"왜 그가 살인자라고 생각하느냐?"

"한때는 혼사 이야기가 나올 정도로 대등했다가 지금은 주인과 가병 관계로 전락해버렸어요. 자존심 강한 남자라면 치욕으로 여겼을 것이고 움막에서 엿듣기로는 자기 누이가 온달장군과 만나는 것을 마땅치 않게 생각하는 것 같았고요."

"온달장군이 돌아가셨을 때 가장 가까이에 있었지."

"어쨌든 주변 인물이 개입되어 있다고 확신하시는군요."

다리의 물음에 을지문덕이 고개를 끄덕거렸다.

"주변 사람들이 온달장군의 죽음을 더럽히고 있구나."

"소희라는 여인이 나타나면 어느 정도 밝혀지지 않을까요?"

"난 그 여인이 잡혀오지 않았으면 한다."

을지문덕의 이해할 수 없는 말에 다리가 조심스럽게 물었다.

"그 여인이 어떤 얘기를 할 줄 몰라서요?"

"차라리 첩으로 들였다면 모르겠지만 온달장군은 본부인과 어머니 몰래 다른 여인과 사통을 한 셈이다. 알려진다면 좋을 게 없지."

"진실을 감추는 것이 그분을 더 치욕스럽게 하는 일인지도 몰라요."

두 사람 사이의 대화는 밖에서 섬모가 을지문덕을 부르면서 끝났다. 들어오라는 을지문덕의 말에 섬모가 조심스럽게 문을 열고 안으로 들어왔다.

"조용히 드릴 말씀이 있습니다."

섬모는 조용히 일어나 밖으로 나가는 다리를 바라봤다. 을지문덕이 다리가 글씨를 쓴 종이를 내려다보면서 물었다.

"할 말이란 게 뭔가?"

"문신에 관한 일입니다."

"단서를 찾았느냐?"

"생각보다 일이 복잡해질 것 같습니다."

다시 찾은 중리부의 감옥은 여전히 한 점의 빛도 허용하지 않은 채 어둠 속에 웅크리고 있었다. 간수가 횃불을 들고 두 사람을 인도했다. 조심스럽게 발걸음을 옮기며 섬모가 굳게 다물었던 입을 열었다.

"도성 안에 있는 패거리들 중에 문신을 새기고 다니는 놈들을 차례 대로 조사했습니다."

"그 얘기 지난번에 했었네."

을지문덕이 섬모를 따라 걸어가면서 대답했다.

"그래서 반쯤은 포기했었는데 정말 뜻밖의 장소에서 단서를 찾았답 니다."

앞장선 간수가 자물쇠를 풀고 문을 열자 축축한 냄새가 떠도는 깊 은 공간이 눈앞에 드러났다. 섬모가 소매에서 무언가를 꺼내서 탁자 위에 올려놨다. 자그마한 금괴였다.

"이게 뭔가?"

"관청에서 물건을 사고 상인들에게 지불하는 겁니다. 앞에 중리부의 인장이 새겨져 있지요. 뒷면을 한번 보시겠습니까?"

뒷면은 끌 같은 것으로 갈아낸 듯 거칠었다. 엄지손가락으로 금괴의 뒷면을 문지르던 을지문덕이 입을 열었다.

"금이 아니군."

"영악한 자들입니다. 표면에 살짝 도금을 하면 혹시라도 들통이 날까봐 두껍게 도금한 겁니다. 거기다 중리부의 인장까지 찍혀 있었으니 이걸 받은 장사치들이 의심하지 않았던 겁니다."

"이게 나를 습격한 자들이나 혹은 온달장군의 죽음과 어떤 연관이 있는 건가?"

"이 가짜 금괴는 두 달쯤 전에 회현방의 술집에서 일하는 기녀가 받은 겁니다. 이걸 넘겨준 자는 소를 팔고 사는 자라고 했지만 기녀의 아버지가 소를 매매했던 적이 있어서 거짓말인 줄 눈치챘답니다. 더군다나 몇 년 동안 중리부의 사인과 동거하던 적이 있어서 금괴를 받는 순간 의심했고, 뒷면을 긁어보고는 가짜라는 걸 알아차린 겁니다."

을지문덕은 섬모의 얘기에 계속 귀를 기울였다.

"보름쯤 전에 기녀를 다시 찾아온 그자를 붙잡아서 문초했는데 노새였습니다."

"노새?"

을지문덕의 반문에 섬모가 대답했다.

"훔친 물건을 대신 운반해주는 자들을 노새라고 합니다. 가짜 금괴는 그자가 운반하던 물건이었고, 한두 개를 몰래 빼돌린 겁니다."

"그 욕심 때문에 가혹한 대가를 치른 셈이군."

"우리한테는 행운이었고 말입니다. 어쨌든 그자를 시작으로 어제부터 노새들과 운반자들 사이를 연결해주는 거간꾼과 심부름꾼을 은밀히 잡아들이기 시작했는데 문제는 물건의 운반을 의뢰하던 자들이 자취를 감춰버렸다는 겁니다. 일의 특성상 저쪽에서 먼저 연락이 오지 않으면 접촉할 방법이 없습니다."

"노새는?"

"저깁니다."

섬모가 턱으로 가리킨 벽에 간수가 횃불을 갖다 대자 누군가 벽에 매달린 게 보였다. 울퉁불퉁한 벽에 쇠사슬로 매달린 사내의 모습이 흡사 고깃간에 걸린 고깃덩어리를 연상시켰다. 성한 곳이 없는 몸에서는 피가 계속 떨어지고 있었다. 횃불이 군데군데 달려 있는 벽을 따라 그도 처음 보는 온갖 종류의 고문 도구들이 매달려 있거나 세워져 있다. 더욱 끔찍하게도 그 고문 도구들은 하나같이 사람의 피로 얼룩져 있었다.

"나를 여기까지 끌고 온 이유가 뭔가?"

"노새가 흥미로운 얘기를 해서 말입니다."

섬모가 눈짓을 하자 옆으로 물러나 있던 대머리 간수가 들고 있던 쇠젓가락으로 매달려 있던 사내의 옆구리를 꾹 찔렀다. 간신히 고개를 든 사내가 느릿하게 입을 열었다.

"두…두 달에 한…번 정도 만나서 물…물건을 넘겨받았습니다. 언제 어디서 물건을 받는지는 큰형이 결정했고, 저희들은 그냥 물건을 받아와서 다음 사람한테 넘겨주었습니다."

사내의 말은 눈물로, 그리고 헉헉거리는 신음소리로 변해갔다. 살려

달라고 애원할 힘도 없어 보이는 사내는 다시 잠이 들 듯 고개를 숙였다가 쇠젓가락에 옆구리를 찔리고서 다시 고개를 들었다.

"물…물건을 넘겨…받을 때는 처음 보는 심부름꾼한테 받았고, 도성에 들어와서 넘겨줄 때는 보통 얼굴을 가린 사내가 받아갔습니다. 얼굴은, 얼굴은 기억이 안 나는데 한쪽 팔에 문신이 있는 걸 본 적이 있습니다."

"어떻게 생긴 문신인지도 말해!"

간수의 계속되는 으름장에 사내가 더듬거리며 입을 열었다.

"문, 문신은 아주 작…작았는데 한…한쪽으로는 봉황인지, 용의 머리가 새겨져 있었고, 다리가 네 개였습니다. 말이…말이 뛰는 모양 같았습니다."

사내의 자백을 들은 섬모가 을지문덕에게 말했다.

"장의사가 알려준 문신 모양과 일치합니다. 저자를 문초하던 간수가 그 얘기를 듣고 간수장에게 보고했고, 간수장이 곧장 저에게 보고한 겁니다."

섬모의 얘기를 들은 간수가 희죽 웃으며 썩은 이빨을 드러냈다.

"꼬리는 잡은 셈이고, 이제 몸통은 어떻게 잡을 생각인가?"

"노새들과 그들이 만나는 술집에 노새 하나를 남겨두었습니다. 일단은 기다려볼 생각입니다."

"그러다 놈들이 접촉해오면 뒤를 캐서 본거지를 알아낼 생각이군. 다른 단서는 없나?"

"그자들의 물건을 포장한 종이와 노끈들이 노새들이 머물던 곳에서 나왔습니다만 특별한 표식은 없었습니다."

쇠사슬에 묶여 벽에 매달린 사내는 거친 숨을 내쉬며 몸을 뒤틀었고, 그때마다 몸에서 뚝뚝 소리가 났다. 을지문덕은 입안에 고인 신물을 억지로 집어삼켰다.

"일단 종이와 노끈들을 보여주게. 그리고 저자는 어찌 되는 건가?"

문 쪽으로 돌아선 을지문덕이 묻자 섬모는 별것 아니라는 듯 시큰둥하게 대답했다.

"고문은 이제 끝입니다. 연옥에서 지내다가 죽으면 풀려날 겁니다."

"연옥이라니?"

간수에게 문을 열라고 지시한 섬모가 말했다.

"죄를 지은 자들은 여기를 연옥이라고 부릅니다."

횃불이 군데군데 켜진 복도를 따라 걷자 작은 방이 나왔다. 안으로 들어가니 벽에 붙은 작은 탁자 위에 누런색의 종이와 짚을 꼬아서 만든 노끈들이 어지럽게 널려 있었다.

"여기 있는 이것들이 그자들이 노새들에게 맡긴 물건을 포장했던 것들입니다."

탁자 앞으로 걸어간 을지문덕은 손으로 종이를 집어 들었다. 섬모의 말대로 종이에는 아무것도 없었다. 바스락거리는 종이를 내려놓은 을지문덕은 길게 자른 종이와 짚을 함께 엮어서 만든 노끈을 집어 들었다. 노끈의 양쪽 끝을 잡고 팽팽하게 잡아당기자 노끈에서 떨어진 먼지 같은 것들이 나선형을 그리며 탁자로 떨어졌다. 아랫입술을 지그시 깨문 을지문덕은 탁자 위에 어지럽게 놓인 것들을 다시 차분히 살펴보았다. 그러다가 종이에 아주 미세한 얼룩이 묻어 있는 걸 발견했다. 얼룩은 종이 모서리를 따라 좁게 이어져 있었다. 을지문덕은 뚫어지게 쳐다보다가 살짝 혀를 내밀어 종이 얼룩에 댔다. 눈을 감고 한동안 서 있던 을지문덕이 환하게 웃으며 섬모에게 종이를 내밀었다.

"혀를 대보게."

을지문덕의 재촉에 못 이긴 섬모가 마지못해 혀끝에 종이의 얼룩진 부분을 댔다. 얼굴을 잔뜩 찡그리던 섬모가 침을 꿀꺽 삼키고는 중얼거렸다.

"짭니다."

"소금기가 틀림없어. 노끈도 중간에 얼룩져 있지. 이 종이로 포장된 물건들은 배로 운반된 게 틀림없네."

"도성에 들어오는 배는 모두 위도에 있는 포구에 정박합니다. 그 많은 배들을 뒤지면 금방 낌새를 챌 것 같은데요…."

"뒤질 필요 없네. 저런 비싼 종이로 포장된 물건은 얼마 안 될 테니까. 짐을 내리는 선착장에서 감시하면 될 거야."

다리는 오랫동안 글씨를 보느라 침침해진 눈을 깜빡거렸다. 두 폭짜리 두루마리 안에 온달장군의 죽음이 빼곡하게 쓰여 있었다. 이제 두루마리에 적힌 내용은 보지 않고도 외울 정도였지만 이상하게도 그녀의 눈길은 항상 같은 곳에 머물렀다.

"…시신의 머리 위로 향한 오른손 손톱 아래에 미세한 흙먼지가 묻어 있다. 이는 죽어가는 자가 고통에 못 이겨 땅을 움켜잡으면서 흙 입자가 손톱 아래 들어갔기 때문이지."

"하지만 나리는 온달장군 손이 펴져 있다고 그랬어."

중얼거리던 그녀의 눈길은 자연스럽게 두루마리의 제일 끝부분에서 다시 한 번 멈추었다.

"…몸통에 바짝 붙은 왼쪽 팔은 손등이 땅으로 향해 있다. 보통 앞으로 쓰러지면서 팔을 뻗으면 손바닥이 땅으로 향한 것과 대비된다. 간혹 쓰러지면서 팔목이 꺾이는 경우는 있지만 그건 몸통에 깔릴 경우에만 해당된다. 아니면 왼쪽 팔이 원래 몸 쪽에 붙은 채 쓰러졌다가 몸부림을 치는 과정에서 팔이 위로 올라갔을 가능성도 있지만 시신이 입었던 군복의 팔에는 쓸린 흔적이 남아 있지 않았다."

가볍게 한숨을 내쉰 다리는 두루마리를 접었다. 둥글게 말린 두루마리를 탁자 끝으로 밀어버리고 다리는 오랫동안 글을 읽느라 뻣뻣해진 등을 폈다. 다리는 복잡한 마음을 잠시 접어둔 채 온달장군과 소희의 관계를 상상해보았다.

두 사람은 집안 사정 때문에 헤어지고 나서도 서로에 대한 애틋한 감정을 가슴에 담아두고 있다가 몇 년 후 다시 재회했다. 쇠보다 단단하고 비단보다 질긴 세월의 힘을 이겨낸 두 사람은 서로를 어떻게 받아들였을까? 몹시 궁금했다. 가병들이 그녀의 행방을 열심히 찾고 있지만 아직 행방이 묘연했다. 다리는 문득 소희가 있을 만한 곳을 떠올렸다.

　그녀가 온달장군의 빈전이 있는 곳에 도착했을 때는 이미 해가 떨어지고 있는 중이었다. 언덕 위에 세워진 온달장군의 빈전 주변은 여전히 창을 든 병사들이 지키고 있었다. 언덕 아래 벌판에는 무덤을 만드는 일꾼과 노비들이 머무는 허름한 천막과 움막이 옹기종기 모여 있었다. 다리는 일부러 머리를 헝클어버리고. 길옆에 있는 광주리를 들고 움막 쪽으로 걸어갔다. 빈전이 있는 언덕을 잘 볼 수 있는 곳으로 걸어가다가 다리는 마침내 그녀와 마주쳤다. 저녁 햇살을 받은 옆모습이었지만 다리는 그녀가 소희임을 알아차렸다. 눈부신 햇살까지 더한 그녀의 모습이 애처로웠다. 소희가 고개를 돌려 자신을 바라보자 다리는 괜히 미안해졌다. 가까이 다가온 그녀가 다리 앞에 섰다.

　"며칠 전에 달래 할머니의 집을 찾아준다던 분이었죠."

　"죄송해요. 그때는…."

　"사실 거짓말인 건 처음부터 알았어요. 달래 할머니는 마을에서 한 발자국도 나서지 않는 분이거든요."

　다리는 살포시 미소를 짓는 그녀가 붉은 기운을 띤 저녁 햇살보다 아름답고 장엄하다고 생각했다.

　"그런데 왜?"

　"뭔가 사연이 있을 거라고 믿었어요."

　"저에 대해서 알고 있군요."

"왜 온달장군 곁을 떠나지 못하시나요?"

"아가씨는 누구를 사랑해본 적 있어요?"

소희의 물음에 다리는 대답을 하지 못했다. 다리가 주저하는 것을 본 소희는 이마 위로 흘러넘치는 머리카락을 쓸어 넘기며 입을 열었다.

"그러면 제가 왜 이러는지 이해할 수 있을 거예요. 난 가끔 스쳐지나가는 산들바람이나 머리 위를 날아가는 작은 새가 그이가 아닐까 생각해요."

다리는 그녀의 두 손을 꼭 움켜쥐었다.

"그이는 어떤 일이 있어도, 설사 죽더라도 내 곁을 떠나지 않겠다고 맹세했거든요."

다리는 그녀의 섬광 같은 슬픔을 보았다. 기억의 파편들은 무수히 많은 상처를 내며 반짝거렸다. 다리는 억지로 눈물을 참고 그녀에게 말했다.

"중리부에서 아가씨를 찾고 있어요. 지금이라도 늦지 않았으니까 어디 멀리 도망가세요."

"내가 있을 곳은 여기에요. 난 그이를 떠나서는 존재할 수 없는 그림자니까요."

"하지만 저들에게 잡히면 어떤 고초를 겪을지 몰라요."

다리의 애원을 웃음으로 흘린 소희가 그녀의 손을 맞잡았다가 한손으로 살포시 머리를 쓰다듬었다. 다리는 어떻게든 그녀를 도와야겠다고 마음먹었다.

"이제 어떻게 하실 거예요? 여기서 언제까지 머무를 수는 없잖아요."

"사실은 일을 도와주러 나온 이웃마을 사람이라고 둘러댔는데 오늘 저녁에 다 떠난다네요."

"저와 함께 가요. 머물 만한 곳이 있어요."

"신세 지고 싶지 않아요."

"대신 이번 일에 대해서 아는 대로 말해주세요."

눈빛을 반짝인 다리의 말에 소희는 곤란한 표정을 지었다.

"아가씨가 모시는 분이 그이의 죽음에 대해서 조사하고 있다는 것은 저도 알아요. 하지만 난 아는 게 아무것도 없고, 그이의 이름에 흠을 남기는 일은 하고 싶지 않아요."

"며칠 전에 주인님께서 움막에서 찾은 금함을 가지고 오씨 부인을 찾아가 아가씨에 관한 얘기를 들으셨어요. 나머지 일들도 곧 밝혀질 거예요. 시간문제라고요. 다른 사람들 입에서 두 분에 관한 얘기가 나오는 것보다 차라리 직접 밝히는 게 낫지 않을까요?"

"하지만…"

다리는 주저하는 소희의 손을 잡았다.

"오씨 부인이 뭐라고 했는지 아세요? 아가씨께서 자기 아들을 유혹했다고 했어요. 자기 아들은 미안한 마음에 만났을 것이라 했고요. 주변에 있는 다른 사람들도 비슷한 식으로 얘기할 게 틀림없어요."

소희가 씁쓸한 표정으로 말했다.

"그러고도 남으실 분이에요. 아버지께서 감옥에 갇히자마자 파혼한다는 뜻을 담은 편지를 보내신 분이니까요."

"어쩌면 온달장군님은 싸움터에서 돌아가신 게 아니라 누군가에 의해 살해당한 것일 수도 있어요."

다리의 말에 소희의 얼굴이 흙빛으로 변해갔다.

"그게 사실인가요?"

차갑게 굳어져가던 소희는 믿을 수 없다는 듯 고개를 흔들었다.

"대체 누가 그이를 죽였다는 말인가요?"

"아직 확실하진 않아요. 하지만 우리 주인님께서 며칠 전 자객들의 습격을 받은 적이 있었답니다. 주인님께서는 그 일이 온달장군님의 죽음을 둘러싼 의혹과 깊은 연관이 있다고 믿으시는 것 같아요."

다리는 손을 맞잡은 소희의 표정이 굳어지는 것을 발견했다. 거친 숨을 고르던 소희가 그녀의 팔에 기댄 채 흐느껴 울었다.

"어디 조용한 곳으로 가요. 누가 그이를 죽였는지 알 것 같아요."

오랫동안 발길을 끊었던 집 안에는 거미줄과 뿌옇게 쌓인 먼지가 가득했다. 벽에 기대어 있던 빗자루로 거미줄을 걷어내던 다리에게 소희가 물었다.

"여긴 누구네 집이죠?"

"제 집이에요. 주인님께서도 언젠가 밖에 나와 살아야 할 때 필요하지 않겠느냐면서 팔지 말고 그냥 놔두라고 하셨어요."

다리의 눈길이 낡고 허름한 집 구석구석을 어루만져졌다. 마당 한구석에 굴러다니던 싸리비를 든 소희가 마당으로 향했다.

"마당은 내가 쓸게요."

먼지 낀 탁자와 평상을 깨끗하게 닦아낸 다리는 서랍 안에 넣어두었던 초를 꺼내 불을 붙였다. 더러운 방구석에서 뭉글거리던 어둠이 귀신 들린 여인처럼 끽끽 거리다가 소멸되었다. 좁은 방 안에 놓인 평상에 걸터앉은 다리가 시장에서 사온 떡을 꺼내놓았다.

"사실 다른 곳에 새로 집을 살 수도 있었지만 왠지 이곳을 떠나기가 싫었어요. 이곳을 떠나면 먼저 떠나간 가족들을 잊어버릴 것만 같았거든요."

콩이 들어간 떡을 씹던 다리가 아무에게도 털어놓지 못했던 속마음을 소희에게 털어놓았다. 흙으로 만든 그릇에 담긴 물을 마시던 그녀가 깨끗해진 마당을 바라보며 소희에게 물었다.

"그런데 아까 누가 온달장군님을 죽였는지 알고 있다고 하셨죠?"

소희는 손가락으로 앞이마의 머리카락을 쓸어 넘겼다. 소희의 슬픈 눈이 다시 촉촉하게 젖어들었다.

"내 동생은 죽은 그이를 몹시 미워했어요. 아버지가 감옥에서 돌아가시고 집안이 풍비박산 난 게 다 그이 탓이라 믿었거든요. 난 그이 잘못이 아니라고 몇 번이나 얘기했지만 그 아이는 듣지 않았죠."

"그런데 어쩌다 그렇게 미워하는 사람 밑에서 가병 노릇을 한 건가요? 설마…"

눈물을 글썽거리던 소희가 끝내 울음을 터뜨렸다.

"요즘 동생이 이런 저런 일 때문에 많이 힘들어 했거든요."

"무슨 일 때문에요?"

"아버지가 그렇게 돌아가시고 어머니도 화병으로 얼마 못 사셨죠. 노비들도 하나둘 도망치고 남은 건 우리 둘뿐이었답니다. 남동생은 어떻게든 큰돈을 벌어야겠다며 돌궐까지 가서 말을 사오기도 하고, 남쪽으로 내려가 소금을 사는 일도 했어요. 하지만 운이 없었는지 남은 재산마저 몽땅 날리고 말았습니다. 그러다가 얼마 전에 무슨 생각을 했는지 그이를 찾아가서는 그 집 가병으로 일하기 시작했어요."

"온달장군의 어머니께서는 아가씨가 자기 아들과 만나기 위해 일부러 동생을 가병으로 들여보냈다고 하셨어요."

다리의 말에 소희가 눈을 반짝이며 대꾸했다.

"그때쯤부터 서로 연락했지만 남동생이 우리 둘을 연결시켜준 건 아니에요. 사실 그런 말이 나올 줄 알고 남동생이 그이의 밑에 들어가는 걸 못마땅하게 여겼어요. 하지만 그이는 괜찮을 거라며 저를 안심시켜주었죠."

천정을 보고 한숨을 쉰 그녀가 덧붙였다.

"일 년쯤 지난 뒤부터 남동생이 그 집 여자 노비를 좋아하게 되었어요. 동생은 그이에게 그 여자를 노비에서 풀어달라고 부탁할 작정이었나 봐요. 그런데 갑자기 그 여자아이가 다른 집으로 팔려가는 바람에 동생이 크게 화를 냈답니다. 심지어는 가만 놔두지 않겠다는 얘기까지 했어요."

"주인님도 확실히 보밀이 의심스럽다고 했어요. 하지만 설마 가병이 주인을 해쳤을 거라고는 생각하지 않으셨어요."

울먹거리던 소희가 믿을 수 없다는 듯 고개를 저었다.

"다 내 탓이에요."

"일단 아가씨 남동생을 직접 만나보고 얘기를 들어보는 게 좋을 것 같아요. 지금 어디 있어요?

엎드린 소희의 어깨를 쓰다듬으며 다리 역시 넘쳐 오르는 눈물을 참지 못했다. 간신히 울음을 그친 소희가 입을 열었다.

"아가씨가 왔다 간 다음 날 아침 일찍 나갔어요. 어디 간다고 얘기하진 않았지만 갈 만한 곳은 한군데밖에 없어요."

"그게 어딘데요."

"오랑의 집이요. 그 사람 밑에서 일하던 노비가 마은방의 시장에서 채소를 파는 상점을 가지고 있어요. 가끔 그곳에 가서 오랑을 만나는 것 같았어요."

다리는 을지문덕에게 들었던 얘기 속에서 말객 오랑의 존재를 금방 기억해냈다.

"그 아이가 좋아하던 여자 노비를 사간 사람이 바로 오랑이거든요."

"오랑이라면 이번에 온달장군과 함께 출정한 말객이라고 들었어요. 주인님께서는 그 사람이 왠지 온달장군을 싫어하는 것 같다고 얘기하셨죠."

"그럴지도 모르겠어요. 남동생과 오랑이 가까워진 건 두 사람 다 그이 때문에 손해를 봤다고 생각하고 있기 때문이니까요."

"왜 그렇게 생각하죠?"

"원래 세 집안은 가까운 사이였어요. 그러다가 동생은 우리 집안이 몰락한 게 그이가 황실의 부마가 되는 데 걸림돌이 되었기 때문이라고 믿었어요. 오랑 역시 자기네 집안보다 더 미천했던 그이가 단숨에 부마가 된 걸 보고 좌절했다고 동생이 말한 적 있고요."

소희의 말을 들은 다리는 비로소 의문이 풀렸다.

"오랑이란 사람과 아가씨의 남동생은 언제부터 가깝게 지냈나요?"

"그게 이상해요. 남동생은 그이도 싫어했지만 아무 도움도 주지 않았던 그 집안도 미워했거든요. 그런데 어느 날부터인가 그쪽 집안에 발을 들이기 시작하더니 그이가 출정하기 전에는 아주 살다시피 했지요."

다리는 을지문덕에게서 말객 오랑이 의도적인지 아닌지는 모르지만 양쪽 산봉우리에 대한 정탐을 소홀히 한 것 때문에 결과적으로 온달 장군이 전사했다는 얘기를 들었다. 우연의 일치거나 혹은 풀리지 않을 것 같던 의문들이 조금씩 허물을 벗는 중이었다. 하지만 다리는 조금도 기쁘지 않았다.

위도의 포구를 지키던 주활은 새벽에 들이닥친 중리부의 관리들에게 바다가 내려다보이는 작은 집을 내주었다. 바다가 한눈에 보인다는 점에서 감시처로 쓰기엔 제격이었다. 시장 통을 종횡무진하는 장사꾼처럼 천으로 만든 허리띠를 질끈 맨 섬모가 땀에 젖은 낡은 두건을 만지작거리며 을지문덕에게 보고했다.

"배들이 닿는 포구에 감시하는 자들을 붙였습니다. 마침 어제까지 수군이 훈련을 하는 바람에 들어오지 못했던 배들이 올 예정입니다."

"가능하면 죽이지 말고 생포해야 하네. 어차피 물건을 넘겨받는 놈들도 우두머리는 아닐 테니까."

"그것도 지시해놓았습니다."

섬모의 대답이 끝나자마자 거친 나팔 소리가 길게 들려왔다. 수상한 배를 발견했다는 신호였다. 마부들이 입는 소매 없는 낡은 저고리와 통 좁은 바지를 입은 을지문덕이 수레에 올랐다. 도성에 드나드는 상인들과 관리들은 물론 백성들로부터 거둬들인 막대한 양의 곡식과 포목들도 모두 패수의 위도의 포구를 통해 장안성으로 들어왔다. 배를 댈 수 있는 부두와 모래밭을 따라 줄지어 늘어선 창고와 여관은 하루에도 수만 명이 넘는 사람들이 머물다 떠나는 바람에 늘 북적였다.

위도 포구로 향하는 길 위는 빈틈을 찾을 수 없을 정도로 복잡했다. 사람과 수레로 빼곡했다. 을지문덕 일행에게 다가온 섬모의 부하가 수레에 기댄 채 속삭였다.

"발견했답니다."

"어디서?"

"수군 전선들이 정박하는 작은 강 쪽입니다. 보통 남에 눈에 띄지 않게 짐을 내릴 때 쓰는 곳이죠."

"틀림없는 것 같으냐?"

을지문덕의 물음에 섬모의 부하는 자신 있게 고개를 끄덕거렸다.

"누런색 종이와 노끈으로 싸여 있었습니다. 크기는 등짐 하나 정도 인데 무게가 상당히 나가는지 장대로 꿰어서 수레에 옮기는 걸 보았습 니다."

"노새들이 물건을 운반하겠지만 가짜 금을 넘겨받는 자들 역시 지켜 보고 있을 것이다."

"알겠습니다. 만약 오늘 중으로 도성에 들어간다면 분명 여기를 지나 칠 것입니다. 거리마다 감시하는 자들을 붙여놓았으니 새가 아닌 이상 도망치지 못할 겁니다."

섬모와 부하들 모두 단서를 잡았다고 생각했는지 흥분을 감추지 못 했다. 날이 밝아오면서 길가에는 더더욱 많은 사람들이 넘쳐났다. 느린 남쪽 사투리와 빠르고 거친 북쪽 사투리, 그리고 그 두 가지가 섞인 것 같은 말투들이 귀를 스쳐지나갔다. 배에서 내린 짐들을 실은 수레들의 긴 행렬이 눈에 띄었다. 하지만 그가 기다리고 있던 목표물은 아직 나 타나지 않았다. 그 사이, 섬모의 부하들이 차례로 나타나 보고했다.

"노새들이 배에서 내린 종이와 노끈으로 묶여진 상자를 가운데 놓 고 가벼워 보이는 나무상자와 짚들을 주위에 실었습니다."

"우리 말고 수레를 감시하는 자들은?"

"확실하지 않지만 먼발치에서 지켜보고 있을 겁니다. 그런데 저 속도 로 가면 오늘 중으로는 도성에 들어가지 못할 겁니다. 저렇게 조심스럽 게 운반하는 물건을 허름한 여관에 밤새 둘 것 같지 않은데요."

보고를 받은 섬모가 고개를 갸웃거렸다.

"짐을 가운데 숨겼다면 중간에 빼돌릴 것 같지도 않아. 아마 수레 채 바꿔치기를 하거나 이곳에서 물건을 넘겨받겠지. 누가 접근하는지 잘 살펴야 한다."

섬모와 부하들의 대화를 듣던 을지문덕은 문득 생각했다. 중리부에서 쓰는 금괴를 위조할 정도로 배짱 좋은 자들이라면 다른 것도 얼마든지 위조할 수 있다. 특히 관청에서 직접 운송하는 물품이라면 도성의 성문을 지키는 수문장도 관례적으로 짐을 검사하지 않고 들여보내지 않던가? 을지문덕이 수레 옆에 서서 부하들과 얘기를 나누던 섬모에게 물었다.

"요 근래에 중리부에서 직접 운반하는 물품이 있었느냐?"

갑작스러운 질문에 놀란 섬모가 부하를 바라봤다. 부하가 자신 없는 말투로 대답했다.

"부여에서 나는 황금과 탐라에서 올라오는 진주는 직접 운송합니다만 둘 다 지금 올라올 시기는 아닙니다."

대답을 들은 을지문덕이 섬모에게 말했다.

"아무래도 우리가 잘못 생각한 것 같다. 중리부에서 쓰는 금괴를 가짜로 만들 정도라면 보통 방법으로 운반하지는 않았을 것이다."

"다른 방법이 있습니까?"

"가령 관청에서 직접 운반하는 물품으로 꾸민다거나…"

을지문덕의 말에 섬모는 무거운 신음소리를 냈다. 잠시 고민하던 섬모는 뒤로 돌아서서 하나둘씩 모여드는 부하들에게 지시를 내렸다.

"지금부터 관부에서 직접 운송하는 물품이나 전령들을 조사한다. 일단 정중하게 짐을 열어보겠다고 하고, 거절하면 움직이지 못하게 붙잡아 두고 나에게 보고해라."

부하들은 이구동성으로 알겠다고 대답한 뒤 일사불란하게 움직였다. 섬모는 부하들이 뿔뿔이 흩어지는 것을 확인한 뒤 몸을 돌려 을지문덕을 바라보았다.

"뒷일은 참군께서 책임지셔야 합니다."

아직 생각을 정리하지 못한 을지문덕은 아무 말 없이 고개만 끄덕거렸다.

"그리고 이렇게 된 이상 숨어서 돌아다닐 필요 없을 것 같습니다. 그 옷도 벗어버리는 게 좋을 듯싶습니다. 이제 와서 드리는 말씀입니다만 그 옷 입으니까 정말 수레꾼 같아 보이는데요."

섬모는 싱긋 웃으며 수레에 대충 쌓아놓은 짐 아래서 칼을 꺼내 허리에 찼다. 섬모의 팔목에는 가죽으로 만든 가리개가 둘려 있었다. 그가 을지문덕에게 지팡이를 건네며 말했다.

"안에 칼이 들어 있는 지팡이입니다. 위급할 때 쓰십시오."

"내 몸은 내가 알아서 지킬 테니 염려하지 말게."

"하긴 상여를 준비할 정도로 용의주도한 놈들의 기습에도 손 끝 하나 다치지 않고 빠져나온 분이니 걱정하지 않겠습니다."

그때 부하 하나가 헐레벌떡 달려왔다.

"발견했습니다."

"앞장서라."

섬모가 움직이라고 손짓하자 주변에 흩어져 있던 부하들이 입고 있던 옷을 벗어던지고 뒤를 따랐다. 칼을 든 젊은 사내 수십 명이 한꺼번에 뛰기 시작하자 시끄럽던 거리가 돌연 조용해졌다. 길 한가운데 말이 끄는 네 바퀴 수레와 주위를 둘러싼 사람들의 모습이 을지문덕의 눈에 들어왔다. 수부(水府)라고 써진 깃발을 꽂은 수레 앞에 선 뚱뚱한 사내가 몰려든 섬모의 부하들에게 호통치는 것이 보였다. 그가 부하들 사이를 지나 수레 곁으로 다가온 섬모와 을지문덕에게 하소연을 했다. 수레 뒤에는 관청에 딸린 노비인 듯 검게 물들인 두건과 허리띠를 두른 사팔뜨기가 겁에 질린 채 두리번거리고 있었다.

"아니, 아무리 중리부라고 하지만 다짜고짜 짐을 살펴본다는 게 말이 됩니까? 세상에 이런 경우가 어디 있답니까?"

살집이 두터운 양손을 휘저으며 연신 떠드는 수부의 관리를 구경하기 위해 구경꾼들이 몰려들었다. 허리에 찬 칼을 단단히 움켜잡은 섬모가 조용한 목소리로 입을 열었다.

"중요한 나랏일 때문이네. 운반하는 게 아무것도 아니라면 잠깐만 보여주게."

"이건 우리 대상 어르신께서 저에게 특별히 부탁하신 짐입니다. 대상 어르신의 허락이 없다면 함부로 손댈 수 없습니다."

수부의 관리가 목청을 높이며 거절하자 섬모는 곤란하다는 듯 을지문덕을 돌아보았다. 미심쩍은 점이 있다면 억지로 짐을 열어보겠지만 눈앞의 관리는 미심쩍기는커녕 자기 일에 충실한 하급관리로밖에 보이지 않았다.

섬모처럼 을지문덕 역시 확신을 가지지 못했다. 거리를 지나던 상인과 짐꾼들은 하던 일을 멈추고 하늘 같이 높은 관리들의 다툼을 재미있다는 듯 지켜보았다. 고심하던 을지문덕은 구경꾼 중 한 명이 굵은 손가락으로 소매를 걷어붙이고 팔뚝을 긁는 것을 보았다. 그리고 거의 반사적으로 외쳤다.

"손목!"

을지문덕의 외침에 놀란 섬모는 을지문덕이 소매를 걷어 올리는 시늉을 하자 무슨 뜻인지 알아차렸다.

"좋소. 짐을 열어보지 않겠으니 대신 팔을 한 번만 보여주시오."

을지문덕은 뚱뚱한 관리의 눈빛이 착 가라앉는 것을 느꼈다. 앞에 있던 섬모도 마찬가지인 것 같았다. 늘어뜨린 한쪽 손을 까딱거렸다. 순간, 수레를 둘러싸고 있던 섬모의 부하들이 칼을 뽑기 쉽게 칼자루를 앞쪽으로 기울였다. 어이없다는 눈길로 섬모를 바라보던 관리가 코웃음을 쳤다.

"자! 실컷 보시구려."

수부의 관리가 왼쪽 소매를 걷어 올린 손목을 섬모에게 보여주었다. 하얀 팔뚝을 뚫어지게 살펴보던 섬모는 곤혹스러운 표정으로 을지문덕을 돌아보았다.

"아무것도 없습니다."

을지문덕은 웅성거리는 구경꾼을 밀치고 앞으로 나가서 관리의 손목을 쳐다보았다. 섬모의 말대로 아무것도 보이지 않았다. 지운 흔적을 찾아보려고 했지만 하얀 살갗 위에는 아무런 상처도 보이지 않았다. 수부의 관리는 보란 듯이 반대쪽 소매를 걷어서 아무런 흔적도 없는 손목을 보여주었다.

아무 말도 하지 못하고 있는 두 사람 앞에서 소매를 내린 수부의 관리가 투덜거렸다.

"오늘 일은 대상 어르신께 꼭 보고할 것입니다. 이만 가봐도 되겠습니까?"

헛기침을 한 섬모가 옆으로 물러나자 수레 뒤에서 노비가 부리나케 달려와서는 수레에 맨 소를 잡아끌었다. 사람들의 다툼을 틈 타 잠시 쉬고 있던 소가 긴 울음을 뽑아내며 힘겹게 발을 내디뎠다. 그때였다. 을지문덕이 발끝에 걸린 작은 돌을 집어 들고 멀어져가는 수부 관리에게 소리쳤다.

"이보게!"

을지문덕의 말에 반사적으로 고개를 돌린 수부 관리가 을지문덕이 던진 작은 돌을 오른손으로 잡았다.

"자네 오른손잡이군. 그렇지?"

수부 관리가 고개를 끄덕이자 을지문덕이 한 걸음 앞으로 나아갔다.

"그런데 아까 팔뚝을 보여 달라고 했을 때 자넨 왼손을 먼저 보여주

었어. 오른손잡이들은 보통 팔을 보여 달라고 하면 오른손 먼저 보여
주는데 말이야."

수부 관리는 을지문덕의 질문에 아무 대답도 하지 못하고 땅바닥만
내려다보았다.

천천히 앞으로 걸어가 관리 앞에 선 을지문덕이 자신의 왼쪽 손바
닥을 펼쳐 보이며 계속 말했다.

"그리고 그냥 팔을 보여 달라고 했는데 바로 손목을 보여줬어. 손바
닥일 수도 있고, 손목일 수도 있었고, 팔뚝일 수도 있었는데."

수레 곁으로 다가간 을지문덕이 수부의 관리를 바라보며 말했다.

"이 짐을 꼭 확인해야겠네. 자네 상관에게는 내가 친히 양해를 구하
도록 하지."

을지문덕은 수부의 관리가 오른손을 뚱뚱한 배에 걸친 쇠허리띠 뒤
로 감추는 것을 봤다. 어느 틈엔가 그의 손에 팔뚝만 한 길이의 칼이
들려 있었다. 칼날이 을지문덕의 목에 막 닿으려는 순간 누군가 그를
뒤로 확 잡아당겼다. 바닥에 쓰러진 을지문덕의 머리 위로 번뜩이는 칼
날과 성난 고함 소리들이 오고갔다. 비명을 지르며 흩어지는 군중들의
발자국 소리가 땅바닥에 쓰러진 그의 귀를 파고들었다. 간신히 몸을 일
으킨 을지문덕은 수레를 둘러싼 채 벌어지는 격렬한 싸움을 지켜봤다.
허공에 흩뿌려진 피가 점차 작은 방울들로 변해서 황토색 땅바닥에
쫙 뿌려졌고, 수부의 노비가 휘두른 칼에 맞은 중리부 무사가 허공에
한 움큼의 피를 뿌리며 땅바닥에 쓰러졌다. 넓은 챙이 달린 모자를 쓴

행상과 맨발의 짐꾼들은 칼과 도끼를 들고 중리부 무사들을 기습했다. 적을 구분할 수 없었던 중리부의 무사들이 동료를 제외한 백성들을 마구잡이로 베고 찌르는 바람에 혼란은 더욱 커져갔다.

팔에 상처를 입고 쓰러진 중리부 무사가 비상을 알리는 작은 호각을 불자 다른 곳에 흩어져 있던 무사들이 달려왔다. 그들이 합세하자 혼란스러운 상황도 차츰 가라앉았다. 영리한 무사 하나가 저항할 생각이 없으면 엎드리라고 외쳤고, 우왕좌왕하던 백성들은 일제히 땅바닥에 엎드렸다.

을지문덕은 땅바닥을 구르던 지팡이를 집어 들고서야 겨우 균형을 잡았다. 그러고는 마지막 남은 몇 명을 몰아붙이던 중리부 무사들에게 소리쳤다.

"죽이지 말고, 생포하라!"

그러나 중리부 무사들은 그의 명령을 듣지 못했다. 동료를 잃은 분노가 겹친 탓인지 냉정을 잃은 것 같았다. 부상을 입고 쓰러진 자들에게까지 칼을 휘두르고 있었다. 그때 얼굴이 피범벅이 된 섬모가 을지문덕의 어깨를 잡았다.

"위험하니까 가까이 가지 마십시오."

위도 포구를 관할하는 관청에 앉아 있던 을지문덕은 노비가 건네준 따뜻한 차를 마시면서 정신을 차렸다. 뺨에 난 큰 상처에 천을 덧댄 섬모가 보고했다.

"셋을 사로잡았습니다만 그중 하나는 며칠 못 갈 것 같습니다."

"놈들의 정체는?"

을지문덕의 섬모가 고개를 저었다.

"한 놈은 의식이 없고, 다른 두 놈은 입을 열지 않습니다. 둘 다 혀를 깨물려고 해서 재갈을 물려놨습니다."

"구경꾼들 중에 패거리가 있을 줄 몰랐다. 내 실수였어."

"참군님이 아니었다면 그자들의 흔적도 찾지 못했을 겁니다."

"무슨 일이 있어도 정체를 밝혀내야 한다."

"세 명이니까 한 명쯤 본보기 삼아서 죽여도 되겠습니까?"

을지문덕은 잠시 주저했다. 승낙한다는 대답을 하려는 순간, 문밖에서 굵은 목소리가 들려왔다.

"뜻대로 하여라."

목소리가 들린 곳으로 고개를 돌린 섬모는 눈앞에 서 있는 고추가 건무를 보고 황급히 예를 올렸다. 손짓으로 그를 물리치고 건무는 방 구석에 놓인 등받이 없는 의자에 앉았다.

"소식을 전해 듣고 바로 달려왔네."

"일이 이렇게 될 줄은 몰랐습니다."

"누가 무슨 목적으로 이번 일을 벌였든지 간에 온달장군의 죽음과 연관이 있다면 이는 황실과 중리부에 대한 명백하고도 중대한 도전일세. 황실을 수호하는 막중한 임무를 가진 중리부의 수장으로서, 그리고 황실의 일원으로서, 이번 일은 절대 그냥 넘어가지 않을 작정이야.

도대체 누가 온달장군을 죽인 건가?"

"아직 모르겠습니다."

을지문덕의 대답을 들은 고추가 건무가 짜증을 냈다.

"일이 이렇게까지 커진 이상 하루라도 빨리 진실을 밝혀내야만 해. 전사한 온달장군은 이제 백성들 사이에서는 전설이 되어가고 있는데 그의 죽음을 둘러싼 의혹이 불거지면 백성들의 불신은 결국 황실에까지 이어지고 말 거야."

을지문덕이 대답하려는 순간 문이 활짝 열렸다. 숨을 헐떡거린 섬모가 입을 열었다.

"놈들의 정체를 알아냈습니다. 신라 놈들입니다."

건무가 가라앉은 목소리로 물었다.

"신라 놈들이라고?"

섬모가 고개를 끄덕거렸다.

"생포한 놈들 중 의식이 없는 자가 헛소리를 했는데 그걸 들은 제 부하 중 하나가 신라 말이라고 했습니다."

고추가 건무는 의아한 눈빛으로 을지문덕을 바라보았다.

"아무리 생각해도 이해가 가지 않는군. 왜 신라의 간자들이 자네를 습격한 거지?"

"학고재에서 신라 군이 우리를 기습했던 것이 우연의 일치가 아니라 미리 알고 기다린 거라면 이 일과 분명 연관이 있을 겁니다."

을지문덕의 대답을 들은 건무는 고개를 저었다.

"하지만 이자들은 도성에서 활동했던 자들이고, 전투는 아리수에서 벌어졌네. 거기다 온달장군이 학고재로 정탐을 나갔던 것은 당일에 결정되었던 일이고 말이야."

수긍할 수 없다는 듯 고개를 저은 고추가 건무에게 을지문덕이 대답했다.

"학고재에서 있었던 온달장군의 죽음과 저에 대한 습격이 모두 신라 쪽 간자들의 소행이라면 분명 누군가 그들에게 정보를 주고, 지시했을 것입니다. 저에 대한 습격을 지시한 자가 온달장군의 움직임을 알고 있었던 자와 동일 인물일 수 있습니다. 그리고 우리 측의 누군가가 그자들과 손을 잡은 게 분명합니다."

얘기를 들은 고추가 건무의 얼굴이 굳어졌다.

"자네 그게 뜻인지 알고나 하는 얘긴가?"

"충분히 알고 있습니다. 온달장군의 죽음을 둘러싼 의혹들 중 지금까지 풀리지 않았던 의혹은 두 가지였습니다. 하나는 학고재에서 우리를 공격했던 신라 군이 미리 알고 매복했는지 아니면 우연히 그곳에 있게 되었는지 여부였습니다. 또 하나는 만약 온달장군의 움직임을 신라 군이 알고 매복하고 있었다면 도대체 누가 그 사실을 알려주었는지, 그리고 왜 그랬는가 하는 점입니다. 이번 사건은 두 개가 연관될 수 있다는 암시입니다."

을지문덕을 노려보던 고추가 건무가 체념하듯 입을 열었다.

"조정에 출사하는 귀족들 중 신라의 간자와 밀통하는 자가 있다면 보통 일이 아니야. 장수태왕께서 백제를 공격하기 전 도림을 보내서 백제의 조정을 혼란에 빠뜨렸던 것 같은 일이 지금 우리한테 벌어지지 말란 법은 없을 테니까 말이야."

"의심이 가는 귀족들을 문초해도 되겠습니까?"

"아무런 물증도 없는 상태에서 대로 회의에 참석하는 귀족들을 중리부로 불러낸단 말인가? 그건 절대 안 돼."

"중리부에서만 심문하지 않으면 된다는 뜻으로 알겠습니다."

"그건 모른 척하겠네. 확실한 물증이나 자백을 받아오게. 그럼 그자가 누구든 태왕폐하를 기만한 죄를 톡톡히 치르게 해줄 테니까."

냉혹한 표정으로 말한 고추가 건무가 돌아섰다. 인사를 하려고 따라나가던 을지문덕이 건무에게 물었다.

"그런데 대장군 고승은 왜 온달장군을 미워했던 겁니까?"

을지문덕의 말을 들은 고추가 건무는 뒤도 돌아보지 않고 신경질적으로 대답했다.

"그에게 직접 물어보게."

밖으로 나간 고추가 건무가 황금색 휘장이 쳐진 수레에 올라탔다. 그가 수행원들과 떠난 후 을지문덕이 섬모에게 말했다.

"대장군 고승의 동태를 알아봐야겠네."

"알아볼 필요 없습니다."

"왜?"

"열흘 후에 황궁 앞 광장에서 고승 장군이 지휘하는 상부의 부병들이 열병식을 합니다. 장군은 지금 패수 남쪽에서 병사들과 함께 열병식 훈련을 하고 있는 중입니다."

일을 마치고 돌아온 을지문덕에게 집사는 다리가 하루 동안 들어오지 않았다고 고했다. 을지문덕은 알겠다고 대답하고 그녀를 부르라고 지시했다. 잠시 후 나타난 다리가 조심스럽게 물었다.

"차를 올릴까요?"

을지문덕은 고개를 저었다. 몸을 의자 안에 파묻은 을지문덕이 다리에게 물었다.

"집사가 그러는데 네가 어제 계속 밖에 있었다고 하더구나. 무슨 일이었느냐?"

다리가 한숨을 내쉬며 고개를 숙이자 을지문덕이 재차 물었다.

"내 짐작이 틀리지 않는다면 이번 일 때문인 것 같은데."

을지문덕의 매서운 눈초리를 본 다리가 조용히 입을 열었다.

"소희 아가씨를 만났습니다."

"지금 어디 있느냐?"

"일단 제 집에 머물게 했는데 오늘 아침에 일어나니까 어디론가 사라졌습니다."

"그녀에게 무슨 얘기를 들은 것이냐?"

"자기 남동생인 보밀 얘기를 해주었습니다. 보밀은 아버지가 뇌물을 받아서 처벌당한 것이 온달장군의 집안과 황실 간의 혼인문제에 걸림

돌이 되었기 때문이라 믿고 있다고 합니다."

"그런 자가 온달장군의 가병으로 들어왔다는 것은 다른 목적이 있기 때문이겠군."

을지문덕의 얘기에 고개를 끄덕거린 다리가 입을 열었다.

"안 그래도 제가 온달장군께서 혹시 살해당했을지도 모른다고 말 하니까 대뜸 자기 남동생이 개입했을 수도 있다면서 크게 걱정했습니다."

"그자의 행방을 지금 찾고 있는 중이다. 하지만 복수심만 가지고 온달장군을 죽였다고 믿고 싶지 않다."

"소희 아가씨에게 보밀이 갈 만한 곳을 물었더니 오랑 말객과 자주 만났다고 대답했습니다."

"방금 오랑이라고 했느냐?"

을지문덕의 목소리가 높아졌다. 다리가 낮은 목소리로 대답했다.

"소희 아가씨 말이 자기 집안과 온달장군의 집안, 그리고 오랑의 가문이 모두 한 마을에 있었답니다. 아가씨의 동생인 보밀이 근래 들어 왕래가 없던 오랑과 가깝게 지냈다고도 하고요."

"오랑과 보밀이 왜 가깝게 지냈는지도 얘기해주더냐?"

"오랑 역시 온달장군을 미워했기에 의기투합한 것 같다고 했습니다. 황실의 부마가 된 덕에 출세한 걸 보고 증오를 키운 것 같습니다."

을지문덕이 중얼거렸다.

"오씨 부인은 나에게 아들이 살해당했다고 주장하면서도 정작 중요한 단서들은 내놓지 않았어. 우리가 찾아가서 추궁한 연후에야 자기 아들과 소희와의 관계를 털어놓았지."

"그거야 이미 죽은 자기 아들을 욕되게 하지 않으려고 그런 것 아니겠습니까?"

두 사람 사이에 오가는 대화를 듣던 섬모가 끼어들었지만 을지문덕은 그의 의견을 단번에 묵살했다.

"만약 그랬다면 자기 아들이 살해당했다고 주장하지도 않았겠지. 그냥 조용히 묻어버리면 그는 사람들 사이에서 전설이 되어버리는데 말이야."

"그런데 포구에서는 무슨 일이 벌어졌습니까?"

"가짜 금괴를 운반하던 신라의 간자들을 붙잡았다. 그런데 그 와중에 칼부림이 나서 여럿이 죽고 다쳤다."

"무사하셔서 천만다행입니다."

"이제 나를 공격한 자들의 정체를 알아냈으니 그들과 온달장군의 죽음, 그리고 그 주변 사람들이 보이는 알 수 없는 움직임들을 연결시키기만 하면 된다. 보밀과 소희, 그리고 말객 오랑은 그것들을 연결하는 고리이자 장기 말인 셈이다."

第四章

낯선 자

그림자 하나가 을지문덕이 잠들어 있는 저택 담벼락에 달라붙었다. 담을 타넘은 그림자는 가병의 눈을 피해 불이 환히 밝혀진 안채로 조심스럽게 다가갔다. 노비들이 머무는 허름한 초가집 지붕에 올라가 잠시 몸을 사리다가 담장을 따라 순찰을 돌던 가병들이 지나가자 곧바로 몸을 날렸다. 옷자락이 짧긴 했지만 그마저 단단히 묶은 덕에 바람을 가르는데도 아무런 소리가 나지 않았다.

　그림자는 안채를 둘러싼 담장을 가볍게 뛰어넘었다. 그러고는 담장 따라 심어진 정원수 뒤에 몸을 숨기고 동정을 살폈다. 붉은 기와가 얹힌 안채 주변으로 창을 든 가병들의 모습이 보였다. 자리마다 지키고 있었기에 빈틈이라곤 보이지 않았다. 그림자는 품에서 작은 돌을 꺼내 반대편으로 힘껏 던졌다. 어둠을 가르듯 날카로운 소리가 들리자 가병들이 고개를 돌렸다. 그 짧은 순간을 노렸던 그림자는 안채 지붕을 지탱하는 기둥 뒤에 몸을 숨겼다가 창문을 열고 안으로 스며들어갔다.

　안채로 들어온 그림자는 휘장으로 가려진 기둥들을 지나 제일 깊숙한 곳으로 들어갔다. 품속에서 작은 칼을 꺼내 을지문덕의 입을 막은 뒤 목에 칼을 가져다 댔다. 어둠 속에서 그림자의 두 눈이 반짝였다. 을지문덕은 마른침을 삼켰다. 그 순간 목젖에 닿아 있던 칼날이 피부를 찔렀다. 그림자는 을지문덕의 입을 틀어막고 있던 손을 서서히 치웠다. 하지만 칼날은 여전히 그의 목에 닿아 있었다.

"어떻게 들어왔느냐?"

조심스럽게 입을 연 을지문덕에게 그림자가 대답했다.

"가병들을 단단히 믿는 모양인데 세상에 완벽한 것은 없소."

그림자의 얘기를 들은 을지문덕이 눈살을 찌푸렸다.

"말투를 보니 남쪽 출신이군?"

"역시 눈치가 빠르시군."

"원하는 게 무엇이냐?"

"오해를 풀기 위해서 왔소."

"그렇다면 기녀를 낀 술자리가 더 나을 것 같은데?"

여유를 찾은 을지문덕의 농담에 그림자가 짤막하게 대답했다.

"얼마 전에 당신을 습격한 건 우리들 짓이 아니었소. 더불어 며칠 전 위도의 포구에서 가짜 금괴를 운반하다가 당신들과 싸운 것도 우리들이 아니오."

그림자의 얘기에 을지문덕이 코웃음을 쳤다.

"지금 네놈이 하는 말을 나 보고 믿으라는 게냐?"

"내가 당신을 살려두었다는 게 그 증거요."

"그럼 누가 백주 대낮에 중리부의 관리를 습격하고, 관리로 변장해서 가짜 금괴를 운반했느냐? 백제나 수나라의 첩자들 소행이란 말이냐?"

을지문덕의 물음에 그림자는 고개를 가로저었다.

"우리들은 당신이 예상하는 것보다 훨씬 오래전부터 이 일을 해왔소. 우리가 오랫동안 발각되지 않을 수 있었던 것은 가짜 금괴를 운반하는 것 외에는 눈에 띌 만한 짓을 저지르지 않았기 때문이오."

"그래서 억울함을 호소하기 위해 이 밤중에 철통같은 경계를 뚫고 여기까지 들어온 것이냐?"

"사실 우리들끼리도 많이 고민했지만 당신에게 사실을 알려주고 담판을 짓는 게 여러 모로 유리하다고 판단했소."

"이런 식으로 나온다고 내 마음이 돌아설 것 같으냐? 나를 습격하고 조정의 관리로 변장해서 나라에서 만드는 금괴를 위조했다는 것은 이제 움직일 수 없는 사실이다. 네놈들이 온달장군의 죽음과 어떤 관련이 있고, 조정 대신 중에서 누구와 손을 잡았는지 내가 반드시 알아낼 것이다."

"우리 임무는 고구려 조정의 일을 염탐해서 본국에 알리는 것이오. 그런데 이렇게 들쑤시고 다니면 오히려 손해를 보는 것 아니겠소?"

"그자들의 정체는 무엇이냐?"

"그들이 누군지는 우리도 모르오. 다만 그들을 그림자라고 부르고 있소."

"그림자?"

을지문덕의 목소리가 높아지자 그림자가 고개를 끄덕거렸다.

"우리가 쓰는 접선 방법과 금괴의 운송 방법을 그대로 따라 해서 그렇게 부르고 있소. 아무래도 우리 조직의 일부가 그들과 손을 잡은 것 같소."

"그자들이 너희에게 죄를 뒤집어씌웠다는 말인가?"

"당신에 대한 습격이 있고 나서 우리들은 장안성에 들어올 금괴의 운반을 중단시켰소. 그런데 난데없이 포구에서 가짜 금괴를 운반하던 자들이 신라인이라는 이야기가 나오는 걸 보고 이대로 있을 수는 없다고 판단했소."

"어차피 중리부에 잡혀 있는 자들이 자백하면 그 말이 사실인지 아닌지 알 수 있을 것이다."

"그자들은 오늘 밤을 넘기지 못할 거요."

"대단하군. 원하는 게 무엇이냐!"

"그냥 진실을 밝혀주시오. 우린 그걸로 충분하니까."

"말투를 보아 하니 남쪽에 사는 고구려 사람인 것 같은데 어쩌다가 신라의 첩자 노릇을 하는 것이냐?"

"살아가는 데엔 여러 가지 길이 있는 법이오."

"이번 일이 너희의 소행이 아니라고 해도 도성에 신라의 첩자들이 암약하고 있는 것을 안 이상 그냥 넘어갈 생각은 없다."

"어차피 우리들은 쫓기고 숨는 것을 숙명으로 아는 자들이오."

그림자의 담담한 대답에 을지문덕이 물었다.

"너희들의 소행이 아니라는 구체적인 물증을 알려준다면 나 역시 너희들의 말을 믿겠다."

"놈들이 우리의 흉내를 내고 있다면 가짜 금괴의 뒷면에 단서가 있을 거요."

할 말을 다 했다는 듯 그림자는 천천히 뒷걸음질을 쳤다. 무거운 눈빛으로 그를 바라보던 을지문덕이 갑자기 손을 들어 침상을 장식한 휘장 사이의 줄을 힘껏 잡아당겼다. 그러자 한쪽 벽의 구석이 꺼지듯 사라졌다.

"배수구와 직접 연결되어 있으니 들어올 때처럼 고생하지 않아도 될 것이다."

잠시 주저하던 그림자는 비밀통로 안으로 사라졌다. 그가 들어간 것을 확인한 을지문덕은 줄을 당겨 문을 닫고는 자리에 누웠다. 다음 날, 섬모가 중리부에 갇혀 있던 신라의 간자들이 모두 죽었다고 보고했다. 어젯밤 처소에서 만난 그림자를 떠올리면서 을지문덕은 담담하게 지시를 내렸다.

"포구에서 압수한 금괴와 중리부의 출납을 맡은 자를 데려오너라."

을지문덕은 탁자 위에 놓인 금괴를 들어보았다. 아침 일찍부터 영문도 모른 채 불려온 중리소형은 안절부절못했다.

"자네가 중리부의 출납담장 관리인가?"

"그렇습니다. 아침에 할 일이 많은데 이렇게 다짜고짜 부르시면…"

을지문덕은 중리소형에게 탁자 위에 놓인 금괴를 들어서 보여줬다.

그것을 본 중리소형이 입을 다물었다. 을지문덕은 인장이 찍히지 않는 뒷면을 보여주면서 물었다.

"여기, 이 뒷면에는 원래부터 아무것도 표시되어 있지 않느냐?"

을지문덕의 질문에 중리소형은 고개를 가로저었다.

"아닙니다. 상단 왼쪽에는 금괴를 넘겨준 관리의 이름과 넘겨준 일자가 쓰이고, 오른쪽 아랫면에는 금괴를 받은 상단이나 상점의 이름과 날짜가 새겨집니다. 그다음에는 뒷면 전체에 먹물을 입힌 후 종이에 찍어서 양쪽이 하나씩 보관합니다."

"여긴 아무것도 쓰이지 않았는데?"

중리소형은 을지문덕이 내민 매끈한 금괴의 뒷면을 바라보면서 기어들어가는 목소리로 대답했다.

"그거야 가짜라서 그런 것 아니겠습니까?"

"앞부분의 인장은 구별이 불가능할 정도로 위조한 놈들이 뒷면을 신경 쓰지 않았다고?"

"뒷면의 표식은 보통 물건을 넘겨받을 때 끌로 긁어서 새깁니다. 처음 만들어서 관청에 들어올 때는 아무런 표식을 하지 않습니다."

점차 기운을 되찾은 중리소형의 말에 을지문덕은 다시 깊은 생각에 빠졌다.

"이 가짜 금괴는 쇳덩어리에 금을 입혀서 만든 거야. 아무것도 모르는 상인이 끌로 뒷면을 긁다 보면 가짜인 게 들통날 수도 있지. 용의주도한 놈들이 그걸 생각하지 않았을 리는 없는데….”

“혹시….”

고개를 갸우뚱거린 중리소형이 마른침을 삼키며 입을 열었다.

“간혹 관청과 엮이는 걸 싫어하는 상인이나 은밀히 재물을 모으는 사람들이 관청에서 나온 금괴가 아닌 것처럼 보이려고 앞면의 인장이나 뒷면의 글씨를 지우는 경우는 있습니다.

“어떤 방법으로 지우느냐?”

“두 가지 방법이 있습니다. 하나는 파인 홈에 녹인 금을 부어서 흔적을 없애는 것인데요. 녹인 금을 사용해야 하기에 번거로워서 잘 쓰지 않습니다.”

“나머지 하나는?”

“밀랍을 부어서 홈을 메우고 쇠줄로 주변을 살살 갈아서 색깔을 맞추는 겁니다. 보통 그 방법을 많이 씁니다.”

“그럼 이것도 밀랍으로 뒷면의 흔적을 지웠을 수 있겠군.”

을지문덕의 물음에 중리소형이 고개를 끄덕이며 대답했다.

“불에 가져다 대면 밀랍이 녹습니다.”

중리소형의 말에 을지문덕은 탁자 구석에 놓인 촛불에 금괴의 뒷면을 대보았다. 곧 그을음이 피어올랐다. 을지문덕은 금괴를 뒤집어 탁자에 내려놓았다. 방 안에 있던 사람들의 시선이 일제히 한곳에 고정되었다. 지글거리는 거품이 꺼지면서 그을음이 묻은 금괴 뒷면에 선명한 글씨들이 떠올랐다.

"위쪽에는 임술년(壬戌年) 삼월(三月) 중리부(中裏府), 아래쪽에는 서부(西部) 흠인방(欽寅坊) 매물와(賣物瓦)라고 쓰여 있습니다."

한 자 한 자 힘주어 읽은 중리소형이 검은 천을 덧댄 옷소매로 이마에 맺은 땀을 닦았다.

"가짜라는 것만 빼면 지극히 정상적이군. 뒷면의 표시를 숨긴 것은 만일의 사태에 대비했기 때문이겠지. 자네는 지금 즉시 중리로 돌아가서 남은 금괴의 뒷면을 전부 녹여 가려진 글자를 찾아보게."

중리소형은 을지문덕의 말이 끝나기가 무섭게 자리에서 일어나 밖으로 사라졌다.

"섬모 당주는 매물와라는 기와전을 조사해주게."

딱딱하게 굳은 표정의 섬모가 입을 열었다

"조사하고 자시고 할 것도 없습니다. 매물와라면 중리부는 물론 황궁에서 쓰는 기와를 대는 곳입니다."

"매물와의 소유주는?"

"좀 복잡합니다. 태을이라는 기와장인이 기와를 만들고, 하부의 상인들 몇몇이 기와에 들어갈 재료를 책임지고 있습니다. 주인은 술간이라는 서부의 상인이지만 관청과 황궁에 손쉽게 기와를 납품하는 걸 보면 뒤를 봐주는 사람이 있는 것 같습니다."

"그럼 술간이라는 자를 데려오게. 직접 문초하겠네."

"알겠습니다."

고개를 숙이며 대답한 섬모가 문을 열고 나가려다가 갑자기 생각난 듯 말했다.

"오랑 말객은 지금 패수 남쪽에 있는 병영에 부병들과 함께 머물고 있답니다. 아흐레 후에 열리는 열병식 때문에 훈련 중입니다."

"고맙네."

섬모가 돌아가고 집사가 들어왔다.

"누가 찾아왔습니다."

딱히 찾아올 사람이 생각나지 않았던 을지문덕이 고개를 갸웃거리며 물었다.

"이름이 뭐라고 하더냐?"

"태학의 학생인 고정의라고 자신의 신분을 밝혔습니다."

이름을 듣는 순간 을지문덕은 자리에서 벌떡 일어났다.

"당장 만나겠다. 방으로 불러오너라."

"그게."

잠시 주저하던 섬모가 말했다.

"집에서는 만나기 싫다고 합니다."

"그럼 어디서?"

"황궁 남쪽 반룡사에 있는 담징의 벽화 앞에서 만나자는 말만 남기고 사라졌습니다."

지나가던 백성들은 바짝 긴장한 가병들의 엄중한 호위를 받는 을지문덕을 피해 길가로 물러났다. 황군의 남문 앞에 자리 잡은 반룡사 주변은 여느 때처럼 사람들로 가득했다. 반룡사 안으로 들어간 을지문덕은 석탑을 둘러싼 회랑 쪽으로 걸어갔다. 회랑에는 고구려 제일의 화가로 일컬어지는 담징이 그린 벽화가 있었다. 하얀색 조우관을 쓴 고정의가 회랑의 기둥 사이에 서 있는 것을 본 을지문덕은 그곳으로 발걸음을 옮겼다. 그가 다가오자 고개를 돌린 고정의가 고개를 깊이 숙여 인사했다.

"높으신 분을 함부로 오시라고 해서 정말 죄송합니다."

"그건 상관없다만 날 찾은 이유가 무엇이냐?"

"전쟁터에서 돌아와서 바로 시골로 휴양을 갔었습니다. 그래서 저는 참군께서 온달장군의 죽음을 그렇게까지 염두에 두시리라고는 미처 살피지 못했습니다."

"시골이 좋긴 좋은 모양이구나. 겁에 질려서 말도 못하더니 이제는 제법 조리 있게 말도 하고 말이다."

을지문덕이 코웃음을 치며 대답했다.

"그래, 여기서 날 보자고 한 이유가 무엇이냐?"

"학고재에서 무슨 일이 있었는지 아직도 궁금하십니까?"

을지문덕이 고정의를 지켜보았다. 젊다고 하기는 너무 어리고 어리다고 하기에는 성숙해 보이는 고정의의 눈길을 바라보던 을지문덕이 대답했다.

"물론이지. 하지만 너는 그때 아무것도 보지 못했다고 분명 말하지 않았느냐?"

"맞습니다. 전쟁터는 처음이라 겁에 질렸던 건 사실입니다."

"말이 안 맞는구나. 그럼 그때 기억하지 못했던 것들이 지금 떠올랐다는 말이냐?"

을지문덕의 날카로운 추궁에 고정의는 고개를 저었다.

"그 당시 제가 보았던 것들이 무엇을 의미하는지 알지 못했기 때문에 입을 다물었을 뿐입니다."

"지금은 그 의미를 알게 되어서 날 찾아온 것이냐?"

"더 이상 입을 다물면 안 될 것 같다는 말이 정확하겠지요."

반짝거리는 눈빛으로 그를 바라본 고정의가 산책이라도 하자는 듯 걸음을 떼었다. 을지문덕은 잠시 주저하다가 그를 따라 나란히 걸었다. 먼발치에서 지켜보던 섬모가 부하들과 함께 뒤를 따랐다. 회랑을 벗어나자 깔끔하게 회칠이 된 반룡사의 담장이 나왔다. 뒷짐을 진 고정의가 돌아서서 그날 자신이 겪었던 일들을 털어놓았다.

맨 처음 화살이 허공을 긁을 때 고정의는 『논어』의 한 구절을 떠올리며 공포를 억누르고 있었다. 같이 쪼그리고 앉아 있던 바우 할아범이 무의식중에 고개를 들고 주변을 두리번거리다가 지나가는 화살에 맞고 그의 앞에 고꾸라졌을 때에는 『사기』의 한 구절을 되뇌이고 있었다. 바우 할아범의 목에서 울컥거리는 피가 쏟아져 나오는 걸 보고 난 후에야 그는 자신의 주변을 돌아볼 수 있었다.

책에서만 보아왔던 죽음은 더없이 잔혹했다. 방금 전까지 웃고 떠들고 움직이던 병사들과 풀을 뜯고 있던 말들이 나무토막처럼 힘없이 바닥에 쓰러졌다. 갑옷을 이루는 쇳조각들이 내는 요란한 쇳소리와 공포에 질린 비명도 죽음이 만들어내는 불쾌한 소리를 압도하지는 못했다. 주인을 잃고 날뛰던 말이 쓰러진 시체를 짓밟고 지나갔다. 우드득거리며 터져나가는 살과 뼈가 물방울처럼 사방으로 튀었다. 쓰러진 바우 할아범이 도와달라는 듯 애원하는 눈길로 그에게 손을 뻗었지만 고정의는 바위를 등지고 쭈그리고 앉은 채 꼼짝도 하지 않았다.

자신을 향해 뻗은 바우 할아범의 손끝이 더 이상 부들거리지 않을 무렵 참군 을지문덕의 고함소리가 들렸다. 말객 오랑과 몇 마디 말을 주고받던 을지문덕이 날아오는 화살을 피해 몸을 움츠리는 것이 보였다. 주변 상황을 좀 더 자세히 살피기 위해 두리번거리던 고정의는 바위 앞쪽에 서 있는 온달을 보았다. 다른 사람들의 절망과는 대조적으로 똑바로 서 있던 온달이 바위 아래 가병을 윽박지르고 있었다. 아래쪽에 있던 가병이 두려움에 젖어 고개를 흔들자 온달은 칼자루에 손을 가져갔다. 그 순간 날아든 화살이 온달의 투구에 맞았다. 투구에 맞은 화살은 힘없이 부러졌다. 뒤쪽을 흘끔 돌아본 온달이 바위에서 훌쩍 뛰어내렸다. 그의 발이 땅에 닿은 순간 다시 날아든 화살이 그의 등 한복판에 맞았다. 갑옷의 쇳조각 사이를 파고든 화살 끝의 떨림처럼 온몸을 부르르 떨던 온달이 앞으로 푹 고꾸라졌다. 비명을 지르려던 고정의는 머리 위를 스쳐지나간 화살이 내는 굉음에 놀라 황급히 고개를 숙였다. 어디선가 퇴각하라는 외침이 들리고 다급한 북소리가 죽음이 깔린 고개 등성이에 울려 퍼졌다. 허리를 숙이고 바위를 따라 뛰던 을지문덕이 날아온 화살에 얼굴을 맞고 주저앉는 것이 보였다. 화살을 맞았다는 충격 때문인지 바위에 기댄 을지문덕은 흡사 죽은 것처럼 꼼짝도 하지 않았다. 퇴각이라는 외침은 점차 커져서 메아리로 울려 퍼졌다. 어떻게 해야 할지 갈피를 잡지 못하던 고정의는 그 자리에 주저앉았다. 흔들리는 시선 끝머리에 앞으로 쓰러진 온달의 모습이 잠깐 스쳐지나갔다.

'도와야 하는데.'

어찌할 줄 모른 채 갈팡질팡하던 그의 어깨를 누군가 세차게 흔들었다. 한쪽 뺨과 목덜미가 피로 얼룩진 을지문덕이 그의 눈앞에서 악을 썼지만 아무 소리도 들리지 않았다. 눈만 깜빡거리던 그의 뺨을 세차게 후려친 을지문덕이 손을 들어 도망치는 병사들을 가리켰다. 고정의는 후들거리는 다리에 힘을 주고 일어났다.

고정의가 겪은 그날의 기억을 들은 을지문덕이 고개를 저었다.

"결국 너도 제대로 본 것이 없지 않느냐."

"온달장군이 화살에 맞고 쓰러진 것을 똑똑히 봤습니다."

"어디서 날아왔고, 누가 쐈는지도 봤느냐?"

을지문덕의 물음에 고정의는 아무 대답도 하지 못했다. 한숨을 쉰 을지문덕이 그에게 말했다.

"온달장군께서 등에 화살을 맞고 절명했다는 사실은 이미 나도 알고 있다. 그런데 고작 그런 일 때문에 나를 여기까지 부른 것이냐?"

"참군께서는 온달장군의 죽음이 타살일 것이라는 의혹을 품고 계셨습니다. 방금 제 얘기를 들으셨다면 그에 대한 답을 찾으실 수 있었을 텐데요."

그 후, 담장이 끝날 때까지 두 사람은 입을 굳게 다물었다. 반룡사의 담장에 그려진 인동초무늬와 연꽃무늬를 훑어보던 고정의가 한결 여유로운 표정으로 그를 돌아보았다.

"휴양을 취하면서 이번 일에 대해서 생각을 좀 해보았습니다. 참군께서 그런 의혹을 품는 것은 어쩌면 당연하다고 하겠지만 왜 그런 의혹들이 점점 커져갔는지 저 역시 궁금했습니다."

"그래서 답을 찾았느냐?"

담장을 따라 길게 뻗은 소나무 가지를 눈으로 훑어보던 을지문덕이 물었다.

"그럴 수도 있고, 아닐 수도 있겠지요. 중요한 것은 온달장군이 겪은 죽음의 종류가 아니라 그렇게 보는 이유들이 아닐까요?"

"이유들?"

"온달장군의 주변에 있는 사람들은 하나같이 그의 죽음이 타살이라고 주장했거나 아니면 그를 죽일 만큼 증오했습니다."

"시골에 있던 네가 그걸 어찌 아느냐?"

발걸음을 멈춘 을지문덕이 앞장서 걷던 고정의를 잡아챘다. 멱살을 잡힌 고정의는 차가운 눈길로 을지문덕을 올려다보았다.

"제가 몇 달 동안 온달장군님의 문객으로 지냈던 것을 잊으셨습니까?"

을지문덕은 손에 쥔 힘을 천천히 풀었다. 그러자 옷깃을 편 고정의가 말을 이어갔다.

"돌아가시기 직전의 온달장군은 여러 모로 힘들어 하셨습니다. 부인이신 평강공주나 어머니는 물론 고승 장군이나 오랑 말객과의 관계도 그분을 꼼짝 못하게 옭아매었습니다."

"그쯤은 나도 알고 있다. 그것이 그분의 죽음과 어떤 연관이 있다는 것이냐?"

"온달장군께서는 그 모든 것에서 벗어나고 싶어 하셨습니다."

"그러니까 그게 장군의 죽음과 무슨 연관이 있다는 얘기냐?"

"어쩌면 학고재에서 있었던 신라의 습격이 우연이 아닐 수도 있다는 뜻입니다."

"그건 나도 알고 있다. 문제는 누가 그곳에 온달장군이 가는지 알려주었는가 하는 거지."

"온달장군께서 직접 알려주었다는 생각은 정말 한 번도 안 해보셨습니까?"

차가운 얼음으로 만든 칼이 머릿속을 헤집어놓는 것 같은 충격에 을지문덕은 입을 다물지 못했다. 북한산성을 구원하기 위해 출정한 신라 군은 이상한 대형을 썼다. 마치 고구려 군이 의심해서 자신들을 살펴보기를 바랐던 것처럼 말이다.

"그렇게 생각한다면 그날 있었던 신라 군의 습격은 완벽하게 설명됩니다."

"온달장군이 왜?"

을지문덕은 자신의 목소리가 떨리고 있다는 것을 눈치챘다. 목소리를 가다듬은 그가 다시 입을 열었지만 역시 말끝이 떨렸다.

"장군께서 왜 신라 군을 불러들였다는 말이냐?"

"온달장군께서는 출정하기 전날 밤 저에게 어디 멀리 도망치고 싶다고 말씀하셨습니다. 전 항상 하는 얘기라 귀담아 듣지 않았지만 그날만은 뭔가가 틀렸습니다."

"어떤 게?"

"금함을 꺼내서 손수 몸에 지니셨거든요. 학고재로 출정하실 때에도 갑옷 사이에 끼워 넣으시는 걸 보았습니다."

"왜 그렇게 애지중지했는지 들었느냐?"

"저도 그 안에 돌아가신 선황의 밀지가 담겨 있다는 소문쯤은 들었습니다. 속내를 잘 털어놓으시던 온달장군께서도 그 물음에 대해서만큼은 긍정도 부정도 하지 않으셨습니다."

"소문이 사실이란 말인가?"

"그건 저도 모르겠습니다만 장군께서는 모두들 금함을 노린다면서 아무도 모르는 곳에 숨겨두곤 하셨습니다. 그런 금함을 직접 몸에 지니고 출정하셨다는 것은 어디론가 떠날 결심을 했다는 것 아닐까요?"

"어디로? 설마 신라로 말이냐?"

경악한 을지문덕의 물음에 고정의가 고개를 끄덕거렸다.

"가장 완벽하게 도망쳐버릴 수 있는 곳을 찾으셨을 겁니다. 자신을 쫓는 힘이 닿지 못하는 곳으로 말입니다."

"말도 안 되는 억측이다. 온달장군이 어찌 조국을 배신하고 적국인 신라에 투항한단 말이냐!"

"저도 그러길 바랄 뿐입니다. 하지만 그럴 만한 이유가 있다면 못할 것도 없겠지요."

"그럴 만한 이유? 대체 어떤 이유가 고작 금함만 챙겨들고 적국인 신라로 투항하겠다고 마음먹게 했다는 것이냐?"

"온달장군께서는 평강공주님과 혼인하시기 전에 원래 정혼자가 있었습니다."

"알고 있다. 보밀이 그녀의 남동생이라는 사실도 말이다."

"그렇다면 그 사람의 집안이 몰락했다는 것도 아시겠군요. 온달장군께서는 보밀이 그 일 때문에 깊은 상처를 안고 있는 것 같다고 몹시 고민했습니다. 주변에서 그를 멀리하라고 권하는데도 굳이 가까이 두셨던 이유입니다. 그런데 언제인가부터 보밀이 종종 자취를 감췄다가 돌아오는 일들이 생겼습니다."

"자취를 감추다니?"

"새벽에 은밀히 진영 밖으로 나갔다가 한밤중에 들어오는 일이 몇 번 있었죠. 그리고 돌아오면 항상 온달장군과 둘이서 밀담을 나눴습니다. 한 번은 궁금해서 살짝 엿들었는데 신라라는 말이 나왔었습니다."

"보밀을 통해 신라와 은밀히 연락했다고 생각하는 거냐?"

고정의는 을지문덕의 물음에 잠시 입을 다물었다가 대답했다.

"가능성은 충분합니다. 보밀이 단순한 심부름꾼이 아니라 아예 신라의 뜻대로 움직였다면 한 가지를 더 이해할 수 있습니다."

"어떤 것이냐?"

"그날 학고재에서 신라 군의 매복 공격이 시작되었을 때 온달장군이 보밀에게 화를 냈습니다. 좀 떨어진 곳이라 다 듣지는 못했지만 약속이랑 다르다는 온달장군의 말은 확실하게 들을 수 있었습니다."

"약속이 다르다…."

"문제의 답을 얻는 방법은 여러 가지입니다. 참군께서는 시작을 살피고, 줄기를 따라 원인에 도달하시지요. 하지만 반대로 뿌리부터 살피고 줄기와 잎을 살펴보는 수도 있습니다."

을지문덕은 자신만만해 하는 고정의를 그대로 놔두고 반룡사의 담장 너머로 하늘을 올려다보았다. 분노보다 서글픔이 앞섰다. 서글픔은 이내 씁쓸함으로 뒤덮였다. 그의 눈을 가득 채운 감정을 읽어냈는지 고정의가 약간은 미안한 투로 말했다.

"물론 저의 추측일 따름입니다."

"충분히 가능성 있는 얘기다. 그런데…."

발걸음을 멈춘 을지문덕이 고정의를 쏘아보았다.

"이제 와서 나한테 이야기하는 이유가 무엇이냐? 그리고 문객은 자신을 초대한 사람의 일에 대해서는 발설하지 않는 것이 세상의 법도다. 그 사람이 죽었든지 살았든지 말이다."

"조금이라도 도움이 될까 하는 마음에 어렵게 입을 연 것입니다. 그리고 온달장군께서는 일단 믿음을 주시면 마음속 깊은 얘기까지 하시곤 하셨습니다."

"그런 얘기들을 했다면 그건 너를 믿었기 때문이었을 것이다."

가시 돋친 을지문덕의 반문에 고정의는 고개를 저었다.

"진실을 감추는 것이 좋은지 아니면 비난을 감수하고라도 사실을 얘기하는 게 좋을지는 곧 판가름이 나겠지요."

주위를 한 번 흘어본 고정의가 반룡사의 담장 끝에 서 있는 작은 수레를 바라봤다.

"아버님께서 따뜻한 온천이 있는 곳에서 요양을 하라고 명하셔서 아마 도성에는 당분간 없을 것 같습니다. 진실이 두려우시다면 눈을 감거나 피하십시오. 하지만 참군께서 그럴 분이 아니라는 것을 잘 알고 있습니다."

얘기를 마친 고정의가 고개를 숙여 인사하고는 수레 쪽으로 걸어갔다. 붉은색 포장을 두른 수레 앞에서 기다리고 있던 노비가 허리를 바짝 숙여 인사하고는 수레 뒤쪽으로 난 문을 열었다. 나무로 만든 받침대를 딛고 수레 안에 들어선 고정의가 자리에 앉자 마부가 수레를 끄는 소에게 채찍을 내리쳤다.

반룡사 앞 시장과 더불어 도성 안 백성들이 물건을 사고파는 다경문 앞 시장은 야트막한 담장으로 둘러싸여 있었다. 시장의 담장이 꺾어지는 모서리에는 상인들이 믿는 가한신을 모시는 작은 사당이 있었다. 세월이 흐르면서 사당은 점차 본래의 목적 대신 사람들이 만나는 약속 장소나 시장에 들어가지 못하는 가난한 장사치들이 좌판을 벌이는 곳으로 변해갔다. 한 칸짜리 작은 사당을 둘러싼 야트막한 담장 역시 도둑들이 기와와 막새들을 모두 훔쳐가는 바람에 한층 초라해 보였다. 그런 사당 안에 자리 잡은 그림자를 닮은 사내가 기둥 뒤에서 모습을 드러낸 또 다른 그림자를 닮은 사내를 향해 이죽거렸다.

"난 처음부터 네놈이 싫었다. 네놈은 원래 뿌리가 고구려라서 이 나라에 애착을 가지고 있는 것 같아서 말이야."

키 작은 사내는 담장에 기댄 채 미동도 하지 않았다.

"자네야말로 일을 망치고 있어. 틀어질 경우 어떤 일이 벌어질지 생각이나 해봤나?"

"반대로 성공한다면 큰 이득을 얻겠지. 무조건 실패할 거라고 보는 것부터 틀려먹었어."

"설사 성공한다 해도 우리한테 어떤 불똥이 떨어질지 모르는데 너무 무모하군."

담장에 기댄 키 작은 사내의 반발에 팔짱을 끼고 있던 맞은편 사내가 코웃음을 쳤다.

"그래서 을지문덕을 찾아가 우리 일을 일러바친 건가?"

"자네 행동에 제동을 걸기 위해서였네."

"어쨌든 네놈의 행동은 명백한 반역이야."

"자네가 그림자와 손잡고 있다는 걸 알고 있네. 여기에 조직을 심기 위해서 우리가 들인 공을 하루아침에 물거품으로 만들고 싶은가?"

그림자를 닮은 사내가 조용히 응수했다.

"난 네놈의 부하가 아니야. 네가 이곳에 먼저 자리를 잡았다는 사실은 인정하지만 넌 너무 소극적이야."

"적의 사정을 염탐하는 간자가 남의 눈에 띈다는 건 일이 실패했다는 의미지."

"기회가 있을 때 적을 안에서부터 무너뜨리는 것 역시 우리들의 일이야."

그림자를 닮은 사내가 입을 열면서 빠르게 움직였다. 키 작은 사내는 짧은 칼이 자신의 목에 닿았음에도 태연했다. 한 손을 들어 사당 밖에서 기다리고 있던 동료들을 제지했다. 달빛을 듬뿍 빨아들인 칼날이 터질 것 같은 광채를 뿜어냈다. 승리감에 도취되어 있던 그림자를 닮은 사내의 얼굴이 어느 순간 굳어졌다. 그의 시선이 아래쪽으로 향하는 것과 동시에 키 작은 사내의 차가운 음성이 울려 퍼졌다.

"자네의 칼이 먼저 내 목을 자를까? 아니면 내 바늘이 자네의 배를 찌르는 게 먼저일까? 내가 쓰는 바늘에 독이 묻어 있다는 건 자네도 알고 있지."

그림자를 닮은 사내가 아무 말 없이 칼을 거두었다. 그러자 키 작은 사내가 입을 열었다.

"내 뜻이 옳고 내 생각만 정당하다는 편견을 버리게. 우리의 목적은 저들을 파괴하는 게 아니야."

"흥. 고구려도 백제에 도림이라는 승려를 보내서 나라를 혼란에 빠뜨린 적이 있었지. 난 이 빌어먹을 놈의 나라가 무너지는 꼴을 보고 싶을 뿐이야."

"분노를 거두게. 그것이 자네를 집어삼키기 전에 말이야."

"이미 난 죽은 목숨이나 다름없어. 그래서 두려운 게 없지."

그림자를 닮은 사내가 신경질적으로 대답하고는 순식간에 담장 위로 올라섰다가 사라졌다. 그 모습을 물끄러미 바라보던 작은 사내는 바늘을 소매에 숨겼다.

"을지문덕이 장군님을 은밀히 염탐하고 있다고 합니다."

검은 두루마기를 입은 범우의 말에 천막 안에 모여든 사람들은 아무 말도 하지 못했다. 맨 처음 입을 연 것은 말객 오랑이었다.

"을지문덕은 지금 이 일을 어떻게든 크게 확대시켜서 공을 세우려고 안달하고 있습니다. 들리는 얘기로는 지난번 자신을 습격한 자들이 신라의 간자들이라고 주장하고 있다고 합니다. 만약 그자가 이 건과 장군님을 연관시킨다면 끔찍한 일이 벌어질 겁니다."

자리에 앉아 있던 고승이 아무 말도 하지 않자 범우는 답답하다는 듯한 표정을 지었다.

"놈은 틀림없이 태왕이나 아니면 고추가 건무의 지시를 받고 움직이고 있을 겁니다. 눈엣가시 같던 대장군을 역모로 몰아갈 생각인 것 같습니다."

"태왕이나 고추가가 나를 제거하기 위해 을지문덕을 앞세워 음모를 꾸미는 것이냐?"

고승의 물음에 범우가 나섰다.

"황실에서는 눈엣가시 같은 귀족들을 이런 저런 이유로 제거했습니다. 이번에도 그러지 말라는 법이 없습니다. 만약 그자가 장군님의 노비나 무사들 중 몇 명을 끌고 가서 고문하고 거짓 자백이라도 받아내는 날에는 꼼짝없이 함정에 빠지고 말 겁니다."

얘기를 들은 고승의 눈썹이 꿈틀거리자 말객 오랑이 하소연을 했다.

"열병이 끝나고 군대가 해산되면 을지문덕이 행동에 나설 겁니다. 시간이 없습니다. 어서 결단을 내려야 합니다."

"지금 나더러 우리 가문을 멸문으로 이끌지도 모를 결정을 내리라는 것이냐!"

고승의 호통에 범우가 고개를 저으며 대답했다.

"장군님을 벼랑으로 몰고 있는 것은 저나 말객이 아니라 저 밖에 있는 자들입니다."

간곡한 범우의 말에 고승은 무거운 신음소리로 대답을 대신했다. 천막 바깥에서는 고된 열병식 연습을 끝낸 병사들이 와자지껄 떠들며 저녁 먹는 소리가 들려왔다. 마르고 억센 침을 억지로 삼킨 고승은 힘없이 의자에 주저앉았다. 고승은 살짝 눈을 들어 주변 사람들을 바라보았다. 범우와 오랑. 그리고 측근 중의 측근이라고 할 수 있는 몇몇 늙은 무장들이 보였다.

다음 날, 을지문덕의 저택으로 끌려온 매물와의 주인 술간은 의외로 태연했다. 을지문덕은 계단 위에 가져다놓은 의자에 앉아 그에게 질문을 던졌다.

"여기에 왜 끌려왔는지 이유를 아느냐?"

"그걸 소인이 어찌 알겠습니까?

코웃음을 친 술간에게 을지문덕이 물었다.

"중성에 있는 매물와가 너의 것이냐?"

"매물와는 기와 장인들과 상인들이 공평하게 재물을 내놓아서 만든 것입니다. 소인이 셈을 잘하고 장사로 뼈가 굵어서 그곳을 대표하기는 하지만 저의 것이라고 하기는 어렵습니다."

능숙하게 그의 대답 사이를 빠져나간 술간에게 을지문덕이 재차 물었다.

"매물와의 진짜 주인이 누구냐?"

"그것 때문에 소인을 잡아오신 것입니까? 듣고 싶은 이름이 무엇인지는 잘 모르겠사오나 소인 입에서는 결코 아무것도 들으실 수 없을 것입니다."

비아냥거리는 술간의 말에 을지문덕은 화가 치밀었다.

"너를 끌고 온 것을 그냥 귀족들끼리의 다툼이나 너에게 돈푼이나 뜯어내려는 수작으로 안다면 크나큰 오산이다. 제대로 대답하지 않으면 두고두고 후회할 것이다."

"소인은 철이 들면서부터 시장의 좌판에서 일을 했사옵니다. 세상의 온갖 사람들을 다 겪어봤고 무수히 많은 말들을 들었습니다만 변하지 않는 것이 하나 있었습니다. 그게 무언지 아십니까?"

을지문덕은 잠자코 술간을 노려보았다.

"어떤 미사여구로 말을 하고 어떤 대의명분을 내세우건 결국 상인들에게 원하는 건 하나뿐이라는 겁니다. 저의 돈이 탐나신다면 크게 한 몫을 떼어드리지요."

말을 끝맺은 술간이 호탕하게 웃었다. 자리에서 일어나 계단으로 내려온 을지문덕은 곁에 서 있던 섬모에게 넘겨받은 금괴를 술간에게 보여주었다.

"이게 무엇인지 아느냐?"

"중리부에서 쓰는 금괴가 아닙니까?"

"아니, 이건 쇳덩어리에 금을 입힌 가짜다. 중리부의 인장까지 정교하게 흉내 낸 것이다. 겉모양만 봐서는 아무도 가짜라고 짐작 못 하지."

"설사 가짜라고 해도 감히 중리부에 따질 만한 배짱을 가진 장사치도 없을 것이고 말입니다. 그런데 왜 이걸 소인에게 보여주시는 것이옵니까?"

을지문덕이 금괴의 뒷면에 써진 글씨를 보여주자 술간의 얼굴에 처음으로 초조한 빛이 나타났다. 금괴를 섬모에게 넘겨준 을지문덕이 술간이 묶여 있는 의자 앞에 섰다.

"신라의 간자들이 운반하던 가짜 금괴들이다. 지금 나에게는 이런 금괴가 서른 개 있다. 이 금괴가 진짜라면 매물와는 알고 받은 것이냐, 아니면 모르고 받은 것이냐?"

"그건 제가 아니라 금괴를 운반하던 신라의 간자들에게 물어봐야 하는 것 아닙니까?"

을지문덕은 눈썹을 치켜뜬 술간의 반박에 고개를 저었다.

"놈들은 뒤에 새겨놓은 글씨를 녹인 밀랍으로 가려놓았다. 그러니까 매물와에 들어가기 전에 이미 글씨를 새겨놓은 셈이지. 처음에는 중리부에서 쓰는 인장에 황궁에 기와를 납품하는 매물와의 이름까지 적혀 있다면 그 누구도 의심하지 않고 받을 것이라고 생각했겠지. 하지만 만에 하나 금괴가 가짜라는 걸 눈치챈 자가 있다고 해도 매물와를 찾아왔을 것이고, 그럼 비밀이 새나가는 걸 막을 수 있겠지. 안 그러냐?"

"말씀이 지나치십니다. 소인이 아무리 미천한 장사치라고는 하지만 우리 고구려의 원수인 신라와 내통하다니요."

목청을 높이며 억울함을 호소하는 술간의 이마에 식은땀이 돋았다.

"그럼 말해보거라. 그 금괴를 받아서 누구에게 넘겨주었느냐? 그것만 말해준다면 너는 더 이상 추궁하지 않겠다."

궁지에 몰린 술간이 깊게 한숨을 쉬었다. 그러고는 체념한 얼굴로 입을 열었다.

"사실 소인도 잘 모릅니다. 그저 부탁을 받고 금괴를 받고 운반했을 뿐입니다."

"누구 집으로 운반해줬느냐?"

"주, 주변을 물리쳐주십시오. 그리하면 대답하겠습니다."

第五章

가짜 금괴

낡은 수레 한 대가 저택 앞에 멈췄다. 대문 앞을 비질하던 노비가 하던 일을 멈추고 고개를 들었다.

"여기가 어딘지 알고 감히 문 앞을 가로막아! 썩 치우지 못해!"

수레에서 내린 노인이 소매에서 목간을 꺼내서 건넸다.

"여기로 물건을 가져오라고 해서 왔수다."

눈살을 찌푸리며 목간의 글씨를 읽어내려가던 노비가 고개를 갸웃거렸다.

"기다려. 내가 글씨를 몰라서 말이야."

노비가 안으로 들어가고, 잠시 후 상복을 입은 집사가 굳은 표정으로 목간을 들고 나왔다.

"매물와에서 보낸 것이냐?"

노인이 대답 대신 고개를 끄덕거렸다. 문가에 세워진 수레를 흘끔 바라본 집사가 말했다.

"뒤쪽으로 돌아가면 부엌간으로 통하는 작은 문이 있다. 그쪽으로 수레를 대거라."

"수결 먼저 해주시구려. 남은 돈을 받아야 하니까."

노인이 얼굴을 찡그린 집사에게 말했다.

"물건이 집에 들어오는 걸 확인해야 수결을 해주든지 할 것 아니냐. 어서 수레를 갖다 대거라."

거칠게 문이 닫히자 노인은 수레를 끌고 뒤쪽으로 향했다. 길 건너편 담장 뒤에 숨어 있던 한 무리의 사내들이 발자국 소리를 줄이며 수레의 뒤를 따랐다. 노인이 수레를 뒷문에 바짝 가져다 대자 뒷문이 활짝 열리고 집사와 노비 둘이 모습을 드러냈다. 수레에 덮인 천막을 걷은 노인이 지푸라기와 종이에 싸인 상자를 가리켰다. 그러자 집사가 뒤에 서 있던 노비들에게 옮기라는 손짓을 했다. 상자가 안으로 옮겨졌다. 집사는 붓통에서 작은 붓을 꺼내 목간의 모서리에 수결한 다음 노인에게 건네주었다. 목간을 넘겨받은 노인이 문을 닫으려는 집사에게 말을 붙였다.

"상자 안에 든 게 뭔지 아십니까?"

"네놈이 그걸 알아서 뭐 하려고?"

"전 저게 뭔지 알고 있거든요."

뜻밖의 대답을 들은 집사가 노인을 바라봤다. 그러자 을지문덕이 두건을 벗어버렸다. 겁에 질린 집사가 황급히 문을 닫으려고 했지만 을지문덕이 한발 빨랐다. 그가 손으로 문을 막는 사이 건장한 사내들이 발길로 문을 걷어찼다. 집사는 더 이상 버티지 못하고 나뒹굴었다. 을지문덕이 안으로 들어서며 외쳤다.

"나는 중리부의 참군 을지문덕이다. 반항하는 자는 참할 것이다. 물러서라!"

노비들은 어쩔 줄 몰라 하며 한쪽 구석으로 몰려가 고개를 숙였다. 고함 소리를 듣고 달려 나온 가병들은 섬모와 부하들의 기세에 눌려 주춤거렸다.

그 사이 얼굴에 묻은 얼룩을 닦아낸 을지문덕이 섬모가 넘겨준 칼을 들고 안채로 통하는 회랑을 따라 걸어갔다. 창을 움켜잡은 가병들이 회랑의 기둥 사이에 서서 몸을 바짝 낮추고 있었다. 당장이라도 찌를 것 같은 기세였다. 그러나 을지문덕은 발걸음을 멈추지 않았다. 우두머리쯤으로 보이는 자가 가까이 다가오는 을지문덕에게 소리쳤다.

"멈춰라!"

"모반의 죄로 다스려지고 싶지 않다면 창을 내려놓고 물러서라."

을지문덕의 호통에 움찔한 가병들이 뒤로 주춤주춤 물러났다. 을지문덕을 뒤따르던 섬모가 앞으로 나오자 그를 알아본 가병들의 얼굴이 파랗게 질려버렸다.

"참군 어르신의 말을 못 들었느냐. 썩 물러나라."

주저하던 가병들이 결국 옆으로 물러나자 을지문덕은 손을 뻗어 문을 밀었다. 회색 기와를 올린 넓은 안채와 안채 앞을 가로막듯 서 있는 사람이 보였다.

헐렁하고 풍성해 보이는 붉은색 두루마기를 입은 평강공주는 불안하고 불편한 얼굴로 을지문덕을 바라보았다. 그녀의 곁에 있던 어린 여종들이 불안감 가득한 얼굴로 벌벌 떨고 있었다.

"참군이 여긴 무슨 일이시오?"

"약속을 지키기 위해 여기 왔습니다."

"무슨 약속 때문인지는 모르겠지만 감히 이런 식으로 쳐들어오다니 정녕 제정신인 게요?"

분노에 가득 찬 그녀의 서슬 퍼런 외침이 안채 뜰에 울려 퍼졌다. 을지문덕도 이에 지지 않았다.

"제정신이 아닌 건 제가 아니라 공주마마이십니다. 오늘 매물와에서 받은 물건이 무엇인지 아시옵니까?"

을지문덕의 호통에 평강공주의 안색이 흙빛으로 변했다.

"저건 신라의 간자들이 만든 가짜 금괴입니다. 중리부의 인장을 찍어서 매물와에 들어간 것이 어째서 여기로 오게 된 것입니까?"

"나, 나는 모르는 일이다."

"그렇다면 수결한 집사는 아는 것이옵니까? 여봐라. 집사를 끌고 오너라."

겁에 질린 집사가 양쪽 팔을 잡힌 채 도살장에 끌려온 소처럼 이리저리 고개를 돌렸다. 억지로 무릎이 꿇려진 집사는 칼을 뽑아든 섬모가 다가오자 비명을 질렀다.

"지금부터 내 말에 한 치라도 거짓을 고한다면 너는 물론 네놈의 가족들까지 반역의 죄를 물을 것이다."

"소인은 아무것도 모르옵니다."

"네놈이 물건을 받았다고 수결한 것이 무엇인 줄 아느냐? 신라의 간자들이 만든 가짜 금괴다."

"아이고, 나리…."

바닥에 엎드린 집사가 계단 위에 선 평강공주에게 살려달라는 눈길을 보냈지만 그녀가 아무런 도움이 되지 못한다는 사실을 눈치채고는 을지문덕의 발목에 매달렸다.

"바른대로 말하지 않으면 네놈 목이 성치 못할 것이다."

"그만! 그만하여라."

평강공주의 외침에 섬모가 움직임을 멈췄다. 평강공주가 을지문덕을 노려보며 말했다.

"조용한 곳에서 이야기를 나누었으면 하네. 안으로 들어가겠나?"

"그러겠습니다."

평강공주가 어쩔 줄 몰라 하는 어린 여종을 놔두고 안채로 성큼성큼 들어섰다. 옷매무새를 가다듬은 을지문덕도 그녀를 따라 안채로 들어가 의자에 앉았다. 잠깐의 침묵이 흐르고 평강공주가 먼저 입을 열었다.

"나에게 듣고 싶은 이야기가 무엇이냐?"

단단한 침묵의 틀을 깬 것은 평강공주였다.

"사실 그대로를 들려주시면 됩니다. 그러면 저는 저 가짜 금괴가 여기로 운반되었다는 사실을 함구할 것이며 제 부하들도 마찬가지일 겁니다. 하지만 거짓을 이야기하신다면 오늘 일을 중리부는 물론 태왕폐하께도 알릴 것입니다."

격앙된 을지문덕의 말에 평강공주는 어금니를 세게 깨물었다. 하지만 얼음처럼 차가운 을지문덕의 표정을 훔쳐본 후 체념하는 것 같았다.

"나는 물건을 받아서 잠시 보관만 했을 뿐이다. 그것이 가짜 금괴라는 것은 오늘 너에게 처음 들은 얘기다."

"그렇다면 누구 부탁으로 저 물건을 보관하신 겁니까?"

한쪽 눈썹을 치켜 올린 평강공주가 지긋한 눈빛으로 그를 쏘아보다가 입을 열었다.

"예전에 아바마마께서 나에게 약속했던 것이 있었다."

"어떤 약속이었습니까?"

"그때 난 원래 혼인을 약속했던 상부 고씨 집안과 파혼하고 듣도 보도 못한 온씨 가문의 남자에게 시집을 가라는 아버지의 결정에 충격을 받은 상황이었다."

"원래 공주님께서 온달장군님과 혼인하기로 결정하신 것 아닙니까?"

을지문덕의 물음에 그녀가 피식 웃었다.

"너도 저잣거리에서 사람들이 떠드는 얘기를 진짜로 믿었군. 어린 시절에 계속 고집을 부리면 엉뚱한 곳에 시집을 보내겠다고 한 적은 있었지. 하지만 정말로 그러실 줄은 몰랐다. 아바마마께서는 귀족들의 힘을 누르기 위해서 나의 혼사를 이용할 것이라는 걸 깨달았다. 그래서 궁녀로 변장해 황궁 밖으로 도망치기도 했고, 음식을 끊은 적도 있었다. 결국 아바마마께서 나에게 한 가지 약조를 하신 연후에야 나는 뜻을 굽혔다."

"그 약속이 뭡니까?"

"그 당시 태자였던 오라버니가 후사 없이 돌아가시면 내가 온달과 혼인해서 낳은 자식으로 황위를 잇게 해주겠다는 것이다."

을지문덕은 너무나 놀라 입을 다물지 못했다.

"그게 사실이옵니까?'

경악하는 을지문덕을 흘끔 바라본 그녀가 고개를 끄덕거렸다.

"당시 오라버니는 몸이 약했고, 태자비였던 고씨 부인과의 사이에서도 후사가 없었다. 그러니 당연히 내 핏줄을 이어받은 아이가 황위를 잇게 해야지."

"하지만 고추가 건무가 있습니다."

"그자는 아버지의 핏줄을 이어받기는 했지만 후궁의 몸에서 태어났어. 한마디로 실격이지. 황위는 아버지의 적자인 오라버니와 나의 대에서 잇는 게 당연하다."

평강공주의 얘기를 들은 을지문덕은 비로소 온달이 왜 그렇게 힘들어 했는지를 이해했다. 소박하고 평범한 성격의 온달에게 자식을 황위에 올릴 야심을 가진 평강공주는 너무나 버거운 존재였을 것이다. 생각을 가다듬은 을지문덕이 조심스럽게 물었다.

"그렇게 당연한 일이라면 꼭 약조를 받을 필요가 있습니까?"

"일개 참군 따위가 어찌 천손의 일에 대해서 왈가왈부하느냐. 황위를 잇는 일이 보통 집안의 대를 잇는 것과 같을 수는 없다."

"그건 잘 알겠습니다만 부모와 자식이 맹세를 하고 약조를 한다는 사실은 쉽게 받아들일 수 없습니다."

"나중에 다른 말을 하는 자들이 있을까 봐 그랬다. 그래서 문서로 쓰고 옥새를 찍기로 약조하셨다. 한데 차일피일 미루시더니 어느 날부터는 내가 그 일에 대해서 얘기를 꺼내면 역정을 내셨다. 결국 원하는 부마를 얻기 위해 나를 속인 셈이지."

평강공주는 씁쓸함이 가득 밴 미소를 머금고 이야기를 이어갔다.

"그런데 아바마마께서 승하하시기 전에 남편을 따로 불러 독대를 하셨다. 소식을 전해준 내관이 이르기를 남편이 아바마마의 침전에서 나올 때 작은 금함을 옆에 끼고 나왔다고 했다. 남편에게 그 금함이 무엇이고, 안에 든 게 뭔지 알려달라고 했지만 남편은 계속 함구했지."

그녀의 얘기를 들은 을지문덕은 비로소 의문이 풀렸다.

"공주마마께서는 그 금함 안에 돌아가신 평원태왕께서 부군이신 온달장군에게 어떤 밀계를 전해주신 것으로 생각하셨군요."

평강공주는 신경질적으로 고개를 끄덕거렸다.

"그렇다고 믿었다. 하지만 남편이 계속 모른다고 해서 속만 태우고 있었네. 출정을 했을 때 몰래 찾아볼 생각이었는데 그걸 챙겨갔다는 얘기를 듣고는 포기했었지."

"그러다 돌아가셨다는 소식을 듣고 한걸음에 달려오셨군요. 금함을 찾기 위해서 말입니다."

"남편의 죽음이 믿기지 않았네. 밉살스럽기는 했지만 십 년 넘게 살앉는데 허무하기도 했고 말이야. 거기다 남편이 떠나기 전에 이상한 얘기를 한 것도 마음에 걸렸지."

"어떤 얘기를 하셨습니까?"

"빼앗긴 땅을 되찾기 전에는 결코 돌아오지 않겠다고 했네. 남편은 언제나 전쟁터에 나가면 반드시 살아서 돌아오겠다고 했는데 말이야."

"그래서 저에게 온달장군의 죽음이 이상했다고 하신 겁니까?"

"금함이 자취를 감췄다는 얘기를 듣고 누군가 음모를 꾸미고 있다고 믿었네. 오씨 부인에 관한 얘기는 너무 미워서 했던 것이고 말이야."

평강공주의 얘기를 들은 을지문덕이 말했다.

"설사 승하하신 평원태왕께서 온달장군에게 황위에 관한 어떤 밀계를 내렸다고 해도 지금 상황에서는 오히려 독이 될 수 있습니다."

"오라버니가 고추가 건무에게 힘을 실어주고 있기는 하지. 하지만 세상 돌아가는 이치란 결국 사람의 뜻이 아니라 하늘의 순리를 따르는 법일세."

"공주마마께서는 그럼 아드님께서 황위를 잇는 것이 순리라고 보십니까?"

무례할 정도로 거침없는 을지문덕의 물음에 평강공주의 안색이 확붉어졌다.

"부모들은 누구나 제 자식을 가장 좋은 자리에 앉히고 싶어 하네. 그건 당연한 일 아닌가?"

할 말을 잊은 을지문덕이 탁자 너머의 평강공주를 쳐다보았다. 그녀가 말을 이어갔다.

"너도 남편의 시신에서 나온 화살촉이 우리 고구려 군의 것이라는 사실을 알고 있지 않느냐! 길 잃은 화살이니 눈 없는 화살이니 하는 헛소리로 얼버무리려고 했지만 누군가 남편을 제거했다는 게 명백하지. 그다음은 나와 내 아들이 아니겠냐?"

을지문덕은 뼛속 깊이 파고드는 싸늘함을 이겨내며 침착하게 입을 열었다.

"제일 중요한 사실을 알려주시지 않으셨사옵니다. 오늘 받은 물건은 어디로 넘겨주실 예정이었습니까?"

"일부는 내가 가지고 나머지는 대장군 고승이 사람을 보내서 가져갈 예정이었다."

"아드님께서 황위를 잇는 일에 쓰실 생각이셨습니까?"

"사람을 움직이려면 재물이 필요한 법이지. 처음엔 나를 반기지 않았던 시어머니 오씨 부인도 결국은 내가 가져온 재물 때문에 마음을 바꾸셨거든."

"이번이 처음이었습니까? 아니면 전에도 이런 적이 있습니까?"

"올해 초에 그쪽에서 사람을 보내서 부탁을 했었다. 미심쩍기는 했지만 나로서는 그의 부탁을 안 들어줄 수 없는 처지였지."

"왜 거절할 수 없는 처지라고 말씀하십니까?"

을지문덕의 물음에 그녀가 의아한 표정을 지었다.

"정말 몰라서 묻는 것이냐?"

"그렇습니다."

"하긴, 다들 쉬쉬하고 있었겠지. 대장군 고승의 아들이 나와 원래 혼인하기로 한 사람이었다."

평강공주의 얘기를 들은 을지문덕은 비로소 고추가 건무가 고승에 관해서 묻자 신경질적인 반응을 보인 것을 이해했다.

"그게 사실이옵니까?"

평강공주는 애써 침착하려는 을지문덕의 물음에 살짝 고개를 끄덕거렸다.

"그 일 때문에 고승은 외직으로 몇 년 동안 나가 있어야만 했다. 내 탓은 아니지만 그에게 큰 빚을 지고 있다는 생각은 지울 수가 없었지. 더구나…"

잠시 망설이던 평강공주는 한층 침울해진 얼굴로 덧붙였다.

"나와 혼인하기로 했던 고승 장군의 외아들이 파혼당한 일 때문에 충격을 받고 정신이 혼미해졌다는 사실을 알고 난 이후에는 항상 그 집안에 미안한 마음뿐이었네."

"공주마마답지 않으시군요."

싸늘하게 대답한 을지문덕이 방 안을 천천히 둘러보았다. 한구석 깊숙한 곳에 숨어 있는 온달의 유령이 피에 젖은 이빨을 드러내며 웃는 것만 같았다.

"참군이 날 어떻게 생각하는지 짐작하고 있지만 나 역시 힘들었네. 처음 남편을 보았을 때 듣던 얘기와 너무 틀려서 많이 실망했지. 아바마마는 훤칠하고 기품이 흐른다고 했지만 내가 보기에는 무식한 시골 무지랭이였어."

"온달장군님은 누구보다 진솔하신 분이었습니다. 그분을 아는 모든 사람은 다 그를 좋아하고 진심으로 따랐지요."

"나에게는 그런 모습을 보여준 적이 별로 없네. 그래서 다른 사람에게서 남편의 칭찬을 들었을 때 더욱더 화가 났다네."

"혹시 고승 장군이 왜 신라의 간자들이 만든 가짜 금괴를 받았는지 짐작되는 부분이 있으신지요."

"난 그게 신라의 간자들이 만든 가짜 금괴인지 몰랐네. 그러니까 그건 고승 장군에게 직접 물어보게."

"도성 남쪽 패수에 있는 군영에서 보밀을 보았습니다. 말객 오랑의 가병 노릇을 하고 있더군요."

"그자가 어디서 무엇을 하는지 관심 없지만 주인을 지키지 못한 재수 없는 가병이 용케 일자리를 찾았군."

"재미있는 건 말객 오랑 역시 온달장군과 같은 마을에서 함께 자란 사이라는 겁니다. 세 사람의 인연이 참으로 질기지 않습니까?"

"남의 탓 잘 하고 미워하는 자들끼리 아주 잘 만났군."

비아냥거리는 평강공주의 말을 놓치지 않고 을지문덕이 쏘아붙였다.

"공주마마께서는 말객 오랑과 보밀, 그리고 돌아가신 부군 간의 관계를 알고 계셨습니까?"

갑작스러운 그의 추궁에 평강공주의 입가에 걸린 미소가 순식간에 사라져버렸다.

"저에게 부군의 죽음이 의심스럽다고 말씀하셨으면서 부군과 사이가 안 좋았던 사람들에 대해서는 왜 아무 말씀 안 하셨습니까?"

평강공주는 곧 평온을 되찾은 듯 아무렇지도 않게 대답했다.

"그런 놈들이 감히 남편을 해칠 만한 배짱을 갖추었을 거라고는 생각하지 않았기 때문이지."

"저도 공주마마의 말씀에 한 치의 거짓이 없기를 바랍니다. 이번 물건은 언제쯤 고승이 가져갑니까?"

"보통 그쪽에서 연락을 줄 때까지 기다린다."

평강공주가 더 이상 할 말이 없다는 듯 몸을 돌렸다. 을지문덕은 나지막이 한숨을 쉬며 의자에서 일어났다. 밖으로 나온 을지문덕이 기다리고 있던 섬모에게 물었다.

"고추가 어르신은 어디 계신가?"

일을 마친 다리는 방으로 돌아와 온달장군의 검시보고서를 읽었다. 수십 번을 봐서 토씨 하나까지 다 외울 정도였지만 뭔가를 놓치고 있다는 생각을 지울 수가 없었다. 문득 그를 둘러싼 사연들이 떠올랐다. 원래 사랑하는 사람이 있었지만 황명에 의해 어쩔 수 없이 공주와 결혼하게 된 온달과 원하지 않게 헤어져서 불행한 삶을 살아야만 했던 소희의 운명이 너무나 안타까웠다.

'왜 두 사람은 행복하게 살지 못했을까?'

사실 그 이후로도 기회는 얼마든지 있었다. 온달이 소희를 첩으로 맞아들일 수도 있었다. 물론 평강공주가 가만히 있지는 않았을 테지만 말이다. 온달이 그녀를 은밀히 만난 것도 바로 그런 이유 때문이 아니었을까? 그러다가 뜻하지 않게 세상을 떠나면서 주변 사람들의 삶이 망가져버렸다. 이런 저런 생각을 하던 그녀의 시선이 우연찮게 온달장군의 손이 놓인 부분에 멈췄다. 여러 번 읽은 탓인지 내용들이 저절로 떠올랐는데 이번에는 낯설고 이상한 부분이 눈에 띄었다.

'오른손은 왜 펼쳐진 것일까? 손톱 밑에 흙이 묻은 걸 보면 땅을 파헤친 것 같은데.'

부자연스럽게 놓인 건 왼손도 마찬가지였다. 머리가 복잡해진 다리는 밖으로 나왔다. 비가 내리고 있었다. 다리는 처마 아래 선 채 뚝뚝 떨어지는 물방울을 보며 생각에 잠겼다. 그때 두꺼비 한 마리가 담장 아래 흙을 뚫고 나오는 것이 보였다. 머리에 묻은 흙을 턴 두꺼비가 다른 곳으로 가서 땅을 파는 모습을 보고 다리는 뭔가에 얻어맞은 것 같은 충격에 빠졌다.

"자넨 왜 그렇게 고승에게 집착하는 건가?"

자리에 앉아서 얘기를 듣던 고추가 건무가 을지문덕에게 물었다. 을지문덕은 대답할 말이 없었다. 그럴 줄 알았다는 표정으로 건무가 혀를 찼다.

"물론 자네가 보고한 내용만 가지고도 고승을 잡아들일 수는 있네.

하지만 내 입장에서는 다른 것도 생각해야 한다는 사실을 염두에 두었으면 좋겠군."

"고추가께서도 뇌물을 받으셨습니까?"

을지문덕이 비아냥거리자 고추가 건무가 주먹으로 탁자를 내리쳤다.

"이런 건방진 놈 같으니!"

고추가 건무가 노려봤지만 을지문덕은 꼼짝도 하지 않았다. 건무는 의자에 몸을 기댄 채 고개를 절레절레 저었다.

"고승을 어찌 할 생각인가?"

"그가 신라의 간자에게서 가짜 금괴를 받았다는 증거는 명백합니다. 잡아다가 자백을 받을 수 있습니다."

"한 가지만 묻지. 그 일이 온달의 죽음과 연관이 있다고 믿는 건가?"

"고승이 온달 때문에 황실과의 혼인이 깨졌다고 믿고 신라와 줄을 대고 있다면 학고재에서 있었던 신라 군의 매복 상황도 충분히 설명 가능합니다."

"신라 군이 온달장군을 없애기 위해 매복까지 했다는 건가?"

"충분히 이득을 얻을 수 있으니까요. 온달장군은 태왕의 부마이면서 황실의 후계 구도에 큰 영향력을 미치는 분입니다."

"자네도 아바마마께서 온달에게 금함을 내렸다는 소문을 들었나보군. 후계자에 관한 밀지 같은 건 없네."

건무가 코웃음을 치자 을지문덕이 고개를 끄덕거렸다.

"사람은 자기가 믿고 싶어 하는 것만 믿습니다. 만약 고추가를 싫어

하는 세력이라면 이걸 이용해서 헛소문을 퍼트릴 수도 있습니다. 그것 때문에 혼란이 생긴다면 신라로서는 손 안 대고 코를 푸는 격이지요."

을지문덕의 말에 건무의 얼굴이 굳어졌다.

"자네가 함부로 할 얘기가 아니야."

"그래서 더욱 확실하게 해결해야만 합니다. 안 그러면 황실을 둘러싼 혼란이 또 생겨날 것이고, 귀족들끼리 가병들을 동원해서 칼부림하는 일이 또 벌어질 겁니다. 그때야 중국이 남북으로 나눠져 있어서 별 탈이 없었지만 지금은 수나라 세상이라는 걸 잊지 마십시오."

"아마도 우리가 흔들린다는 얘기가 들리자마자 신이 나서 쳐들어오 겠지."

"그때가 되면 백제와 신라도 가만있지는 않을 겁니다. 그러니까 최대한 빨리 범인을 잡아야 합니다. 그러지 않으면 나라의 큰 우환이 될지도 모릅니다."

결단을 촉구하는 을지문덕의 단호한 눈빛에 고추가 건무가 마른침을 삼켰다.

"알겠네."

깊은 한숨과 함께 탁자 아래에서 검은색으로 칠해진 목간을 꺼낸 고추가 건무는 빨간색 먹물을 붓으로 찍어서 수결했다. 귀족들을 체포할 때 사용되는 것으로 저항하면 역모죄로 다스릴 수 있는 것이었다. 먹물이 마르기를 기다리던 고추가 건무가 덧붙였다.

"자네 뜻대로 하게. 뭐라고 떠드는 놈들은 내가 처리할 테니까."

"감사합니다."

"하지만, 지금은 안 돼. 닷새 후에 잡아들여."

"왜 기다려야 합니까?"

을지문덕의 물음에 고추가 건무는 한심하다는 눈길로 그를 바라보았다.

"닷새 후에 황궁의 남문 앞 광장에서 열병식이 있네. 고승은 열병식을 감독하는 대모달이고 말이야. 지금 잡아들였다가는 괜한 오해를 살수 있어."

고추가 건무는 을지문덕이 미처 대답하기 전에 나가보라고 손짓한 다음 뒤뜰로 갔다. 을지문덕은 하는 수없이 목간을 챙겨들고 밖으로 나왔다. 며칠만 기다리면 온달장군을 죽인 범인을 찾을 수 있을 것이다. 그러나 을지문덕은 뭔가를 놓치고 있다는 찜찜한 생각을 여전히 지울 수가 없었다.

을지문덕이 집에 도착하자 다리가 뛰어왔다.

"나리. 드릴 말씀이 있습니다."

"오늘은 듣고 싶지 않구나."

머리가 아플 대로 아파진 을지문덕이 손사래를 쳤지만 다리는 물러서지 않았다.

"중요한 일입니다, 나리."

"나도 지금 중요한 일을 하는 중이다."

따라오지 말라는 손짓을 한 을지문덕이 안채로 들어서자 다리가 외쳤다.

"온달장군의 검시 보고서에서 이상한 걸 찾았습니다."

을지문덕은 걸음을 멈추고 다리를 바라보았다.

"이상한 것이라니?"

"직접 설명을 드려도 되겠습니까?"

다리의 간청에 을지문덕이 고개를 끄덕거렸다.

"들어오너라."

잠시 후, 온달장군의 검시보고서를 양 손에 든 다리가 들어왔다. 탁자에 검시보고서를 놓고서 다리가 말했다.

"온달장군의 손이 이상하다고 하셨죠? 생각해봤는데 뭔가를 숨기기 위해서 땅을 팠을 수도 있어요. 급한 마음에 손으로 땅을 파고 그 안에 뭔가를 숨겼다면 손톱에 흙이 묻은 게 설명됩니다."

"하지만 그 상황에서 뭘 숨긴다는 말이냐?"

"누군가를 지켜주기 위해서요."

안타깝다는 듯 혀를 차며 말하던 을지문덕은 침상으로 걸어가서 나무로 만든 베개 아래 숨겨둔 금함을 집어 들고 탁자로 돌아왔다. 다리의 눈앞에 금함을 던진 을지문덕이 잠꼬대처럼 중얼거렸다.

"고정의가 온달장군이 출정할 때 금함을 몸에 지녔다고 말했다. 난 지금까지 보밀과 그의 누이가 숨어 있던 곳에서 찾아낸 금함뿐인 줄 알았다. 하지만 금합은 두 개였구나. 온달장군과 소희 두 사람이 하나씩 나눠가지고 있었던 것이지."

"사랑의 징표였던 셈이군요."

다리의 말에 을지문덕은 씁쓸하게 고개를 끄덕거렸다. 잠시 고민하던 을지문덕이 그를 수행하고 온 섬모를 불렀다. 섬모가 들어오자 을지문덕이 말했다.

"자네, 멀리 좀 다녀와야겠네."

"저는 참군 곁을 떠날 수 없습니다."

"명령일세. 자네가 아니면 할 사람이 없어."

을지문덕이 고집을 부리자 섬모가 고개를 끄덕거렸다.

"말씀하십시오."

장안성의 내성에 있는 황궁 앞 광장으로 백성들이 구름처럼 몰려들었다. 그들을 바라보던 고승이 짧은 한숨을 토했다. 며칠째 제대로 잠을 이루지 못한 눈이 깜빡거릴 때마다 불로 지져대는 것처럼 쓰렸다. 속으로는 끊임없이 자신의 결정이 옳은 것인지 혹은 파멸을 앞당기기 위한 발악인지 되뇌어보았지만 답은 나오지 않았다. 반쯤은 포기하고 반쯤은 절망에 빠져 있던 고승은 멀리서 지켜보는 범우의 눈길을 의식하고서 헛기침을 했다. 수백 명의 노비들이 일렬로 늘어서서 싸리비로 광장을 쓸고 있는 중이었다. 그들 뒤로는 어린 노비들이 고개를 숙인 채 바닥에 굴러다니는 작은 돌조각이나 쓰레기들을 줍고 있었다. 수

천 명의 병사들이 일사불란하게 움직여야 하는 열병식에서 작은 장애물은 열병식 전체를 망칠 수 있다. 열흘 넘게 계속된 열병식 준비에 지칠 대로 지친 병사들은 광장 끝에 모여서 투구와 갑옷을 벗고 휴식을 취하는 중이었다. 기병들을 따라온 몸종들은 안장과 마구가 내려진 말들의 몸을 솔로 깨끗이 씻어내고 있었다. 기운을 내기 위해, 혹은 삶의 노곤함을 잊기 위해 흥얼거리는 그들의 노랫소리가 두꺼운 쇠 투구에 막힌 그의 귓가를 파고들었다.

세 개의 큰 궁문과 이어지는 거대한 돌계단 아래에는 열병식을 참관하는 태왕과 귀족들을 위한 단이 있었다. 두꺼운 통나무로 아귀를 맞춰 쌓아올리고 넓은 판자로 바닥을 깔아 만든 단에 햇빛을 가리는 천막이 설치되는 중이었다. 덩치가 작은 내관들이 제대로 펴지지 않는 천막의 줄을 이리저리 잡아당기고 있었다. 모든 시선과 손놀림들이 미시(未時:오후 한 시부터 세 시)부터 시작될 열병식을 위해 달려가고 있었다. 구름 찌꺼기 하나 없는 화창한 하늘로 새들이 무리를 지어 날아갔다. 선두에 선 새의 울음소리가 마치 지상에서 꿈틀거리는 사람들을 비웃는 것만 같았다.

"이것이 정녕 정당한 복수란 말인가?"

고승은 먼발치에 서서 자신을 훔쳐보는 범우의 시선을 애써 무시한 채 중얼거렸다. 범우는 일을 벌인 이후의 계획에 대해서도 이야기해주었지만 하나도 기억나지 않았다. 그는 자신을 여기까지 끌고온 힘에 대해서 생각해보았다.

"아들에 대한 연민…."

치욕스럽고 불명예스러운 파혼을 겪은 아들은 어느 순간부터 바깥 세상을 두려워했다. 몸과 마음이 점점 망가져가는 아들을 보면서 고승은 마음속 깊이 울분의 칼날을 갈았다. 어느 날 갑자기 나타난 도교승인 범우가 아니었다면 아들은 완전히 미쳐버렸을지도 모른다.

온달에 대한 증오. 아들에 대한 연민이 새로 부마가 된 온달에 대한 미움으로 변하는 데엔 그리 오랜 시간이 필요하지 않았다. 변변치 않은, 귀족이라는 칭호조차 아까운 그의 갑작스럽고 화려한 등장 뒤에는 아들의 고통이 있었다. 그 사실이 고승의 분노를 증폭시켰다.

"복수? 황실에 대한…."

여러 갈래로 나누어졌던 마음은 결국 한군데로 향했다.

"천손? 웃기는 말이야."

상상할 수도 없는 불경스러운 말을 내뱉은 고승은 굳게 닫힌 황궁의 문을 뚫어지게 노려보았다. 오십 년 전, 귀족들이 대대로의 자리를 놓고 싸움을 벌일 때 태왕은 궁문을 굳게 닫아걸고 숨을 죽였다. 대대로의 자리는 삼 년마다 한 번씩 교체되었다. 귀족들은 대대로의 자리를 차지하기 위해 가병들의 목숨을 내놓아야 했고, 그중 승리의 관을 얻은 자는 죽음이 어지럽게 흩어진 광장을 가로질러 황궁 안으로 들어갈 수 있었다. 태왕은 단지 몸에 묻은 피를 씻어낸 승리자에게 대대로의 직을 임명해주는 것으로 그 가련한 삶을 연명했을 뿐이다.

평원태왕의 즉위 이후 귀족들의 기세는 한풀 꺾였지만 결코 갈등이

해결된 것은 아니었다. 수면 아래에서 숨죽이고 있었을 뿐이다. 이제 오랫동안 봉인되었던 그것이 눈을 뜨게 될 참이었다. 누가 최후의 승리자가 되든 그와 그의 집안을 모욕한 황실은 피로써 그 대가를 치러야 할 것이다.

늦여름의 따가운 햇살이 투구 위 차양을 무겁게 짓눌렀다. 열병식에 참가하는 당주들과 말객들이 하얀 말 위에 타고 있는 그에게 다가와 무엇인가 보고했지만 그의 귀에는 아무 소리도 들리지 않았다. 그저 고개만 끄덕이고 있던 그에게 푸른색 깃이 달린 투구를 쓴 말객 오랑이 다가왔다.

"시위대에서 단 주위를 경비하겠다고 합니다. 어찌할까요?"

"단 주위 한 줄은 원래 저들이 서기로 했으니까 양보하지만 나머지는 안 된다고 전해라."

자신도 모르게 마음속 깊은 곳의 분노를 살짝 드러낸 고승은 입안에 바짝 달라붙은 절박함을 혀끝으로 발라냈다. 열병식이 끝나면 태왕의 명령을 받은 중리부의 참군 을지문덕이 온달의 미심쩍은 죽음을 핑계로 덤벼들 게 틀림없었다.

"한 조각 남아 있는 내 명예조차 불편하단 말인가."

어금니를 지그시 깨문 고승의 입에서 신음이 터져 나왔다.

그때 박수 소리가 섞인 함성이 고승의 상념을 깨뜨렸다. 내관들을 애먹이던 단 위의 천막이 드디어 세워진 것이다. 열병식을 구경하기 위해 몰려든 백성들은 광장 끄트머리는 물론 반룡사의 담장 위까지 빼곡히 올라서 있었다. 울긋불긋한 저고리 색깔이 흡사 가을을 물들이는 단풍처럼 보였다. 약삭빠른 장사치들은 먹을 것이 가득한 광주리를 들고 구경꾼들 사이를 누볐다. 좋은 자리를 차지하기 위해 주먹다짐을 벌이는지 아니면 술판이 벌어졌는지 와자지껄 떠드는 소리도 들렸다. 단지 몇몇 사람들의 마음만 들끓어오를 뿐, 모든 것이 대체로 평온했다.

어느 틈엔가 다시 다가온 말객 오랑이 그의 앞에 섰다. 옆에 서 있던 문객이 들고 있던 해시계를 가리켰다. 고승의 손짓에 큰 소라껍질에 쇠를 박은 고둥소리가 울려 퍼졌다. 광장 끝에서 방패와 투구를 벗고 앉아 있던 병사들이 일제히 투구를 뒤집어쓰고 방패를 들었다. 며칠 전부터 짚과 잿물로 방패를 깨끗하게 닦아둔 터였다. 방패의 번쩍거림에 백성들의 환호성이 터졌다. 정해진 자리에 서 있던 병사들이 미리 놓아둔 창을 집어 들었다. 일 장(丈:약 삼 미터)이 넘는 긴 창이 일제히 하늘로 치솟자 백성들의 환호성은 이제 경탄으로 바뀌었다. 보병들의 정렬이 끝나자 그 뒤로 활과 화살을 지닌 푸른색 책을 쓴 궁수들이 자리를 잡았다. 궁수들이 정렬을 마치자 이번에는 작고 둥근 방패에 맥도를 지닌 갑사들이 광장 한쪽을 차지했다. 마지막으로 말에 올라탄 기병들이 움직이기 시작했다. 광장 바닥을 울리는 편자 소리에 백성들이 얼굴을 찡그리며 귀를 막았다. 맥도를 든 말객들과 당주들이 병사들 사이를 돌아다니며 뭔가 꼬투리를 잡아내 소리쳤지만 병사들은 미동도 하지 않은 채 함성으로 대답했다. 장군들과 말객들 사이의 소란은 어느 한 순간 약속이나 한 듯 잠잠해졌다. 행렬 제일 뒤에 자리 잡고 있던 취악대가 큰북을 울리는 것을 시작으로 열병식 때 연주하는 장중한 악이 연주되었다. 잠시 후 오랜 고난과 역경이 끝난다는 사실에 병사들의 얼굴로 안도의 빛이 흘러넘쳤다.

고삐를 틀어쥐고 늘어선 병사들의 대열 사이를 지나는 고승은 돌처럼 굳은 그들의 어깨 위로 잘게 부스러진 햇빛의 흔적들을 보았다. 고승은 단단히 응결된 삶을 부수는 것이 어떤 의미일지 궁금해졌다. 붉은색 비단으로 주위를 치장한 단에 다가간 고승은 기다리고 있던 노비가 얼른 바닥에 엎드리자 그 등을 밟고 내려섰다. 범우가 다가와 속삭였다.

"여기까지 온 이상 되돌릴 수 없습니다. 앞만 보고 가야 한다는 걸 명심하십시오."

아무 말 없이 단 위로 통하는 계단을 오르는 고승의 뒤통수에 범우의 따가운 시선이 꽂혔다. 단 위에 올라선 고승은 석상처럼 꼼짝도 하지 않는 수천 명의 병사들을 보았다. 그들의 눈길과 긴장감을 억지로 삼킨 고승이 허리에 차고 있던 칼을 뽑아들고서 어깨에 걸쳤다. 창백하고 단단한 칼날이 어깨 위에서 섬뜩한 섬광을 사방으로 뿌려댔다. 취악대의 장중한 악에 호응하듯 굳게 닫힌 계단 위의 궁문 너머에서 무거운 북소리가 들렸다. 쿵쿵거리는 북소리에 맞춰서 궁문이 조금씩 열리며 황궁 안에 갇혀 있던 빛들이 조금씩 밖으로 흘러나왔다. 그때까지 소란스러웠던 백성들도 일제히 입을 다물고 궁문을 바라보았다. 고승은 백성들의 얼굴에 깃든 경외심에 숨이 막혔다.

활짝 열린 궁문으로 맨 먼저 모습을 드러낸 것은 화려한 갑옷을 입은 시위대 병사들이었다. 그들은 백제의 서쪽 바다에 있는 섬에서 채취한 수액을 바른 황금색 갑옷을 입고 있었다. 갑옷의 황금빛이 숨죽이며 구경하던 백성들의 눈을 멀게 했다. 양쪽으로 갈라진 시위대 병사들이 계단을 따라 늘어서자 태왕과 황실을 상징하는 깃발들이 천천히 모습을 드러냈다. 거대한 삼지창에 붉게 물들인 소꼬리를 빙 둘러서 붙인 둑은 사방으로 늘어진 벌이줄을 잡은 병사들과 함께 천천히 계단을 내려오는 중이었다. 칼을 어깨에 걸친 고승이 마른침을 꿀꺽 삼켰다. 이제 태왕이 모습을 드러낼 차례였다. 그 순간 고승은 잘 짜 맞춘 마룻장처럼 정교하게 움직이는 시위대 병사들의 움직임이 이상하다는 것을 눈치챘다. 싸움을 치를 것 같은 전투 대형을 짜고 광장으로 접근하고 있었다. 고승의 얼굴이 돌연 흙빛으로 변했다. 일단의 시위대 병사들이 나온 후 궁문은 다시 닫혔다. 태왕의 행차를 기대하고 있던 구경꾼들의 입에서 아쉬운 소리가 터져 나왔다.

잠시 후 굳게 닫힌 궁문 옆에 난 작은 문으로 나온 내관이 단 위에 서 있는 그에게 달려왔다.

"태왕폐하께서 오늘 열병식을 취소하신답니다. 대장군께서는 즉시 황궁으로 들어오시라는 분부십니다."

"무슨 일로 열병식을 취소한 것이냐!"

"소인은 그저 황명을 전달할 뿐이옵니다."

"열흘 넘게 병사들이 준비했단 말이다!"

고승의 마지막 저항은 불쑥 나타난 을지문덕의 말 한마디에 산산조각 났다.

"태왕폐하와 중리부 대상이신 고추가 건무께서 결정하신 일이니 대장군께서는 섭섭하시더라도 따르시는 것이 도리일 겁니다."

고승은 을지문덕의 단단히 응어리진 눈빛 속에서 모든 것을 읽어낼 수 있었다. 그 순간 이상스럽게도 낙담이나 좌절 대신 안도의 한숨이 새어나왔다. 웅성거리던 백성들의 말소리도 어느 순간 뚝 끊겼다. 반룡사의 담장을 따라 나타난 중리부 군사들이 광장의 한쪽 끝을 막아섰기 때문이다. 심상치 않은 분위기였다. 중리부와 시위대 병사들의 서슬에 놀란 고승의 부하들이 웅성거렸다.

"이제 다 끝났습니다. 포기하시지요."

"뭘 포기하란 말이냐?"

고승은 어깨에 걸친 칼을 잡고 있던 손에 힘을 주며 을지문덕에게 물었다. 단 한 번의 결연한 의지와 피를 볼 각오만 있다면 충분했다. 손끝에 모인 힘 때문에 고래가죽으로 감은 칼 손잡이가 떨리고 있었다. 그러면서 동시에 의문이 들었다.

"왜 두려워하지 않느냐?"

고승은 눈앞에 서 있는 을지문덕이 죽음을 두려워하지 않고 초연한 것을 보고 의아했다. 무심한 눈길로 떨리는 고승의 손을 흘끔 바라본 을지문덕이 대답했다.

"어떤 게 말이옵니까? 대장군이 쥐고 있는 칼이라면 별로 두렵지 않습니다. 제가 진정 두려운 건…."

잠시 말을 끊은 을지문덕이 무언가를 떠올리는 듯한 표정을 지어 보였다.

"기억입니다. 살인을 저지를 정도로 사람들을 증오하는 기억 말이옵니다."

고승은 힘없이 칼을 늘어뜨렸다. 평생 손에 쥐었던 칼이었건만 한없이 무겁게 느껴졌다. 길고 느린 한숨을 뽑아내며 고승이 대답했다.

"상부의 대장군 고승은 삼가 태왕폐하의 명을 받들어 병사들을 해산하고 황궁으로 들어가겠네."

살짝 고개를 숙인 을지문덕이 내관들 틈으로 사라지자마자 단 아래서 있던 범우가 뛰어올라왔다.

"지금도 늦지 않았습니다. 당장 병사들을 모아 궁문을 깨트리셔야 합니다."

"어리석은 소리 하지 말게. 황궁을 지키는 시위대 병사들만으로도 우릴 제압할 수 있어. 거기다 중군까지 출동한 걸 보면 이미 우리 계획을 전부 눈치챈 게 틀림없네."

"어차피 여기서 물러나도 끝장입니다. 그렇게 되면 아드님의 복수는 누가 합니까?"

"이제 그만하게. 자네가 불쌍한 내 아들을 핑계로 왜 나를 충동질했는지 잘 알고 있으니까 말이야."

고승은 높디높은 황궁을 올려다보며 차갑게 내뱉었다. 그러고는 여유로운 미소를 지으며 중얼거렸다.

"아니 어쩌면 누군가가 옆에서 나의 복수심을 불러일으켜주길 바랬는지도 모르겠군. 너무 속상하고 화가 났었으니까, 삶이 너무 힘들면 어느 순간 삶이 꿈처럼 느껴진다고 자네가 그랬던가?"

고승의 냉담함에 범우는 천천히 뒷걸음질로 나무 계단 아래로 사라졌다. 아직도 대열을 지키고 있는 병사들 사이를 뛰다시피 걷는 범우의 모습을 보며 고승이 껄껄거렸다. 파랗게 질린 말객 오랑이 비틀거리며 병사들을 향해 돌아섰다. 말객들의 해산 명령에 열병식을 위해 모인 상부의 부병들은 어리둥절해 하면서도 기뻐했다. 먼발치에서 그들을 기다리던 가족들이 발을 구르며 아버지와 남편, 그리고 자식들의 이름을 불러댔다. 머뭇거리던 병사들이 흩어지자마자 한 무리의 중리부 병사들이 달려들어 말객 오랑을 둘러쌌다. 마지막까지 그의 곁을 지켰던 몇 명의 병사들도 기세에 눌려 저항을 포기했다. 중군에게 끌려가는 말객 오랑이 단 위에 우두커니 서 있는 고승을 쳐다보았다. 고승의 주위에도 시위대 병사들이 몰려들었다. 고승은 손에 들고 있던 칼을 을지문덕에게 건넸다.

"가세나."

지글거리는 숯불이 올라간 다리미로 을지문덕의 저고리를 펴고 있던 다리가 집사의 부름에 고개를 돌렸다.

"너한테 누가 편지를 보냈다."

"누가요?"

편지를 줄 만한 사람이 떠오르지 않았던 다리의 물음에 집사가 고개를 저었다.

"어떤 여자였어. 집 앞을 서성거리고 있어서 거지인 줄 알고 쫓아내려고 했더니 네 이름을 얘기하더구나."

"그래서요?"

"널 아느냐고 물었더니 아무 말 없이 이걸 건네주고는 사라졌다."

집사에게 받은 편지를 펼친 다리는 놀란 목소리로 물었다.

"편지를 건넨 사람은 지금 어디 있나요?"

"어디론가 가던데? 앗 뜨거워!"

다리가 다리미를 떨어트리자 숯불이 사방으로 튀었다. 놀라서 펄쩍 뛴 집사는 황급히 달려가는 다리를 보고 외쳤다.

"어디 가느냐?"

중군이 지키고 있는 전각 안으로 들어간 을지문덕은 고승이 미닫이문이 열리는 소리에 감았던 눈을 뜨는 것을 보았다. 아무 장식도 되어있지 않은 사각형 탁자 너머의 의자에 앉은 을지문덕이 깊은 한숨과 함께 입을 열었다.

"말객 오랑을 비롯해서 음모에 가담했던 측근들은 모두 구금되었습니다. 범우의 행방이 묘연하기는 하지만 곧 잡힐 겁니다."

"그 얘기를 해주려고 여기 온 것은 아닐 테고 용건을 말해보게."

"제가 궁금한 건 아무리 황실에 대한 미움이 컸다고 해도 어떻게 이런 일까지 꾸밀 결심을 하셨느냐는 겁니다. 사실 열병식에 참석하는 태왕폐하와 귀족들을 참살한다고 해도 정권을 완전히 장악하기에는 장군님의 힘만으로는 부족합니다. 설마 본인 목숨뿐 아니라 가문의 운명까지 좌지우지할 일을 꾸미면서… 뒷일에 대해 아무 생각도 없으셨던 겁니까?"

"어떤 얘기가 듣고 싶은가?"

"진실을 듣고 싶습니다."

"내가 새로운 태왕으로 누굴 추대할 예정이었고, 그 사람이 어느 정도까지 관여되었는지 궁금한 모양이군. 문밖에 있는 고추가에게 전하게. 입 꼭 다물 테니 안심하라고 말이야."

"범우가 신라의 간자였다는 것은 진작부터 알고 계셨습니까?"

"그자의 치료 덕분에 아들의 광증이 가라앉았지. 아들이 잠깐 동안이지만 나를 알아봤을 때 내가 얼마나 기뻤는지 아는가?"

"그런 자를 신라와의 싸움에 데리고 나가셨고, 중요한 회의에도 참석시키셨습니다. 제 입장에서는 온달장군의 죽음과 어떤 형태로든 연관이 있다고 믿을 수밖에 없었습니다."

"눈에 넣어도 아프지 않을 내 아들이 점점 미쳐간다는 사실을 알았을 때 내가 얼마나 절망에 빠졌는지 짐작할 수 있겠나? 황실과 연관된 일이라 누구한테도 하소연할 수 없었네."

"장군께서는 온달장군의 죽음을 둘러싼 의혹이 결국 자신에게 미치자 궁지에 몰린 심정으로 범우의 유혹에 빠지신 겁니다."

"내가 어찌해야 옳았을까? 그냥 가슴속에 묻어두고 아무렇지도 않게 지내야 했을까? 그럴 수 없었다네. 그러고 싶지도 않았고. 햇빛도 들지 않은 어두운 방 안에 갇힌 아들이 짐승처럼 울부짖으며 벽을 칠 때마다 내 가슴은 천 갈래 만 갈래 찢어졌다네. 내 아들이 무슨 죄가 있다고 그런 불행을 겪어야 하는가?"

"제발 제 말 좀 들으십시오."

두 주먹으로 탁자를 내려친 을지문덕이 고승을 노려보았다.

"이 일은 단순히 해묵은 원한을 씻는 정도가 아닙니다. 이 일이 잘못되면 사랑하는 아드님은 누가 돌봐준단 말입니까?"

"나를 생각해주는 척하지 말게. 자신이 살아 있는지 죽었는지도 모르는 자식을 지켜보는 것은 더한 고통이니까."

"그래서 아드님을 모시던 몸종에게 오늘 아침 식사에 독을 넣으라고 하셨습니까? 죄송하지만 아드님은 독약이 든 밥을 먹지 않았습니다."

을지문덕은 처연한 눈빛으로 자신을 바라보는 고승에게 덧붙였다.

"이제 내 아들까지 손에 넣었으니 고추가께서 안심하겠군."

"태왕폐하께서도 그렇고 중리부 대상이신 고추가께서도 이번 일을 공론화하는 것을 꺼리고 계십니다. 황실과 연관된 일이고, 가담자도 얼마 되지 않으니 몇몇 사람들의 입만 막으면 조용히 마무리될 수 있을 것 같습니다."

을지문덕의 얘기를 들은 고승이 텅 빈 한숨을 쉬었다.

"뜻대로 하라고 전하게."

"바깥을 지키는 초병에게 일러놓을 테니 뭐든 필요한 게 있으시면 말씀하십시오."

"칼이 한 자루 필요하네."

"어리석은 생각입니다."

단호하게 말하는 을지문덕을 보며 예전 생각을 떠올린 고승이 입을 열었다.

"오 년 전인가? 간주리가 남긴 문서를 찾기 위해 자네가 여기저기를 들쑤시고 다닐 때였네. 돌아가신 막리지 연광 어르신께 자네를 없애버리자고 얘기한 적이 있었네. 막리지께서 조금 더 두고 보자며 내 의견을 묵살하는 바람에 자네는 살 수 있었지."

"어쩌면 그 편이 더 나았을 수 있었겠는데요."

을지문덕이 슬며시 웃었다.

"글쎄. 어차피 지금 내 처지는 크게 변하지 않았을 거야."

"아니요. 제 운명 말입니다."

자리에서 일어난 을지문덕은 미닫이 문 앞에 섰다. 그의 헛기침 소리에 바깥을 지키던 초병이 문을 열었다. 문이 다시 닫히고 홀로 방 안에 남은 고승은 을지문덕이 앉아 있던 자리에 짧은 칼 한 자루와 편지가 놓여 있는 것을 보았다. 의자에서 일어난 고승은 손을 뻗어 칼을 움켜잡았다.

"앞으로 열병식은 도성 밖에서 열어야겠군. 자네가 아니었다면 큰 일이 벌어질 뻔했어."

고추가 건무의 칭찬을 받으면서도 을지문덕의 표정은 조금도 밝아지지 않았다.

"태왕폐하께서 자네의 공을 높이 사서 하사하신 것이네. 받아두게."

곁에 있던 내관이 붉은 비단 위에 놓인 금귀고리 한 쌍을 가지고 그의 앞에 섰다. 작은 금 알갱이를 연꽃모양으로 이어 붙인 굵은 금귀고리 끝에는 뭉툭한 화살촉 모양의 드리개가 달려 있었다. 섬세함과 화려함이 함께 깃들어 있는 금귀고리 한 쌍을 그의 손에 놓아준 내관이 물러나자 고추가 건무가 목소리를 낮추며 물어보았다.

"그래, 그자가 정변을 일으킨 다음에는 누굴 추대할 계획이었는지 실토했느냐?"

"기둥 옆의 작은 구멍으로 이미 충분히 들으셨을 거라고 알고 있습니다만."

을지문덕의 말에 고추가 건무의 얼굴이 일그러졌다.

"모든 일에는 절차와 형식이 있다는 걸 잊지 말게. 자네가 아니었다면 오늘 무슨 일이 벌어졌을지 모르니 무례함은 참기로 하지."

"누구라고 딱 꼬집어서 얘기하지는 않았지만 고추가 어르신 말고 다른 사람이 있겠습니까?"

고추가 건무는 을지문덕의 비아냥거림에 아무런 표정의 변화를 보이지 않았다. 그의 얼굴에 불편함이 떠오르기 전에 을지문덕이 먼저 입을 열었다.

"고승 장군은 특별히 크게 떠들고 싶어 하지 않는 눈치입니다. 이쪽에서 원하는 대로 처리해도 될 것 같습니다."

"다행이군. 일이 커지면 여러 사람이 다쳤을 테니까."

"부탁이 한 가지 있습니다."

을지문덕의 말에 고추가 건무가 짜증스레 그를 쳐다보았다.

"뭔가?"

"이번 일을 깨끗하게 마무리하고 싶습니다."

終章

마지막 만남

이틀 후, 오씨 부인은 불편한 마음을 억누른 채 노비가 수레바퀴에 나무쐐기를 박은 다음 이내 계단 모양의 발판을 가져다 놓는 것을 바라보았다. 주인의 심기가 좋지 않음을 충분히 알고 있던 노비는 발판을 놓자마자 뒤로 물러났다. 오씨 부인은 어린 몸종의 부축을 받으며 수레 밖으로 나왔다. 저택 밖으로 마중을 나온 사람도 하나 없었다. 오씨는 더더욱 화가 났다.

"내가 누구인 줄 알고 중리부의 참군 따위가 이런 무례를 저지르는 게야…."

그녀의 나지막한 투덜거림에 주변의 노비들은 더더욱 움츠러들었다. 회색 기운이 감도는 푸른색 기와를 얹은 저택의 문이 유난히 차갑고 음산해 보였다. 잠시 문 앞의 계단에 서서 누군가 나와주기를 기다리던 오씨 부인은 결국 아무도 보이지 않자 할 수 없이 발걸음을 옮겼다. 주작이 그려진 나무 문 앞을 지키던 가병들이 아무 말 없이 옆으로 비켜섰다. 한쪽만 열린 문으로 들어가던 오씨 부인은 뒤따르던 어린 몸종이 제지를 당하자 결국 분통을 터트렸다.

"내가 무슨 죄인이라도 되었다는 말이냐. 어린 몸종조차 데리고 들어오지 못하게 하다니! 당장 주인을 불러오너라."

"죄송합니다만 저희는 명단에 적혀 있는 사람 외에는 아무도 들여보내서는 안 된다는 명령을 받았습니다."

단 한 줌의 감정도 담겨 있지 않은 가병의 말에 오씨 부인은 분노를 잠재워야만 했다. 오씨 부인은 울상 짓고 있는 몸종에게 겉에 입었던 분홍색 두루마리를 벗어서 넘겨준 뒤 문 안에서 기다리고 있던 집사에게 말했다.

"너의 주인이 뭘 믿고 이렇게 오만방자하게 구는지 모르지만 오늘 일은 절대 잊지 않을 것이다."

아무 말 없이 고개를 숙여 인사한 집사가 앞장서 걸어갔다. 채 익지 않은 햇살이 풀어진 솜털 같은 구름을 적시며 낮은 담장 너머의 안채에 내려앉아 있었다. 집사는 붉은색 기둥 사이로 보이는 열린 문 앞에 도착하자 옆 걸음으로 물러나며 공손하게 안쪽을 가리켰다. 오씨 부인은 무의식중에 뒤를 돌아보았다. 구석에 작은 연못이 있는 뜰 안에는 아침나절이라면 의당 보여야 할 분주한 노비 한 명 눈에 띄지 않았다.

심상치 않은 분위기였다. 그러나 재촉하는 것 같은 집사의 헛기침 소리에 쫓겨 오씨 부인은 얼른 안으로 들어섰다. 겨울에나 쓰는 두꺼운 휘장을 열어젖히자 사람들이 탁자 주변에 앉아 있는 모습이 보였다. 그 중 한 명의 얼굴을 확인하고서 오씨 부인은 경악했다.

"당신은? 자결했다고 들었는데…."

오씨 부인의 반문에 고승이 씁쓸하게 웃었다.

"죽은 몸이나 다름없소. 저쪽에 앉으시오. 곧 시작할 것 같으니까."

"뭘 시작한다는 말이오?"

"여기 모인 사람들을 보시구려. 그럼 왜 모였는지 그리고 뭘 겪어야 할지 알 수 있을 테니까."

오씨 부인은 고승의 말을 듣고서야 방 안에 모인 사람들의 면면을 훑어보았다. 고승의 옆에는 불만 가득한 표정으로 포박된 말객 오랑이 있었다. 오랑이 아는 척을 했다.

"오랜만입니다."

오랑의 이죽거림을 애써 피한 오씨 부인은 구석진 빈자리에 앉았다. 방 안은 너무도 고요했다. 모인 사람들의 숨소리만 겨우 들릴 뿐이었다. 더 이상 참을 수 없게 된 오씨 부인이 버럭 화를 내며 자리를 박차고 일어났다.

"지금 누굴 희롱하자는 수작인 게요? 어디 있는지 당장 얼굴을 보이시오."

"정녕 여기 왜 왔는지 모르겠습니까?"

방 안에 울려 퍼진 목소리에 흠칫 놀란 오씨 부인은 새까만 어둠에 가로막힌 곳에서 들려오는 목소리를 들었다. 어둠 속에서 툭 떨어져 나온 그림자가 오씨 부인의 뒤쪽에 자리를 잡았다.

"그것보다 우선 불이라도 밝혀주는 게 어떻겠소? 귀신 놀음도 계속

되면 별로 무섭지 않지. 장난도 그만하고."

밧줄에 꽁꽁 묶인 말객 오랑의 말이 끝나기 무섭게 문 쪽에서 촛불을 든 여인이 걸어 들어와서 탁자에 내려놨다. 오씨 부인은 일렁거리는 빛의 물결 속에서 우뚝 선 그림자가 자기 아들의 얼굴이 그려진 가면을 쓰고 있는 것을 보았다.

백성들이 자주 드나드는 외성의 다경문에서는 두 배 가까이 늘어선 병사들이 지나가는 백성들을 꼼꼼히 살펴보고 있었다. 덮개를 씌운 수레들은 옆으로 끌려 나와 일일이 짐을 검사 받아야 했다. 부병들은 물론 중리부의 중군까지 나와 있는 것을 보고 백성들은 주눅이 들어 아무런 항의도 하지 못했다. 짚으로 엮어서 만든 광주리를 산더미 같이 쌓아놓은 수레 주인은 병사들이 창으로 찔러대는 바람에 광주리가 찢겨지는 것을 보고 새파랗게 질렸지만 감히 저항하지는 못했다. 그 와중에도 이야기꾼들은 검사를 받는 백성들을 상대로 신나게 떠들고 있었다.

"천하무적 온달장군이 뜻을 이루지 못하고 돌아가시자 군대는 철군합니다. 하지만 이게 어찌된 일입니까? 온달장군을 실은 수레가 꼼짝도 하지 않는 겁니다. 아무리 소들이 끌고 병사들이 밀어도 꼼짝하지 않는 수레! 다들 영문을 몰라 하는데 우리의 평강공주께서 소식을 듣고 한걸음에 달려왔습니다."

이야기꾼이 소매로 눈물 닦는 시늉을 하자 앞에 앉은 구경꾼들 몇

몇도 눈시울을 붉혔다. 한층 신이 난 이야기꾼의 목소리가 높아졌다.

"우리의 평강공주께서 온달장군이 누워 있는 관을 쓰다듬으면서 말씀하셨습니다. 부군이시여! 삶과 죽음이 이미 결정되었으니 이제 돌아가소서. 저와 함께 가소서라고 말입니다. 그러자 이게 웬일입니까? 바위처럼 꼼짝 않던 수레가 움직이는 게 아니겠습니까? 참으로 기이한 일이 아닐 수 없습니다."

절뚝거리는 노인이 신나게 떠들어대는 이야기꾼을 힐끔거리며 성문으로 걸어갔다. 끊임없이 기침을 하고 가래침을 뱉던 노인은 신발이라고 부르기에도 민망할 만큼 해진 짚신을 질질 끌며 이미 줄을 서 있는 사람들 틈에 섰다. 종이에 그려진 얼굴과 줄 지어 서 있는 백성들의 얼굴을 대조하던 부병의 눈길은 지저분한 노인에게서 단 한순간도 머물지 않았다. 바깥으로 나온 늙은 노인은 투덜대며 길을 재촉하는 백성들 사이로 한쪽 다리를 질질 끌며 걸어갔다.

을지문덕은 가면을 벗고 자리에 못 박힌 듯 앉아 있는 사람들을 차례로 훑어보았다. 다들 영문을 모른 채 끌려와 있는 게 틀림없었다. 사람들의 얼굴로 불쾌함과 불편함이 스멀스멀 피어올랐다. 목소리를 가다듬은 을지문덕이 입을 열었다.

"제가 여러분을 모신 이유가 궁금하십니까?"

"돌아가신 부군에 관한 일 때문이라고 하지 않았소?"

을지문덕의 말에 평강공주가 신경질적으로 쏘아붙였다. 불안한 표정을 감추지 못한 채 앉아 있던 보밀의 등 뒤를 스쳐지나간 을지문덕이 대답했다.

"절반은 맞고 절반은 틀렸습니다. 오늘 여기에 모인 분들에겐 공통점이 하나 있습니다. 지난달 신라 군과 북한산성에서 싸우다 돌아가신 온달장군님과 연관이 있다는 것이죠."

"썩 좋은 인연은 아니었다네."

팔걸이에 몸을 의지한 고승이 공허함으로 가득한 헛기침을 하며 나지막이 중얼거렸다.

"저는 온달장군님이 학고재에서 돌아가실 때 곁에 있었습니다. 혼란스러운 전쟁터라는 것을 감안하더라도 장군님의 죽음에는 몇 가지 풀리지 않는 의문이 있었습니다."

뒷걸음질로 보밀이 앉아 있는 곳까지 돌아간 을지문덕이 마른침을 삼키며 말을 이었다.

"우선 목숨을 걸고 주인을 지켜야 할 가병은 정작 주인이 죽을 때 곁에 없었습니다. 본인 말로는 겁에 질렸다고 했지요. 그래서 제가 물어보았을 때도 정확하게 기억이 나지 않는다면서 횡설수설했지요. 그리고…."

보밀은 등 뒤에 서서 입을 여는 을지문덕의 무거운 눈길에 눌려 아무 말도 하지 못했다. 가늘게 떨리는 보밀의 어깨에 눈길을 주던 을지문덕이 옆 걸음으로 움직여 몸이 묶인 오랑의 뒤에 섰다.

"그날 온달장군과 함께 학고재로 출동했던 말객 오랑은 아주 기본적

240

인 정찰조차 하지 않았습니다. 왜 그랬을까요?"

성큼 성큼 걸어서 오씨 부인의 맞은편에 앉아 있던 고승의 옆으로 간 그가 천천히 입을 열었다.

"대장군 고승은 온달장군의 죽음에 대해서 미묘하면서도 복잡한 모습을 보였습니다. 출정기간 내내 그와 갈등했고 말입니다."

"부군은 누군가에 의해 죽음을 당한 겁니다. 저 셋 중 하나가 부군을 죽인 게 틀림없어요."

평강공주의 외침에 말객 오랑이 피식 웃었다.

"벼락출세한 놈이라 그런지 죽은 다음인데도 뭐가 달라도 한참 다르구먼."

"진짜 이상한 일이 벌어진 것은 그다음이었습니다. 돌아가신 온달장군의 부인께서는 남편의 소식을 듣고 전쟁터까지 달려왔지요. 그러고는 저에게 남편의 몸에서 빼낸 화살촉을 보여주면서 타살이라고 주장했습니다. 그다음에는…."

건너편 오씨 부인에게 눈길을 준 을지문덕은 채 사그라지지 않은 어둠을 응시하며 계속 말했다.

"온달장군의 어머니께서 절 찾아와서는 역시 아들의 죽음에 음모가 있었다고 말씀하셨죠. 그리고 놀랍게도 자신의 며느리인 평강공주를 살인자로 지목했습니다."

숨 막히는 침묵이 사람들 사이를 귀신처럼 서늘하게 떠돌았다. 귀신의 손길은 사람들의 목을 죄고 팔다리를 옭아맸다. 고승은 연신 헛기침을 했고, 평강공주의 얼굴은 하얗게 질려버렸다. 오씨 부인은 태연한 척 손등으로 입을 가렸지만 입가의 경련까지 손으로 다 가릴 수는 없었다.

"그리고 다들 아시다시피 제가 온달장군의 사인을 조사하기 시작했을 때 정체불명의 무리가 저를 공격했습니다. 따라서 아주 자연스럽게 그들의 정체에 대한 조사 역시 병행되었지요."

황토색 벌판 위로 가늘게 뻗은 길들은 도성에서 멀어질수록 허름해졌다. 길 양쪽에 도랑처럼 파놓은 배수로는 중간 중간 무너지고 막혀있었고, 거리를 나타내는 이정표 역시 뽑혀나가거나 쓰러져 있었다. 절름거리며 걷던 늙은 노인은 내미홀이라 쓰인 나무말뚝 앞에서 발길을 멈췄다. 그러더니 주변을 한 번 둘러보고는 길을 벗어났다. 수풀 사이로 들어간 노인이 기다리고 있던 사내들에게 말을 던졌다.

"나머지는?"

나무를 등지고 서 있던 네 명의 사내 중 한 명이 힘없이 고개를 저었다. 주먹을 불끈 쥔 노인이 떨리는 목소리로 입을 열었다.

"쥐새끼 같은 놈들."

"접선 장소에 나타난 것은 저희들뿐이었습니다. 찾아보려고 했지만 시간도 촉박했고, 도성 안 분위기가 심상치 않아서 포기했습니다."

가짜 수염을 뽑아버린 범우가 코웃음을 쳤다.

"언젠가 꼭 다시 돌아와 나를 배신한 대가를 아주 톡톡히 치르게 해줄 테다."

때 묻은 두건을 벗은 범우는 짧은 머리를 신경질적으로 쓰다듬으며 방금 걸어온 길을 돌아보았다. 구불구불한 길의 끝은 보이지 않았지만 반드시 그 끝으로 돌아가야 했다. 다시 가야 할 곳이 있었다.

"꼭 돌아오마."

범우가 분노로 응축한 말을 내뱉었다.

"그때는 이 나라를 멸망의 구렁텅이로 몰아넣으마. 반드시…."

그러고 나서 범우는 더 이상의 미련이 남아 있지 않은 것처럼 몸을 돌렸다.

잠깐 말을 끊었던 을지문덕이 의자에 앉은 이들을 바라보면서 다시 말을 이어갔다.

"우연과 행운이 겹친 끝에 저를 습격한 자들이 신라의 간자라는 사실을 알아낼 수 있었습니다. 그다음부터는 온달장군의 죽음은 단순한 의문이 아니게 되었습니다. 사실 이 방 안에 모인 사람들은 모두 온달장군과 어떤 식으로든 연관을 맺고 있는 게 사실입니다. 그리고 그 얘기는 곧 온달장군을 죽일 만한 동기와 기회를 가지고 있다는 뜻이기도 합니다."

"말도 안 되는 소리! 그 아이는 내 아들이었어."

오씨 부인이 자리에서 벌떡 일어나 외쳤다. 순간 얼음 같은 정적에 금이 갔다.

"부인, 부인께서는 아드님의 원래 혼처였던 보밀의 집안이 몰락하자마자 바로 파혼하신 분입니다. 아드님은 그때의 정혼녀를 죽는 순간까지 잊지 못했고 말입니다. 부인께서는 돌아가신 온달장군님을 가장 고통스럽게 하신 분일지도 모릅니다."

오씨 부인은 분노로 몸을 떨었다.

"시집온 지 오 년 만에 남편이 죽고 나니까 모든 게 다 나에게 돌아왔어요. 손바닥만 한 영지랑 다 허물어져가는 저택을 지키느라고 나는 단 한순간도 숨을 돌리지 못했어요. 당신이, 당신들이 그런 걸 알기나 해요?"

부들부들 떨리는 눈빛을 채찍처럼 휘두른 오씨 부인이 두 주먹을 불끈 쥔 채 을지문덕을 노려보았다. 탁자 너머에 앉아 있던 평강공주가 오씨 부인을 향해 입을 열었다.

"어머님이 그쪽 일을 잘 처리하셨더라면 남편도 그렇게 괴로워하지 않았을 겁니다. 순진한 남편은 미안한 마음에 예전 정혼녀와 그 남동생에게 내내 끌려 다녔지요."

"닥쳐! 너야말로 황위를 차지하겠다는 허황된 욕심에 내 아들을 힘들게 했잖아."

한 차례씩 독설을 주고받은 뒤 두 사람은 희끄무레한 어둠 너머로 서로를 말없이 노려보았다. 평강공주와 오씨 부인 사이에 오가던 말을 흥미롭게 지켜보던 방 안의 사람들은 탁자 위에 뭔가가 놓이자 이내 시선을 돌렸다.

"이것은…."

맨 처음 입을 연 것은 보밀이었다. 을지문덕이 탁자 위에 손을 얹고 말했다.

"온달장군께서 돌아가시고 시신이 모셔진 천막 안에 들어갔다가 누군가 천막 안을 뒤진 흔적을 보았습니다. 그래서 보밀을 불러다 온달장군의 몸종을 보자고 했고, 보밀은 길지라는 늙은 노비를 불러다주었죠. 길지는 저에게 온달장군이 애지중지하던 금함이 사라졌다고 말하고 행방을 감추었습니다. 아마 죽어서 땅속에 묻혀 있을 겁니다."

"교활한 놈. 내 아들을 또 괴롭혔군."

오씨 부인의 앙칼진 외침은 을지문덕의 말에 가로막혔다.

"그 얘긴 나중에 하고, 먼저 온달장군이 아꼈던 금함에 대해서 말씀드리겠습니다. 사실 처음에는 이 금함의 행방을 찾는 데 온 신경을 곤두세웠습니다만 저 말고도 그 금함을 찾던 사람이 또 있었습니다."

평강공주는 자신을 지그시 쳐다보는 을지문덕의 시선에 어쩔 수 없이 입을 열었다.

"남편이 나에게도 보여주지 않았던 금함은 아바마마께서 돌아가시기 며칠 전에 내려주신 겁니다. 전 그 안에 당연히 아바마마가 사후 누구에게 황위를 잇게 할지 기록하신 문서가 들어 있을 것으로 생각했습니다."

자부심 넘치는 목소리로 대답하던 평강공주는 을지문덕이 천천히 금함의 뚜껑을 열자 숨을 들이키며 다급하게 말했다.

"그걸 함부로 열면…."

금함 속으로 빨려 들어가듯 사라진 을지문덕의 손에 끌려서 나온 것은 피처럼 붉고 선명한 진달래 꽃잎들이었다. 느슨하게 말아 쥔 주먹 아래로 천천히 떨어진 꽃잎들이 금함 안으로 눈처럼 떨어졌다. 마른 꽃 잎이 떨어지며 사각거리는 소리를 냈다. 넋을 잃고 있던 사람들은 탁 소리를 내며 금함이 닫히자 불현듯 정신을 차렸다.

"온달장군님은 이 안에 누구에게도 보여주지 않았던 추억을 담아두 고 계셨습니다. 이제 왜 온달장군께서 이걸 두 분에게 절대로 보여주지 않았는지 아시겠습니까?"

평강공주와 오씨 부인은 마지못해 고개를 끄덕거렸다. 뚜껑을 닫은 금함을 집어 든 온달은 아까부터 자신을 물끄러미 바라보고 있는 고승 쪽으로 걸어갔다.

"여기 온달장군과 또 다른 방식으로 인연의 끈을 맺은 분이 더 계십 니다."

"잠깐, 내가 직접 얘기하겠네."

고승은 자신의 어깨에 손을 얹은 을지문덕을 올려다보며 말했다.

나무꾼과 사냥꾼들이 주로 이용하는 작은 오솔길은 이제 막 잎사귀 가 떨어지기 시작한 숲에 가려 잘 보이지 않았다. 선두에 선 범우는 아 무 말 없이 일행을 이끌었다. 구릉과 구릉 사이의 좁은 벌판과 마주친 범우는 잠시 멈칫했다가 곧장 걸음을 내디뎠다. 멀리, 숨 돌릴 곳을 찾아야만 했다. 이대로 신라로 돌아가고 싶지는 않았다. 목을 바짝 말리는 욕심과 아쉬움은 그를 지치지 않게 해주는 원동력이었다. 단숨에 벌판을 건넌 범우는 거북등처럼 생긴 바위를 밟고 구릉 위로 올라섰다. 큰 못처럼 땅에 박힌 나무들이 시선을 어지럽혔다. 나무 사이를 지나 올라가던 범우는 눈앞에 낯선 나무가 서 있는 것을 보고 발걸음을 멈췄다. 단단한 어깨를 가볍게 움직인 나무가 옆 걸음으로 그의 앞길을 막아섰다. 범우는 지그시 깨문 어금니 사이로 으르렁거렸다.

"정녕 내 앞을 막는 것이냐?"

"길을 막는 것은 내가 아니라 바로 자네야."

상대방의 말에 범우는 아무 말도 하지 않고 싸울 준비를 했다.

고승은 마른침을 삼켰다.

"원래는 우리 집안이 황실과 혼인하기로 했었소. 그런데 어느 날부터 이상한 얘기가 들려오더니 급기야 우리 집안과 파혼하고 귀족이라는 칭호를 붙이기에도 민망한 온씨 집안과 혼인하였소. 문제는 평원태왕께서 파혼을 위해 내 아들이 이상한 병을 앓고 있고, 정신이 온전치 못하다는 말도 안 되는 핑계를 대었다는 것이요. 아무것도 모르는 사람들은 그 얘기를 정말로 믿어버렸고, 내 아들 역시 파혼의 충격 때문인지 진짜로 정신이 혼미해지기 시작했소. 나는 발광하는 아들을 보면서 상심하고, 원망하고, 증오했소. 내 아들은 그렇게 좋아하던 사냥도 하지 못할 정도로 피폐해졌는데 온달은 승승장구하면서 출세를 거듭했으니까 말이오."

고승의 한탄을 들은 오씨 부인이 황급히 말했다.

"내 아들에겐 아무 잘못이 없어요. 그 아이를 부마로 삼겠다고 결심한 건 돌아가신 평원태왕 폐하였고, 아이는 마지막까지 주저하고 곤혹스러워했습니다."

"나도 잘 알고 있소이다. 부인. 그래서 적어도 온달만큼은 미워하지 않아야겠다고 결심했지만 뜻대로 되지 않았소이다. 물론 범우의 충동질도 한몫했지만 말이오."

고승은 구슬픈 눈길을 탁자 위로 미끄러지듯 흘려보내며 대답했다.

"내가 제일 힘든 게 무엇인 줄 아시오? 병사들에게 둘러싸인 채 웃고 떠드는 온달의 모습이 꼭 내 아들의 형상과 겹쳐 보인다는 것이었소. 내 아들이 저기 저 자리에 있어야 한다는 생각이 내 머리를 지배한 순간부터 나는 온달을 증오하게 되었소."

"그래서 신라의 간자들과 손을 잡고 내 남편을 죽인 건가요? 치졸하고 용렬해요."

"난 그를 죽이지 않았소. 하지만 그가 죽은 순간부터 나는 그를 죽인 사람으로 몰리게 되었소. 거기에 신라의 간자들과 연관이 되었다는 얘기까지 들렸지. 그 얘기를 듣는 순간 나는 빠져나올 수 없는 덫에 걸렸다는 걸 눈치챘소. 발버둥이라도 치고 싶다는 생각이 저절로 들었고 말이오."

말을 마친 고승은 팔짱을 낀 채 한숨을 쉬었다. 을지문덕은 고승에게서 거둔 눈길을 말객 오랑에게 던졌다.

"이 사람 역시 보밀처럼 온달장군과 함께 어린 시절을 보낸 사람이었습니다. 그리고 한 가지 더 있습니다. 내가 얘기할까? 아니면 자네가 직접 얘기하겠나."

포승에 묶인 오랑은 굳은 표정으로 앞만 보고 있었다.

"이 자가 역모에 가담한 표면적인 이유는 부마가 된 이후 갑작스럽게 출세한 온달에 대한 질투심 때문이었다고 진술했습니다. 아마 장군님의 역모에 가담한 이유도 그것 때문이라고 말했겠지요."

고승의 끄덕거림을 확인한 을지문덕은 오랑의 어깨에 한 손을 올리며 입을 열었다.

"이자가 장군님을 속인 겁니다. 이자가 매물와의 진짜 주인이자 가짜 금괴로 장군님을 궁지로 몬 장본인이니까요."

범우는 바위처럼 굳건하게 서 있는 눈앞의 사내에게 알 수 없는 위압감을 느꼈다. 자신의 어깨에도 미치지 못할 만큼 키가 작았지만 웬일인지 음산한 바람을 타고 키가 점점 자라는 것처럼 보였다. 무의식중에 한 발짝 뒤로 물러선 범우는 키 작은 사내의 소름 끼치는 목소리를 들었다.

"일을 그렇게 망쳐놓고 도망칠 셈인가?"

"얼마든지 비웃어. 하지만 난 성공을 눈앞까지 두었지. 네놈이 안전한 어둠 속에 숨어서 꼼지락거릴 때 말이야."

키 작은 사내가 대답 대신 그의 발밑에 뭔가를 던졌다. 발끝으로 조심스럽게 나뭇잎 속을 파헤치던 범우의 얼굴이 일그러졌다.

"이건…."

"본국에서 온 제거 명령일세. 제거 대상이 누구인지는 자네도 잘 알겠지."

"비겁한 놈. 내가 일을 성사시키려고 이리저리 애쓰는 동안 이따위 짓이나 꾸미고 다닌 것이냐?"

"자넨 실패했어. 그것도 아주 크게. 아주 오랫동안 유용하게 이용할 수 있었던 고승과 오랑은 물론 수십 년 동안 구축해왔던 조직을 한순간에 망가뜨리고 말았어."

"맞아, 난 실패했지. 하지만 그렇게 얘기하는 자네는 시도조차 안 했잖아."

천천히 조금씩 뒤로 물러서면서 소리치던 범우는 허리춤 뒤에 꽂아놓은 단검을 슬쩍 만지작거렸다. 실패는 곧 죽음을 의미했다. 죽음보다 두려운 것은 다시 시도할 기회가 없다는 것이다. 뒤로 물러나던 범우는 거북등 모양의 바위에 발뒤꿈치가 닿자마자 짧게 나누어서 내뱉던 숨을 멈추고 하늘을 향해 몸을 날렸다.

을지문덕의 말에 방 안에 모인 사람들 모두 충격을 감추지 못했다. 을지문덕은 말도 안 된다는 표정으로 자신을 바라보는 보밀 앞에 두루마리를 놓았다.

"이건 매물와의 주인이었던 술간이라는 상인이 매달 들어오고 나간 돈의 내역을 적은 장부야. 자네도 글은 읽을 줄 알지? 똑똑히 보게. 누구에게 돈이 나갔는지 말이야."

침침한 촛불에 의지해 두루마리에 적힌 글씨를 읽어내리던 보밀의 얼굴이 일그러졌다.

"정확히 얘기하면 매물와의 주인은 술간이나 여기 있는 오랑이 아닐세. 매물와를 일으키고 운영하는 자금은 신라에서 보내왔으니까…."

"설마. 말도 안 돼."

보밀은 믿을 수 없다는 표정이었다. 그에게서 시선을 거둔 을지문덕은 손가락 끝으로 두루마리를 밀어 오랑의 앞으로 가게 했다. 오랑은 미동도 하지 않았다.

"나 역시 자네가 고승의 측근이었던 범우라는 자의 사주를 받았다고만 생각했지 주도적으로 이 일을 꾸몄다고는 생각하지 않았어. 말해 보게. 자랑스러운 고구려의 무관이 왜 이런 짓을 저질렀는지 말이야."

고개를 푹 숙이고 있던 오랑이 갑자기 소름 끼치는 웃음소리를 내며 고개를 들었다.

"오랫동안 기다려왔던 대형 관등을 받고 말객에 임명되었을 때 아버님이 그러셨지. 넌 여기가 끝이니까 앞으로 더 기대하지 말라고 말이야. 난 그게 무슨 뜻인지 알고 있었지만 믿고 싶지 않았어. 내가 왜 고작 말객에 머물러야 하지? 어떤 놈은 아버지를 잘 만나서 스무 살이 되기 전에 대형에 올라가는데 말이야. 왜 내가 구령도 제대로 못 붙이고, 툭하면 말에서 떨어지는 새파랗게 젊은 놈을 상전으로 모셔야 하는지 그 이유를 알 수 없었어."

"그래서 불구대천의 원수 신라가 내민 손길을 잡은 건가?"

"맞아. 너는 이해하지 못할 거야. 나는 아주 짧은 순간이었지만 귀족이라고 뻐기는 놈들의 명줄을 잡고 있었지. 그놈들이 하찮게 보는 내가 말이야. 내 손짓, 명령 한마디로 그들의 피를 볼 수 있는 기회가 바로 눈앞까지 왔었어. 난 역모를 꾸민 게 아니야. 다만 잘못된 운명을 바꾸기 위해 노력했을 뿐이지."

오랑은 사나운 눈길로 방 안에 앉아 있는 사람들을 둘러보았다. 을지문덕이 오랑의 곁을 지나 사시나무처럼 떨고 있는 보밀의 어깨에 손을 올렸다.

"여기에 오랑, 그리고 고승 장군과 더불어 온달장군을 미워했던 또한 명이 있습니다. 사실 이자가 없었다면 오늘의 이 음모는 성사되지 못했을 겁니다."

"난 저자가 신라의 간자인 줄 몰랐습니다. 다만, 살고 싶었을 따름입니다."

"온달장군이 죽고 천막 안을 뒤진 것이 바로 자네지?"

을지문덕의 날카로운 질문에 보밀이 천천히 고개를 끄덕거렸다.

"오랑이 금함을 찾아오면 제가 좋아하는 여자 종과 혼인을 시켜준다고 했습니다. 만약 말을 듣지 않으면 멀리 돌궐이나 수나라에 팔아버린다고 해서 시키는 대로 할 수밖에 없었습니다."

"금함을 찾아오겠다는 길지 할아범을 없앤 것도 자네고 말이야."

"제가 천막을 뒤진 것을 알고 있다고 협박했습니다. 아니라고 했더니 제 신발에 붙어 있던 청동단추가 떨어진 걸 봤다고 했습니다. 그래서 어쩔 수 없이 손을 써야 했습니다."

"하나만 묻겠네. 왜 그렇게 온달장군을 미워했지?"

"제 누이를 좋아한다면서도 본부인 때문에 첩으로 들이지 않는 것이 미웠습니다. 그러기만 하면 고달픈 제 신세도 훨씬 나아졌을 텐데 말입니다."

"거짓말. 자넨 거기서 온달장군을 죽이기로 되어 있었잖은가."

처음에는 그냥 딱딱한 바람이 등을 치고 지나간 줄만 알았다. 등 한복판에서 처음 느껴지던 미약한 통증이 점차 커져갈 때도 범우는 그냥 무시했다. 그러나 허리춤 뒤에 숨겨진 칼을 바닥에 떨어트리는 순간 아찔한 현기증을 느꼈다. 모든 것이 느리게 흘러갔다. 그렇게 느껴졌다. 바닥에 떨어진 칼을 집어 들기 위해 뻗은 손등 위로 피가 뚝뚝 떨어졌다. 놀란 범우는 손가락으로 코끝을 훔쳤다. 이제 막 흘러나온 피가 손가락 끝에 맺혔다. 힘겹게 고개를 든 범우는 천으로 만든 낡은 허리띠에 피가 묻은 것을 보았다. 약간 벌어진 저고리의 앞섶 사이로 떨어진 피가 빠르게 쿵쿵거리는 가슴에 묻었다. 또 다시 등에 통증이 꽂혔다. 천천히 손을 등 뒤로 뻗은 범우는 등에 박힌 칼날에 손가락을 베고 말았다. 범우는 등에 단단히 박힌 단검이 흡사 땅을 뚫고 나온 나무 같다고 생각했다. 힘겹게 몸을 돌린 그가 복잡한 표정으로 서 있는 네 명의 부하에게 중얼거렸다.

"너희들도 이해 못했구나. 내 꿈과 열망을 말이야."

마지막까지 주저하고 있던 부하들이 피 묻은 칼을 들고 다가왔다. 땀이 스며든 그의 눈에 칼날에 쪼개진 햇살이 흐릿하게 비쳤다.

"자네는 온달 때문에 심기가 불편했지? 자신이 사랑하는 여인을 온달이 오랑에게 팔아버렸다고 생각했으니까. 또 다시 옛 친구에게 고개를 숙여야 한다는 생각 때문에 괴로웠지. 그런데 그거 아나? 온달이 자네가 연모하는 여인을 판 게 아니라 말객 오랑이 자네와 혼인시켜주겠다고 약조하고서 데려간 거라는 사실 말이야."

충격과 두려움 때문에 딸꾹질을 한 보밀이 경악하며 그를 올려다보았다.

"오랑은 노비 신분이었던 여인을 풀어주고 바로 혼인시키면 뒷말이 나올지 모른다면서 그 여인을 데려가고선 자네를 협박한 거야."

"그럴 리 없습니다. 그녀는 저에게 온달장군이 자기가 저랑 가깝게 지내는 걸 싫어해서 팔아버렸다고 분명하게 말했습니다."

"오랑에게 팔려간 그 여인은 이미 저자의 첩이나 다름없는 생활을 하고 있었네. 그냥 가끔 필요할 때 자네를 만나서 오랑이 시킨 대로 하소연을 하고 눈물을 지었을 뿐이지."

"이 나쁜 놈!"

결국 분노를 참지 못한 보밀이 옆의 옆 자리에 앉은 오랑에게 손을 뻗으려다가 을지문덕의 제지를 받았다. 양쪽 어깨를 무겁게 짓눌린 보밀은 하염없이 울기만 했다. 처량한 그의 울음소리가 어둠에 고정된 방 안 분위기를 한층 무겁게 만들었다. 을지문덕은 어둠 속으로 손을 뻗어 반짝거리는 금괴를 꺼내 탁자 위에 던졌다. 쿵 하는 소리와 함께 탁자에 떨어진 금괴 위로 희미한 불빛이 흘렀다.

"이번 사건의 파장을 더 크게 만든 물건입니다. 제가 이걸 어떻게 찾아내고 어떤 경로로 움직였는지 알아내는 데엔 여러 가지 단서들이 도움이 되었습니다. 중요한 건…."

잠시 숨을 고른 을지문덕은 보일 듯 말 듯한 미소를 지으며 다음 말을 이어갔다.

"그 모든 것들이 처음부터 다 계획된 일이었다는 점입니다. 몰이꾼들이 사냥감이 눈치채지 못하게 몰아가는 것처럼 말이죠."

말뜻을 이해하지 못한 사람들이 일제히 그를 쳐다보았다. 천천히 손을 뻗어 금괴를 집어 든 을지문덕은 고승을 바라보았다.

"장군님이 바로 그 몰이꾼에게 몰린 사냥감이었습니다."

범우는 괴성을 지르며 두 팔을 허우적거렸다. 미친 듯이 흘러나오는 눈물 너머로 빠져나가는 삶의 기운을 움켜잡기 위해서였다. 연기처럼 흐느적거리던 그것은 아무리 힘껏 움켜잡아도 잡히지 않았다. 머리를 어지럽게 하던 현기증은 점점 더 무거워져서 마침내 그를 무릎 꿇게 만들었다. 노인처럼 보이기 위해 얼굴과 목에 바른 황토가 피와 눈물에 허물처럼 벗겨지고 있었다. 무릎을 타고 올라오는 시큰한 통증은 아무것도 아니었다. 목덜미에 맞은 마지막 단검의 칼날이 그의 숨통을 뾰족하게 눌러왔다. 가는 숨을 헐떡거릴 때마다 칼끝의 시린 쇠 냄새가 느껴졌다. 쓰러진 범우는 자신을 내려다보는 키 작은 사내에게 중얼거렸다.

"내 증오를 아직도 이해하지 못하겠어?"

땅을 움켜잡은 범우의 마지막 경련 사이로 생명이 스며나갔다. 저벅거리며 그에게 다가온 사내는 범우의 머리카락을 움켜잡고 머리를 들어올렸다. 완전히 감겨진 한쪽 눈과 파르르 떨리며 깜빡거리는 다른 쪽 눈을 번갈아 바라보던 사내가 자신을 물끄러미 바라보던 범우의 부하들에게 말했다.

"묻을 만한 곳을 찾아봐. 아무리 그래도 짐승의 먹이가 되게 할 순 없지."

고개를 끄덕인 범우의 부하들이 산등성이 위쪽으로 사라지는 것을 본 사내는 천천히, 그리고 조심스럽게 범우의 머리를 내려놓았다. 범우의 입에서 흘러나온 피가 사내의 신발코를 적셨다.

자신을 향한 을지문덕의 말에 고승은 이해할 수 없다는 듯 물었다.

"사냥감이라니, 그게 무슨 말인가?"

"전 그냥 오랑이 시키는 대로 했을 뿐입니다."

콧물을 훌쩍거리며 변명하는 보밀의 말소리가 희미하게 끊겼다.

"온달장군이 애지중지하던 금함이 사라지고 그걸 조사하던 저에 대한 습격이 있었고, 습격한 자들의 정체를 캐내는 과정에서 그자들이 신라의 간자들이었다는 것, 그들이 가짜 금괴를 도성으로 들여오고 있다는 사실을 알게 되었습니다. 금괴가 흘러가는 곳을 뒤쫓던 저는 처음부터 염두에 두고 있던 장군님에게 이르게 된 것이고요. 이 모든 함정을 오랑이 파놓은 것입니다."

"나는 신라의 간자들이나 가짜 금괴에 관한 얘기 모두 나를 모함하기 위한 수작이라고만 생각했다."

"그리고 그 모든 얘기들을 범우와 오랑에게 보고 받으셨을 테고 말입니다."

무겁게 고개를 끄덕인 고승이 착잡한 눈길로 오랑을 바라보았다.

"저 역시 은연중 장군님을 함정으로 몰고 간 몰이꾼 노릇을 한 셈이고요. 물론 저는 그것이 온달장군의 죽음을 파헤치는 과정이라고 믿고 있었습니다. 죽은 자의 문신, 관에 남아 있던 문양, 가짜 금괴 뒤에 숨어 있던 글씨 모두 장군님을 옥죄고 궁지에 몰아넣어서 파국을 끌어내기 위해 파놓은 정교한 흔적들이었습니다. 오랑을 제외한 나머지 사람들 역시 자신도 모르는 사이에 이 일에 끌려들어온 셈이고 말입니다."

"그런 건가? 결국 나의 복수심이 이 나라를 혼란의 구렁텅이에 몰아넣으려는 적들에게 좋은 먹잇감이었다는 말이군."

"예전처럼 귀족들끼리 내전을 벌이도록 유도해서 혼란을 부추길 속

257

셈이었던 겁니다. 온달장군의 죽음은 그 시작점이었습니다."

"내가 어리석었군."

한숨과 함께 천장을 올려다보는 고승의 눈가에 눈물이 맺혔다.

범우가 묻힌 구덩이를 물끄러미 바라보던 사내는 구덩이의 흔적을 지울 나뭇가지와 잎사귀들을 잔뜩 들고 온 범우의 부하들을 위해 자리를 비켜주었다. 죽은 자의 피에 물든 것처럼 붉은 흙 위에 쏟아진 나뭇가지들과 잎사귀들이 상처 난 대지를 가려주었다. 마치 새 살이 돋아난 것 같았다. 구덩이 위로 나뭇잎을 흩어놓은 뒤 범우의 부하들은 상념에 잠긴 사내를 바라보았다.

"이제 어찌합니까?"

머뭇거리던 키 큰 부하의 말에 사내가 잠에서 막 깨어난 듯한 목소리로 대답했다.

"방법의 차이였을 뿐 범우와 나는 결국 같은 목적을 가지고 있었다. 만약 범우의 계획이 성공했다면 저기에 묻힌 것은 아마 나였을 테지. 범우는 자신의 죽음으로 실수의 대가를 충분히 치렀네."

고개를 끄덕인 범우의 부하들에게 사내가 다시 말했다.

"당분간 도성을 빠져 나와 은신한다. 따로 명령을 내릴 때까지 아무도 움직여서는 안 된다."

"알겠습니다. 그럼 은신해서 명령을 기다리겠습니다."

사내는 범우의 부하들이 완전히 사라질 때까지 그 자리에서 꼼짝도

하지 않았다. 징징거리는 풀벌레 우는 소리와 바람에 서걱거리는 숲의
소리만이 그의 은밀함을 지켜보았다.

숨 막힐 것 같은 정적을 깨고 을지문덕이 입을 열었다.
"원래는 보밀이 온달장군을 죽이기로 되어 있었습니다."
"아닙니다."
"오랑이 이미 다 자백했네. 물론 자네는 겁이 나서 차마 죽이지 못했
지만 말이야."
"잠깐, 그럼 내 아들을 죽인 게 누구란 말이에요?"
오씨 부인의 말에 을지문덕은 고개를 저었다.
"온달장군께서는 스스로 죽음을 택하셨습니다."
"말도 안 돼요. 내 남편은 그렇게 나약한 사람이 아니에요."
얼굴이 붉게 달아오른 평강공주가 고함쳤다. 평강공주의 외침이 채
끝나기도 전에 드르륵거리며 미닫이문이 열리는 소리가 들렸다. 가쁜
숨 때문인지 어깨를 들썩거리며 안으로 들어선 섬모가 지친 표정으로
을지문덕에게 말했다.
"제가 너무 늦은 건 아닙니까?"
"아주 적절한 때 도착했네. 찾았나?"
"말씀하신 곳에 있었습니다."
방 안의 사람들은 섬모가 옆구리에 끼고 있던 금함을 을지문덕에게
넘겨주며 귓속말을 하는 광경을 불안하게 지켜보았다. 을지문덕은 양

손에 든 금함을 탁자 위에 하나씩 놓았다. 두 개의 금함을 번갈아 바라보던 오씨 부인이 더듬거리며 입을 열었다.

"두 개였군."

"맞습니다. 하나는 온달장군이 지니고 있었고, 다른 하나는 온달장군이 사랑했던 소희라는 여인이 지니고 있었습니다."

"두 개 다 어떻게 찾은 거죠?"

"먼저 보여드린 건 소희와 보밀이 숨어 있던 움막에서 찾았고, 다른 하나는 온달장군이 돌아가신 학고재에서 찾았습니다. 더 정확히 말하자면 온달장군이 쓰러진 곳에 묻혀 있었습니다. 화살에 맞고 쓰러지신 장군님이 한 손으로 땅을 파서 그걸 숨기신 겁니다. 시신의 검시보고서에 오른손 손톱 아래 묻었다고 하는 흙은 땅을 파면서 생긴 것이었습니다."

"목숨이 경각에 달린 상황에서 왜 그런 행동을…."

평강공주의 물음에 을지문덕이 성난 표정으로 말했다.

"아직도 모르시겠습니까? 온달장군님은 돌아가시기 직전까지 이걸 숨기기 위해 애쓰셨습니다. 이 안에 들어 있는 걸 공주마마께 보여주기 싫었기 때문입니다."

흙이 묻은 금함의 뚜껑을 연 을지문덕이 그 안에 담긴 진달래 꽃잎을 한 움큼 집어 평강공주에게 보여주었다. 평강공주는 복잡한 표정으로 을지문덕의 손바닥 위에 놓인 진달래 꽃잎을 바라보았다. 그걸 본 보밀이 울음을 터트렸다.

"어린 시절 누나랑 온달은 혼인을 하면 마을 뒷산 진달래가 가득 핀 곳에 집을 짓자고 말했어요. 그리고 딸이 태어나면 달래라고 이름을 짓자고 약속했죠. 누나는, 항상 힘이 들거나 지칠 때마다 뒷산의 진달래가 보고 싶다고 했죠."

울음을 그친 보밀이 중얼거렸다.

"그건 그렇고 내 아들이 스스로 목숨을 끊었다고 보는 이유가 뭔가요. 방금 한 얘기는 아들의 죽음과 직접적인 연관이 없어 보여요."

"온달장군의 시신을 검시한 의원이 작성한 문서를 보면 오른쪽 손톱 밑에 흙이 묻어 있다는 이야기가 나오고, 그다음으로 왼쪽 손바닥이 하늘을 향해 부자연스럽게 놓여 있다고 나옵니다. 그러니까 온달장군은 등에 화살을 맞고 쓰러진 다음에 오른손으로 땅을 파서 금함을 숨기고 왼손으로 등에 박힌 화살을 깊숙이 찔러 넣었던 겁니다."

"말도 안 됩니다."

평강공주의 외침에 을지문덕이 고개를 저었다.

"검시보고서에서 손이 이상하다는 내용이 담겨 있습니다. 보통 치명상을 입고 사경을 헤매게 되면 땅의 흙이나 풀을 움켜쥐게 마련입니다. 하지만 온달장군은 그러지 않았습니다. 할 일이 있었기 때문이었죠."

을지문덕의 말에 다들 침묵을 지켰다. 그러다 가까스로 오씨 부인이 입을 열었다.

"다 이해하겠어요. 아들이 처음 정혼했던 소희를 잊지 못해서 몰래 만났다는 것이나, 나나 며느리 때문에 힘들어 했다는 것 모두 말이죠.

그렇지만 스스로 목숨을 끊었다는 것만큼은 믿지 못하겠어요."

떨리는 목소리로 입을 연 오씨 부인에게 을지문덕이 딱한 눈길을 던졌다.

"부인, 저는 온달장군께서 돌아가신 직후에 그 장소에 갔었습니다. 아드님의 시신 주위에 흩어진 피의 대부분은 쓰러진 상태에서 흘러나온 것이었습니다. 만약 선 채로 화살에 맞고 치명상을 입었다면 시신 주변의 핏방울이 활짝 핀 꽃잎처럼 흩뿌려졌겠지요. 그러나 제가 본 핏자국들은 거의 대부분 부서지지 않은 동그란 모양이었습니다. 온달장군님은 등에 화살을 맞기는 했지만 죽을 정도의 치명상은 아니었습니다. 쓰러지신 후에 왜 그랬는지 모르지만 죽음을 생각하셨던 것 같습니다."

을지문덕의 얘기를 듣던 평강공주가 발악하듯 외쳤다.

"소희라는 계집 때문이에요. 그 계집이 자기 분수도 모르고 남편을 괴롭히는 바람에 자포자기한 남편이 목숨을 끊은 겁니다."

"닥쳐! 네가 바로 온달을 죽인 거야. 남편이 후첩을 들이는 것조차 눈감아주지 못한 주제에 누구한테 분수를 모른다고 하는 거야."

보밀이 악을 쓰며 평강공주에게 대들자 파랗게 질린 평강공주가 어이없다는 듯 입을 열었다.

"내가 감히 누군 줄 알고 목소리를 높이느냐."

"어차피 난 역모에 가담한 죄로 목이 잘릴 판국이야. 그러니까 할 얘기는 해야겠어. 너는 아직도 왜 네 남편이 너를 슬금슬금 피해 다니면서 내 누이를 몰래 만났는지 모르잖아."

팟발이 선 보밀의 눈동자를 피한 평강공주가 곤혹스러운 표정으로 을지문덕에게 따졌다.

"남편의 죽음에 관한 진실을 푼다고 해서 여기 온 거지, 이린 난장판을 보려고 온 게 아닙니다."

"진실은 때로는 추악하기도 합니다. 여기 모인 사람들 모두 나름대로의 상처가 있고, 그것 때문에 좋든 싫든 온달장군의 죽음에 연관되어 있습니다. 아니, 어쩌면 그 상처들이 바로 온달장군을 죽인 진짜 이유가 될지도 모르겠군요."

"애당초 그자는 올라가지 말아야 할 곳에 올라갔고, 그것 때문에 화를 당한 거요."

칼로 내려치듯 얘기하는 오랑의 킥킥거림은 고승의 한숨 소리에 묻혀버리고 말았다.

웃는 건지 우는 건지 알 수 없을 정도로 찡그린 고승의 주름진 눈가로 눈물이 굴러 떨어졌다.

"결국 모든 게 다 내 탓이었군. 이런 걸 보여주기 위해 일부러 나에게 날이 없는 칼을 준 건가?"

"저는 다만 진실을 알려드렸을 뿐입니다. 어떻게 받아들이느냐는 장군님 몫이고 말입니다."

"그나마 누가 날 궁지로 몰았는지 알았으니 속은 시원하군."

"돌아가신 온달장군에게 미안해 하십시오. 그분도 자신의 운명을 어찌하지 못하셨으니까요."

"그러지. 어차피 얼마 후에 만나게 될 테니 직접 보고 미안하다고 사과하겠네."

잠시 동안 두 사람의 눈빛이 어지럽게 엉켜들었다. 을지문덕은 고승이 편안한 얼굴로 등받이에 몸을 기대는 것을 보고 처음으로 만족스러운 미소를 지었다.

"그나저나 저기 저 사람은 대체 누구요?"

오랑의 물음에 그때까지 잠자코 앉아 있던 그가 입을 열었다.

"태학의 학생인 고정의라고 합니다."

"사실 제가 이 사건을 해결하는 데 가장 결정적인 도움을 준 것이 바로 이 사람입니다."

을지문덕의 말에 고승이 고개를 갸우뚱거렸다.

"저 아이가 말인가?"

"사실 고정의가 본 것은 저나 보밀이 본 것과 별다른 차이는 없습니다. 다만 그것들 속에서 다른 것을 유추해냈지요. 이 사람의 말 덕분에 저는 풀리지 않던 마지막 고민을 풀 수 있었습니다."

"여기 와서 들어보니 제 얘기가 틀린 것 같습니다만."

고정의는 자신의 뒤에 서 있는 을지문덕을 불편한 눈길로 올려다보았다.

"맞아. 자네 얘기는 허황된 추측이었지. 하지만 덕분에 간과하고 있던 중요한 사실을 깨우쳤다네."

"그게 뭡니까?"

"처음부터 모든 것이 다 예정되어 있었을지도 모른다는 사실 말이야. 온달장군의 처소에 뒤진 흔적을 남겨놓고 청동단추를 하나 던져놓은 것으로 시작해 그다음부터 찾아낸 단서 하나하나가 실상은 나를 유인하기 위한 덫이자 고승 장군을 함정에 몰아넣는 과정이었지."

"하지만 전 그런 얘기는 하지 않았습니다."

"중요한 건 말이 아니라 그 안에 담긴 의미와 뜻이란다. 너의 말은 나에게 온달장군의 죽음을 다른 측면에서 봐야 한다는 사실을 일깨워주었어. 그러고 나니 그동안 문제를 풀었다고 생각하면서도 뭔가 미심쩍었던 것들을 해결할 수 있었다."

가만히 고개를 끄덕거리는 고정의에게 을지문덕이 말했다.

"사람들은 자기 것이라고 믿는 것을 지키기 위해 때로는 어리석은 짓도 불사한다. 그건 그 사람의 신분이나 인격과는 별개의 것이다. 여기 모인 사람들도 자기 것이라고 믿는 것들을 손에 넣기 위해서 제각각 일을 벌인 것이지."

고정의는 고개를 끄덕거렸다. 그의 양쪽 어깨에 손을 올린 을지문덕이 방 안의 사람들에게 말했다.

"당신들의 욕심과 원한이 서로 엉켜서 우리 고구려의 뿌리를 뒤흔들 큰 사건을 만들 뻔했습니다."

더없이 묵직한 을지문덕의 말에 사람들은 아무 대꾸도 하지 못했다. 숨을 내쉰 그가 천천히 입을 열었다.

"이제 합당한 판결을 내리겠소. 전직 말객 오랑은 역모를 꾸민 죄를 물어 다음 달 초이틀 외성의 동쪽 시장에서 능지처참에 처해질 것이요. 가족들은 모두 관노가 되어서 멀리 세상 끝으로 가야 할 것이요."

"흥, 내 가족들은 이미 네놈이 찾을 수 없는 곳으로 떠났다. 내 아들이, 그리고 내 아들의 아들이 반드시 내가 못 다 이룬 것들을 이룰 것이야."

오랑의 말을 무시한 을지문덕은 계속 말을 했다.

"전직 대모달이자 상부의 위두대형인 고승은 본의가 아니었다고는 하나 역시 역모에 가담한 죄를 묻지 않을 수 없소. 부절과 직첩을 회수하고 영지와 저택을 몰수할 것이요. 다만 그동안 나라에 세웠던 공을 감안, 스스로 목숨을 끊을 수 있는 특전을 줄 것이며, 가문 대대로 내려오던 영지는 몰수하지 않을 것입니다."

"하나밖에 없는 미치광이 아들이 죽으면 그 영지도 가져가버릴 테지. 하긴, 그게 무슨 소용이겠나. 고추가와 태왕폐하께 감사하다고 전해주시오."

만족스러운 미소를 지은 고승이 눈을 감았다.

"그리고 평강공주님에게는 자숙하라는 말씀이 계셨습니다. 이제 공주마마의 남은 생은 온달장군님의 유일한 혈육인 아드님을 훌륭하게 양육하는 데 바쳐야 할 것이며, 따로 명이 계실 때까지 황궁출입은 금한다고 하셨습니다. 그 명령은 오씨 부인에게도 해당됩니다. 두 분 역시 온달장군님의 죽음에 전혀 책임이 없다고 할 수 없다는 점을 명심하셔야 합니다."

을지문덕은 두 사람이 침울한 표정을 짓는 것을 보고 곧장 보밀에게
말했다.

"그리고 온달장군의 가병이었던 보밀 역시 역모에 가담해 일익을 담
당한 죄를 묻지 않을 수 없다. 다만 그 진상을 알지 못했다는 점을 감
안, 장 백 대를 치고 천리 밖으로 귀양을 보낸다. 다시는 도성에 발을
들이지 못할 것이다. 본래는 참수를 면치 못했겠지만 너의 누이가 마지
막 부탁이라며 너의 선처를 호소했으니 죽은 너의 누이에게 감사해라."

"누이, 누이가 죽었다고요?"

눈을 동그랗게 뜬 보밀이 경악했다.

"진달래가 피고 지던 마을 뒷산에서 목을 매단 시체로 발견되었다.
죽기 전에 내 집에 편지를 보내서 너에 대한 용서를 간청했고 말이다."

"아악!"

비명을 지른 보밀이 미친 듯이 울부짖었다. 그렇게 방 안의 사람들
에게 판결을 내린 을지문덕이 손짓을 하자 굳게 닫혀 있던 미닫이문이
열렸다.

"앞으로 며칠 살지 못할 사람도 있을 것이고, 수십 년간 살 사람도
있을 것이요. 남은 삶이 얼마든 당신들은 살인자가 아니면서 동시에
살인자였다는 사실을 잊지 마시오."

미닫이문을 통해 우르르 쏟아져 들어온 가병들이 울고 있던 보밀과
오랑을 끌고 나갔다. 남은 사람들은 무겁고 복잡한 얼굴로 침묵을 지

켰다. 맨 먼저 입을 연 것은 고승이었다.

"이번엔 진짜 칼을 주게."

"잘 갈려진 칼을 준비했습니다. 제 부하들이 도와드릴 겁니다."

오랫동안 자리에 앉아 있었던 탓인지 자리에서 일어나던 고승이 잠시 비틀거렸다. 을지문덕은 그를 부축하기 위해 한쪽 팔을 뻗었다. 그의 팔뚝을 잡은 고승이 하얀 이를 드러내며 웃었다.

"평생 실수만 해왔던 것 같아서 늘 불안했지. 이번만큼은 두려워하지 않기를 빌 뿐이야."

"편안한 길이 되길 바랍니다."

당당하게 고개를 끄덕인 고승은 옆으로 비켜선 을지문덕에게 살짝 고개를 숙여 인사하고는 밖으로 나갔다. 방 안에 남은 평강공주와 오씨 부인은 서로에게 어색한 눈길을 주다가 황급히 눈길을 거두었다. 두 사람을 남겨둔 을지문덕은 밖으로 나왔다. 문 밖에서 기다리던 섬모가 옆구리에 끼고 있던 작은 두루마리를 건네주며 말했다.

"온달장군님이 묻어놓은 금함 안에 진달래 꽃잎과 함께 들어 있던 겁니다."

아무 대답 없이 두루마리를 낚아챈 을지문덕은 안채 뒤쪽에 있는 부엌간으로 향했다. 부뚜막 앞에 쪼그리고 앉아 불을 보고 있던 부엌 노비가 황급히 옷을 털고 일어나 옆으로 물러났다. 을지문덕이 맹렬히 타오르는 아궁이의 불길 속으로 두루마리를 던졌다. 불 속에 꽂힌 두루마리가 서서히 녹아내리며 피처럼 붉은 재를 뚝뚝 떨어트렸다.

두루마리가 완전히 타버린 것을 확인한 후 섬모가 을지문덕에게 말했다.

"이렇게 비밀을 묻어버리시는 겁니까?"

"온달장군은 참 불쌍한 사람이었네. 살아생전에는 아무도 그를 이해하려 들지 않았고, 그가 원하지 않았던 불행한 결혼 때문에 많은 질시를 받아야만 했지. 죽어가면서도 사랑하는 여인을 부인의 질투에서 지켜주기 위해 떨리는 손으로 땅을 파야 했네. 자네는 그 심정을 이해할 수 있나?"

"잘 모르겠습니다."

"그렇겠지. 나 역시 그가 죽은 다음에야 그의 심정을 이해했으니까 말이야. 그 두루마리가 만약 황위에 관한 선황의 밀지이든, 아니면 둘이 신라로 가서 조용히 살자고 하는 내용이든 크게 중요하지 않네."

"항상 진실이 중요하다고 하셨는데 의외입니다."

잿더미로 변한 두루마리를 지켜보던 을지문덕이 섬모를 돌아보았다.

"그냥 비밀을 숨기는 게 아니라 원치 않은 불행 때문에 고통 받던 사람에게 호의를 베풀어주는 것쯤으로 여기세. 어차피 시간이 지나면 우리는 사라지지만 온달장군은 남을 테니까…."

"참군께서도 온달장군 못지않은 불멸의 명성을 얻게 되실 것만 같습니다."

싱긋 웃으며 말한 섬모의 말에 을지문덕이 가볍게 웃었다.

"죽음 뒤의 불멸이 과연 살아생전의 고통보다 더 가치 있을지는 모르겠군."

을지문덕은 섬모의 어깨 너머로 부엌간 입구에서 어른거리는 고정의
를 보고 그쪽으로 향했다. 햇살처럼 환한 미소를 지으며 서 있는 고정
의를 안채 뒤쪽으로 끌고 간 을지문덕이 주변을 흘끔거렸다.

"나는 자네의 추측이 옳았다고 믿는다. 보밀 역시 사실을 인정했고
말이야."

"정말 온달장군이 신라로 망명할 생각이었습니까?"

"정확하게는 학고재에서 기습이 벌어진 와중에 조용히 갑옷과 투구
를 벗고 신라로 몰래 숨어들 생각이었던 것 같아. 학고재에 온달장군
이 올라간다는 것을 신라 측에 알려준 것은 말객 오랑이었다. 보밀은
오랑에게 포섭된 상태였기 때문에 온달을 죽일 기회를 노렸던 것이지."

"그럼 온달장군은 학고재에 신라 군이 매복했다는 사실을 몰랐단
말입니까?"

"말객 오랑인지 확신하지는 못했지만 첩자가 있다는 사실은 눈치챈
것 같아. 그래서 그걸 역이용해서 빠져나가기로 했던 것이지. 물론 그
조차 함정이었지만 말이야. 이제 온달장군은 이미 죽었고, 그의 죽음을
더 이상 이용하지 말자는 게 내 생각이야."

"그건 상관없습니다만."

주저하던 고정의가 물었다.

"온달장군이라서 그런 결정을 내리신 겁니까? 아니면 이미 죽은 사
람이라서 그런 겁니까?"

고정의가 던진 날카로운 질문에 을지문덕이 짧게 대답했다.

"둘 다일세."

"아직 잘 모르겠지만 참군 어르신의 뜻을 받아들이겠습니다. 그럼 전 이제 별장으로 출발해도 좋겠습니까? 참군께서 보내신 중리부의 병사들이 수레를 가로막고 저를 끌어내는 바람에 아버지께서 몹시 놀라셨을 겁니다."

인사를 한 고정의가 사라졌다. 기둥 뒤로 사라진 고정의를 물끄러미 바라보던 을지문덕은 문득 생각난 듯 멀리서 지켜보고 있던 섬모를 바라보았다.

"참, 중리부의 감옥에서 일하던 의원을 만나보고 싶은데 말이야."

"소덕무 말입니까? 사람을 보내서 불러올까요?"

"아니야. 내가 직접 가보는 게 좋겠어."

족자와 가구들이 모두 치워진 텅 빈 방 한가운데 앉은 고승은 문득 어린 시절 잡았던 참새를 떠올렸다. 어리석은 참새는 땅바닥에 뿌려진 쌀알만을 보고 다가왔다. 실로 연결된 작은 나뭇가지에 매단 광주리를 보지 못한 채 말이다. 부리로 쌀알을 콕콕 찍어먹던 참새는 뒤늦게 광주리 안에 갇힌 것을 눈치채고 날개를 파닥거리며 날아오르려 애썼지만 소용이 없었다. 어린 고승은 먼저 내려앉은 동료들의 운명을 똑똑히 보았으면서도 하얗게 빛나는 쌀알의 유혹에 번번이 넘어가는 멍청한 참새들을 비웃곤 했다. 이제 참새처럼 뻔한 운명을 향해 달려온 자신에 대해서 웃음이 나왔다. 신경질적인 그의 웃음에 칼을 쥐고 문가에 반쯤 몸을 드러낸 가병이 눈썹을 치켜떴다. 방 한가운데 낮은 탁자 위로 잘 벼린 칼과 따뜻한 술 한 잔이 놓여 있었다. 바닥에 깔린 하얀 천은 눈이 부실 정도였다. 오직 죽음만이 남아야 할 방 안은 차라리 고즈넉했다. 재촉하는 듯한 가병의 헛기침 소리에 고승은 소가죽으로 칼자루를 감싼 단도를 집어 들었다. 뾰족한 칼끝이 마치 살아 있는 것처럼 그의 배로 향했다. 입고 있던 저고리를 풀어헤친 고승은 주름진 아랫배로 서서히 칼날을 가져갔다. 전쟁터에서 수없이 보아왔던 죽음이 담담하게 그의 배를 꿰뚫었다. 치밀어 오르는 고통을 못 이긴 고승이 침과 함께 피를 쏟으며 옆으로 고꾸라졌다. 그러자 기다리고 있던 가병이 칼을 뽑아 들고 고승의 목덜미에 정확히 칼날을 밀어 넣었다. 차갑고 시린 칼날이 숨통을 가로막자 발작적으로 기침을 하던 고승의 몸이 오그라들었다. 고승은 살짝 열린 창 너머로 날아가는 참새를 보고 젖은 미소를 지었다.

"편안하군."

그의 숨통을 끊어버린 가병에게는 죽어가는 자의 한탄으로밖에는 들리지 않을 말을 끝으로 고승의 삶은 서서히 닫혔다.

을지문덕은 시체들이 누워 있던 탁자들을 내려다보았다. 탁자 위에 놓여 있던 죽음의 흔적은 물로 말끔하게 씻겼지만 엉성하게 짜 맞춰놓은 탁자의 틈이나 이끼 낀 바닥돌 사이에는 검게 변색된 피들이 말라

붙어 있었다. 나란히 놓은 두 개의 탁자를 바라보며 생각에 잠겨 있던 을지문덕은 문이 열리고 들어선 소덕무가 반갑게 인사를 하자 고개를 돌렸다.

"지난번 보내주신 약들은 잘 쓰고 있습니다."

"인사를 받고자 여기 온 건 아닐세."

"무슨 일이신지요?"

"그날 밤 나를 찾아온 게 자네였지?"

을지문덕은 차분한 눈길로 소덕무를 바라보았다. 잠시 고개를 갸웃거리던 소덕무는 빙긋 웃으며 입을 열었다.

"어찌 아셨습니까?"

"자네가 돌아가고 곰곰이 생각해보았네. 내가 온달장군의 죽음을 조사하고 있다는 사실을 알고 있는 사람이 얼마나 되는지 말이야. 한 스무 명쯤 되더군. 그리고 그중에서 중리부의 감옥에 갇혀 있는 신라의 간자의 존재를 아는 사람을 추려보았지. 그러자 이내 한 사람이 떠올랐네."

"맞습니다. 제가 바로 그날 밤 참군 어르신의 저택으로 잠입했더랬습니다."

"범우와 오랑의 계획대로 되었다면 이 나라는 혼란에 빠졌을 테고 그렇게 되면 신라는 오십 년 전처럼 다시 한 번 절호의 기회를 맞이할 수 있었네. 그런데 왜 그걸 막은 것인가?"

"고구려는 그때의 혼란을 겪으면서 빼앗긴 죽령 이북의 땅을 집요하게 노리고 있습니다. 덕분에 신라는 성왕을 죽여서 원수지간이 된 백제와 고구려를 함께 막아야만 했죠. 눈앞의 작은 이익 때문에 돌이킬 수 없는 길을 갈 필요는 없다고 생각합니다."

"정녕 그것뿐인가?"

을지문덕의 물음에 소덕무는 어깨를 으쓱거리며 덧붙였다.

"오십 년 전과 달리 백제와 손잡을 수 없는 상황이라는 점도 감안했습니다. 우리가 움직인다면 백제는 성왕의 복수를 위해 옆구리를 치고 들어올 게 분명합니다. 그걸 기회로 고구려와 백제가 손을 잡고 우리를 압박할 수도 있고 말입니다. 서라벌에서도 제 판단에 동의했습니다."

"아무튼 자네 덕분에 우린 큰 위기에서 벗어날 수 있었네. 최소한 고맙다는 말은 해주는 게 도리일 것 같아서 이렇게 찾아왔네."

소덕무는 축 늘어뜨린 오른쪽 소매에서 밀어낸 바늘을 손바닥으로 감싸며 물었다.

"이제 사례를 하셨으니 저를 잡으실 작정이십니까?"

"그랬다면 미리 붙잡아두고 얘기했겠지. 안심하게. 자네 정체를 아는 사람은 나밖에 없으니까. 물론 내가 여기서 죽거나 다친다면 얘기가 틀려지겠지만 말이야."

바늘을 도로 소매 안으로 밀어 넣은 소덕무가 평온한 미소를 지어 보였다.

"그렇다면 저한테 원하시는 게 무엇이신지요."

"어쨌든 자네는 적국의 간자일세. 며칠 동안 모른 척할 테니 부하들과 함께 신라로 돌아가게."

"어차피 범우가 벌인 일 때문에 도성에 있던 우리 조직들은 대부분 철수했습니다. 저 역시 신라로 돌아갈 날이 멀지 않았으니 참군의 뜻대로 해드리지요."

"그런데 말일세."

인사를 하고 문 쪽으로 걸어가던 소덕무를 바라보던 을지문덕이 낮은 목소리로 입을 열었다.

"자네는 왜 간자 노릇을 한 건가?"

"제 할아버지 어숙은 본래 벽력달홀의 누초였습니다."

"벽력달홀이라면 오십 년 전 신라에게 빼앗긴 곳 아닌가?"

"네. 할아버지께서는 신라의 관직을 받으셨지만 돌아가시는 날까지 고구려를 잊지 못하셨습니다. 그리고 돌아가실 때 유언으로 고구려에서처럼 묘실을 돌로 만들고 널길을 내달라고 하셨죠. 아버지는 할아버지의 유언대로 하셨는데 결국 그게 문제가 되었습니다. 군주는 우리 가문의 충성심을 계속 의심했고, 우리 가문은 충성심을 입증해야만 했습니다."

"그래서 우리 고구려로 넘어온 것이군."

"집안에서는 항상 고구려 말을 쓰고, 고구려 사람처럼 옷을 차려입었기 때문에 별다른 어려움은 없었습니다. 틈틈이 익혀두었던 의술도 큰 도움이 되었지요. 저에게 고구려는 미워할 수 없는 고향 같은 존재라고 해두죠."

"그런 사연이 있었군."

그의 말을 들은 을지문덕은 소덕무가 삐걱거리는 문을 열고 밖으로 사라질 때까지 그 자리에 못 박힌 듯 서 있었다. 통로의 중간 중간 세워진 횃불에서 흘러나온 빛이 너울거리며 방 안으로 스며들었다.

다음해 봄, 푸른색으로 물결치는 벌판이 내려다보이는 야트막한 구릉 위로 한 무리의 사람들이 몰려왔다. 하얀 천이 내걸린 깃발이 바람에 천천히 나부꼈다. 흘러가는 바람을 타고 달구질을 하는 인부들의 노랫소리가 들려왔다. 김이 피어오르는 차를 몸종에게서 건네받은 평강공주가 목덜미를 타고 흘러내리는 머리카락을 손가락으로 쓸어 넘겼다. 널방과 널길은 이미 흙으로 덮여서 보이지 않았고, 지붕을 덮을 넓은 돌도 제자리를 찾아서 끼워져 있었다. 거칠게 울려대는 북소리에 맞춰서 화공들과 일꾼들이 봉분 주변에 술을 뿌리며 땅의 신을 기리는 춤을 추고 또 노래를 불렀다. 한 무리의 인부들과 장인들이 흙을 누르고 돌을 쪼갰다. 새로 만들어지는 무덤 남쪽에 자리 잡은 대묘의 봉분에 햇살이 느껴졌다. 황금빛 햇살을 피해 고개를 돌린 평강공주는 무덤이 만들어지는 구릉 아래 인부들이 머무는 둥그런 움막 쪽으로 시선을 돌렸다가 슬며시 미소를 지었다. 붉은색으로 물들인 고삐에 꽃잎 모양으로 드리개를 앞걸이에 단 하얀색 말을 탄 을지문덕이 평강공주가 머물고 있던 천막 앞에 도착했다. 말에서 내린 을지문덕이 평강공주 앞에 한쪽 무릎을 꿇고 인사했다.

"그동안 잘 지내셨습니까? 공주마마."

"어서 오세요. 이제는 중군 주활이라고 불러드려야겠군요. 승급을 축하해요. 여러 모로 국사에 바쁠 텐데 이리 먼 곳까지 와주다니 남편도 기뻐할 것입니다."

평강공주는 가볍게 미소를 지으며 을지문덕의 얼굴을 슬쩍 바라보았다. 그는 조금도 기뻐하지 않는 것 같았다.

"분에 맞지 않는 자리인 것 같아 염려가 클 뿐이옵니다. 오늘이 널방의 벽화를 마무리 짓는 날이라고 해서 찾아왔습니다."

"고마워요. 어제 저녁에 거타지가 마지막 마무리를 하기 위해 봉인해놓았어요. 조금 있다가 봉인을 열 것 같아요. 고생한 화공들과 일꾼들을 위해 음식을 준비했습니다. 약소하지만 주활께서도 조금 드시고 가세요."

"거타지라면 돌아가신 평원태왕 폐하의 대묘에 사신도를 그린 화공 아닙니까? 나이가 꽤 많은 걸로 알고 있습니다만…."

"직접 붓을 들지 않겠다고 해서 아주 간곡하게 부탁했답니다. 연로하긴 해도 제자들이 도와주고 있어서 큰 어려움은 없는 것 같습니다."

"다행입니다. 무덤의 주인과 어울리는 사신도가 그려지겠군요."

이제 봄도 거의 끝나가는 계절이었지만 을지문덕은 잔기침을 콜록거리며 옷섶을 여몄다. 넓은 옷소매 밖으로 삐져나온 앙상한 손가락들을 본 평강공주가 염려스러운 눈길로 그에게 말했다.

"가을이랑 겨울 내내 큰 병을 앓았다는 얘기를 들었어요. 차도는 있나요?"

"염려해주신 덕분에 많이 나아졌습니다."

평강공주는 말없이 고개를 끄덕였다.

"그날, 고승과 오랑은 죽었고, 보밀은 수천 리 떨어진 북쪽으로 귀양을 갔지요. 나와 어머니 역시 그 자리에서 죽은 거나 다름없습니다. 남은 삶을 하나밖에 없는 아들과 돌아가신 부군을 위해 쓰겠다고 마음먹으니까 모든 게 다 편해지더군요."

"뭇 백성들 사이에서 온달장군님과 공주마마의 이야기가 입에서 입으로 전해지고 있습니다. 시간이 흐르면 모든 게 잊히겠지만 두 분의 이야기는 사라지지 않을 겁니다. 어쩌면 이 고구려보다 더 오랫동안 말이죠."

관리가 입에 올리기에는 불경스러운 말이었지만 을지문덕은 태연하게 입을 열었다. 저고리의 소매로 입을 가린 평강공주가 웃었다.

"저도 들었습니다. 세상에, 남편은 천하에 둘도 없는 바보로, 나는 얼굴도 보지 못한 바보 때문에 아버지에게 반항하는 딸로 만들어버렸더군요. 하지만 나쁘지 않아요. 사람들의 이야기 속에서나마 행복한 부부니까요."

"다행입니다."

을지문덕의 짤막한 대답을 들은 평강공주가 고개를 돌렸다.

"저기 저쪽 숲 너머에 작은 봉분이 보이나요?"

평강공주의 말을 따라 고개를 옆으로 돌린 을지문덕은 환한 아침햇

살 가운데 자리 잡은 자그마한 봉분을 보았다.

"소희가 묻힌 무덤입니다. 일꾼들이 아바마마의 무덤을 대묘, 부군이 묻힐 무덤을 중묘라고 부르고, 저걸 소묘라고 부른답니다. 두 사람이 행복해 했으면 좋겠어요."

을지문덕은 중묘와 소묘 사이의 경사진 능선을 따라 울긋불긋한 진달래가 피어나고 있는 것을 보고 할 말을 잊었다. 한동안 진달래를 보던 을지문덕은 등 뒤쪽에서 들리는 고함소리에 고개를 돌렸다. 커다란 통나무로 뚜껑돌을 밀어내고 안을 들여다보던 일꾼들과 화공들이 무덤 안을 손가락질하는 것이 보였다. 심상치 않은 분위기에 자리에서 일어난 평강공주가 곁에 있던 집사에게 소리쳤다.

"무슨 일인지 당장 알아보고 오너라."

황급히 고개를 숙인 집사가 부리나케 달려가고, 음식을 준비하던 노비들도 하나둘씩 구릉 쪽을 쳐다보았다. 사람들의 수군거림은 잠시 후 무덤 안에서 벌거벗은 시신이 끌려 나오는 순간 일제히 비명으로 변해 버렸다.

손으로 입을 가린 평강공주가 새된 비명소리를 내는 가운데 을지문덕이 탄식했다.

"무덤 속의 죽음이라, 대체 죽음의 끝은 어디란 말인가?"

작가의 말

    우리나라 역사 속에 존재했던 인물 중에 내가 가장 흥미롭게 생각하는 인물이 바로 온달장군이다. 죽은 지 천오백 년이 지났지만 이름 옆에 여전히 '바보'라는 타이틀이 붙은 인물이자 아내 덕분에 출세한 대표적인 남편으로 알려져 있기 때문이다. 하지만 우리가 알고 있는 온달장군과 평강공주 이야기를 들여다보자면 미심쩍은 구석이 많다. 일단 평강공주가 가져온 재물로 말을 사서 열심히 무예를 연마해서 눈에 띄었다는 부분이다. 드라마나 영화에서는 금방 배울 수 있는 것처럼 나오지만 사실 말을 자유자재로 몰면서 활을 쏘려면 아주 오랜 기간 연습해야 한다는 전문가의 말을 들었기 때문이다. 얼마나 걸리는지 묻자 최소 오 년에서 십 년이라는 대답이 돌아왔다. 그러니까 온달은 홀어머니를 모시고 살았던 가난한 청년이 아니라 말과 활을 자유자재로 다룰 수 있을 정도의 경제력을 갖춘 귀족이었다고 봐야 할 것 같다. 다만, 왕실과 혼인을 맺을 정도는 아닌 수준으로 말이다.

    그렇다면 왜 온달은 뜬금없이 왕의 사위가 된 것일까? 울보이고 ㄱ

집 센 성격으로 나오는 평강공주의 선택보다는 아버지로 추정되는 평원왕의 정치적인 선택일 가능성이 높다. 그가 재위하던 시기의 육 세기 후반의 고구려는 귀족들의 피 비린내 나는 다툼으로 인해 쇠약해질 대로 쇠약해진 상태였다. 할아버지인 안원왕의 사후 후계자 자리를 놓고 벌어진 외척인 추군과 세군 간의 내전으로 이천 명 이상의 사망자가 발생하면서 본격적인 다툼이 벌어졌다. 그 와중에 자리에 오른 양원왕은 그야말로 허수아비였고, 귀족들의 힘이 강해졌다. 그러면서 백제와 신라에게 한강 유역의 땅을 빼앗겼고, 신라는 함경도의 함흥 일대까지 밀고 올라왔다. 그런 상황에서 자리에 오른 평원왕은 안으로는 귀족들의 세력을 억누르고 밖으로는 백제와 신라에게 빼앗긴 땅을 되찾으려고 노력했다. 그 와중에 호시탐탐 고구려를 노리는 중국의 후주 세력과도 맞서 싸웠다. 평원왕의 이런 노력으로 고구려는 안정되어갔다. 한숨을 돌린 평원왕은 국내의 귀족 세력을 견제하기 위해 의도적으로 자신의 딸을 온달에게 시집보냈을 가능성이 높다. 이렇게 하여 온달 같은 중소 귀족들의 지지를 받으려 했던 계산된 행동일 가능성이 높다는 뜻이다. 원래 평강공주에게는 상부 고씨라는 예정된 혼처가 있었다. 정확히 누구인지는 모르겠지만 왕실과 혼인을 맺을 정도로 강력한 권력을 가진 귀족 집안이라는 것은 어렵지 않게 추정할 수 있다.

온달과 관련된 이런 저런 얘기를 들을 때마다 한 가지 드는 의문이 있다. 과연 온달이 행복했을까 하는 점이다. 당사자 입장에서는 날벼락

일 수도 있었기 때문이다. 어느 날 갑자기 어떤 여자가 찾아와 자기를 아내로 삼아달라고 말했을 때 온달은 과연 어떤 생각을 했을까? 처음에는 미친 여자라며 쫓아내려 했을 것이다. 하지만 그녀의 아버지가 누구인지 알게 된 순간, 아무것도 하지 못했을 것이다. 그 시점에서 온달이 이미 결혼을 했을 수도 있고, 정혼을 약속한 여성이 있었을 수도 있다. 하지만 평강공주와 임금의 선택 앞에서는 그 어떤 항변도 소용없었을 것이다.

평강공주와 결혼한 후 온달은 충실하게 부마 노릇을 했다. 북주의 침략에 맞서 앞장서서 싸웠고, 신라에게 빼앗긴 땅을 되찾기 위해 출정해서 싸우다 죽었다. 죽은 이후에도 관을 실은 수레가 움직이지 않는 이야기를 남김으로써 수많은 고구려 백성에게 빼앗긴 땅을 되찾아야 한다는 명분을 심어주었다. 그런데 이야기 어디에서도 온달의 심정이 어땠는지에 대한 부분은 보이지 않는다.

이 이야기는 온달장군이 과연 자신에게 찾아온 변화에 대해서 행복하게 생각했을지, 그리고 평강공주가 찾아왔을 때 혹시 다른 사람과 사랑하고 있었던 것은 아닌지에 대한 나름대로의 해답이다. 당연히 역사적 사실이 아닐 가능성이 높은 상상의 영역이다. 하지만 상당수의 등장인물과 사건의 무대가 되는 시대적 배경은 실제 역사를 바탕으로 했다. 아울러, 영화나 게임으로 전투를 접한 우리들은 아군을 오인 사살하는 경우를 거의 생각하지 않는다. 하지만 실제 전쟁터에서는 아군을 적군으로 오인해서 공격하는 사례들이 적지 않다. 심지어 장비기 빌

달된 현대에서도 걸프전을 비롯해서 아군끼리 교전해서 사상자가 발생한 사례들이 빈번하다. 과거에도 이런 일이 없었으리라는 법은 없다. 특히 창과 칼을 정신없이 휘두르는 전쟁터에서 상대방을 제대로 확인하기 어려울 수 있다. 이런 요인들이 바로 이번 이야기의 원동력이 되었다.

글은 남들이 볼 수 없는 은밀하거나 사라진 공간을 이야기할 때 빛이 난다고 믿는다. 온달장군 같이 모두가 알고 있다고 생각하지만 의외로 생각해볼 부분이 많은 공간에 그 빛을 비춰보고 싶다.

역사가 어렵다고 생각하는 것은 그 안에 있는 사람을 바라보지 못하기 때문이다. 시험을 치르기 위해 연도와 사건을 외우고, 왕과 대신들의 이름을 암기하면서 미처 사람을 들여다보지 못한다. 하지만 그 틀만 벗어나서 역사를 들여다보면 정말 많은 사람이 보인다. 온달장군처럼 말이다. 이야기를 만드는 것은 작가지만 책은 여러 사람의 노력과 헌신으로 완성된다. 이번 책 역시 마찬가지다. 자기 일처럼 이번 책을 만드는 데 동참한 모든 분들에게 감사한다.

2020년 초봄,

정명섭

도움말 사전

간주리의 난(干朱里-亂): 고구려의 귀족이었던 간주리(干朱里)가 557년(양원왕
13)에 환도성(국내성)에서 일으킨 반란. 이 난은 평양정권에 대한 국내성
토착세력들의 반발이었으나 간주리는 이후 죽임을 당했다.

거피문(車避門): 평양시 평천구역 해운일동에 있는 옛 성문. 평양성 외성의
남문이었다.

고추가(古鄒加/古雛加): 고구려에서 왕족이나 귀족에게 내리던 칭호. 왕의 종
족과 전 왕족인 소노부의 적통 대인 및 왕비족인 절노부의 대인 등에
게 주어졌다.

귀당(貴幢): 신라 때에 둔 육정(六停)의 하나. 지금의 경상북도 상주에 설치
했던 군영으로, 문무왕 13년(673)에 상주정을 고친 것이다. 옷깃의 빛깔
은 청적색(靑赤色)이었다.

기병(騎兵): 말을 타고 싸우는 병사.

당주(幢主): 신라 때에, 군대의 편성 단위인 당을 통솔하던 무관 벼슬.

대관대감(大官大監): 신라 진흥왕 10년(549)에 둔 무관 벼슬.

대당(大幢): 신라 때에 둔 육정(六停)의 하나. 지금의 경상북도 경주 부근에
설치했던 군영(軍營)으로 진흥왕 5년(544)에 두었다. 옷깃의 빛깔은 자
줏빛과 흰빛이었다.

대로(對盧): 고구려에서 왕을 도와 국정(國政)을 도맡아 하던 벼슬.

대모달(大模達): 고구려에서 둔, 큰 부대의 장관. 조의두대형 이상의 벼슬을 가진 자가 임명되었다.

말객(末客): 고구려 때에 대당주 다음가는 무관 벼슬. 대형(大兄) 이상의 관등을 가진 자들을 임명하였다.

맥도: 두꺼운 날이 달린 칼.

미늘: 갑옷에 달린 비늘 모양의 철편이나 가죽편.

방진(方陣): 병사들을 사각형으로 배치하여 친 진(陣)을 일컫는다.

방책(防柵): 적의 침입을 막기 위하여 세운 울타리.

백고좌(百高座): 사자좌 백 개를 만들어 고승 백 명을 모시고 설법하는 큰 법회. 신라 진흥왕 12년에 고구려에서 온 고승 혜량(惠亮) 법사가 처음으로 신라에 설치하였다는 것이 『삼국유사』에 전한다.

보기(步騎): 보병과 기병을 아울러 이르는 말.

빈장(殯葬): 사정상 장사를 속히 치르지 못하고 송장을 방 안에 둘 수 없을 때에, 한데나 의지간에 관을 놓고 이엉 따위로 그 위를 이어 눈비를 가릴 수 있도록 덮어두는 일. 또는 그렇게 덮어둔 것.

쇠뇌: 쇠로 된 발사 장치가 달린 활. 여러 개의 화살을 연달아 쏘게 되어 있는 것으로, 주로 낙랑 무덤에서 나오고 있다.

아리수(阿利水): 한강의 옛 이름.

암문(暗門): 성벽에 누(樓) 없이 만들어놓은 문. 적의 눈에 띄지 아니하는 곳에 만들어서 평소에는 돌로 막아두었다가 필요할 때에 비상구로 사용하였다.

위두대형(位頭大兄): 대대로(大對盧), 태대형(太大兄), 울절(鬱折), 대부사자(大夫使者)와 함께 국가의 기밀과 법률 개정에 관한 일, 아울러 병력 징발과 관작 수여 등을 관장하였다.

제감(弟監): 신라에서 육정(六停), 구서당, 계금당에 둔 무관 벼슬. 위계는 대나마(大奈麻)에서 사지(舍知)까지다.

죽간(竹簡): 종이가 발명되기 전에 글자를 기록하던 대나무 조각. 또는 대나무 조각을 엮어서 만든 책.

중리부(中裏府): 고구려의 인사 관리를 담당했을 것으로 추정되는 부서로 군사력도 막강했다.

참군: 군대를 감찰하는 직책.

책(幘): 삼국시대 이후에 무관들이 주로 쓰던 모자. 모자 테의 윗부분을 덧대었는데 앞이 낮고 뒷부분이 높으며 두 가닥으로 갈라지면서 앞으로 구부러졌다.

철기(鐵騎): 갑옷을 두른 용맹한 기병.

첨병(尖兵): 행군의 맨 앞에서 경계·수색하는 임무를 맡은 병사. 또는 그런 부대.

패수(浿水): 고조선 때에, 요동과 경계를 이루던 강. 지금의 청천강, 압록강 또는 랴오시[遼西] 지방의 대릉하(大凌河)로 보는 설이 있으나 정설은 없다.

화(化): 신라에서 장군들이 깃발 위에 꽂는 것.

휘직: 신라 군이 사용하는 깃발, 금이라고도 불렀다.